維新の肖像

安部龍太郎

角川文庫
20702

維新の肖像　目次

第一章　薩摩御用盗

犬が吠《ほ》えている。獲物を争っているのか、数匹が殺気立った声で吠えたてている。あれは桜《さくら》川《がわ》ぞいの明地《あけち》のあたりである。

（嫌な声だ）

宗形幸八郎昌武《むなかたこうはちろうまさたけ》（後の朝河正澄《あさかわまさずみ》）はそう思いながらようやく履きなれた靴のひもを締めた。

近頃江戸《えど》市中には強盗や辻斬《つじぎ》りが横行している。幕府を倒すために薩摩《さつま》藩が送り込んだ浪士たちが、御用盗と称して市中を荒らし回っているからだ。

斬り殺された者が倒れ伏していることも珍しくないが、町人も奉行所の役人も関わり合いになることを恐れて放置している。その遺体に犬が群がり、先を争って喰《く》い散らかしているのだった。

昌武は両方の靴のひもを入念に締めると、大小の柄《つか》に湿りをくれてから腰にさした。父から受け継いだ備前兼光《びぜんかねみつ》。宗形家相伝の名刀だった。

「隊長、仕度がととのいました」

巡視隊の山田《やまだ》慶蔵《けいぞう》が報告に来た。

「おい、隊長はないだろう」

慶蔵は奥州二本松《おうしゅうにほんまつ》にいた頃からの親友である。役目とはいえ、二人だけの時は他人行儀な呼び方をしてほしくなかった。

「いや、上下の礼を正さなければ、西洋式軍隊の統制は取れませんから」

慶蔵がぴたりと靴の先を合わせ、フランス式のひじを高く上げる敬礼をした。

藩邸の庭には洋式軍服を着て陣笠《じんがさ》をかぶった十五人が整列していた。五人は前装式のエンフィールド銃をかつぎ、五人は二間半の槍《やり》を手にしている。

第二次長州《ちょうしゅう》征伐に失敗して以来、幕府はフランスの士官を招いて兵制改革を推し進めているが、二本松藩でもその指導を受けて洋式装備を進めていた。

昌武は皆の前に立ち、軍服や靴の着用に乱れがないことを確かめた。

「ではこれより、市中巡視の任務につく。進路は常のごとし。各々油断なかるべし」

先頭には宝蔵院流《ほうぞういんりゅう》の遣い手である慶蔵が立ち、槍隊をひきいていく。その後ろに鉄砲隊。最後に両刀ざしの昌武らが殿軍《しんがり》をつとめ、芝新網《しばしんあみ》町の二本松藩中屋敷を出た。

まだ暮れ六ツ（午後六時頃）には間があるが、あたりは薄闇に包まれている。慶応《けいおう》三年（一八六七）十二月半ばのことで、北から吹く風は身を切るように冷たい。

戎服《じゅうふく》（軍服）の下には鎖帷子《かたびら》を着込んでいるので、冷え込みがいっそう身にこたえるのだった。

門前の通りを将監《しょうげん》橋に向かって歩き、桜川ぞいの道を西へ進む。川ぞいは火事の類焼を防ぐための明地になっていて、対岸には増上寺《ぞうじょうじ》の広大な境内が広がっていた。

いつもなら増上寺への参拝客を目当てにした屋台が店をつらねている頃だが、世上物騒な折《おり》柄《から》、日暮れ時になると逃げるように店をたたんでいく。通りに人影はなく、明地で吠え合っていた犬たちも巡視隊の気配をさっして鳴りをひそめていた。

川ぞいの道を四半里（約一キロ）ほど進むと赤羽橋《あかばねばし》があり、南に向かって三田《みた》通りがつづいている。昌武らは有馬《ありま》藩上屋敷を右手に見ながら芝新町の辻まで下がった。

この辻の南側に薩摩藩上屋敷がある。高さ七尺の頑丈な塀に囲まれた広大な敷地で、市中に横行する御用盗の隠れ家になっていた。

昌武は用心せよと皆に目配せし、薩摩藩邸の西門の前まで進んだ。

門はぴたりと閉ざされ中の様子はうかがえないが、門の両脇には番所があり、格子ごしに門番が様子をうかがっている。

その者たちに見せつけるように門前で足を止め、向きをかえて赤羽橋の方へ引き返した。

幕府はすでに大政を奉還し、京都では朝廷と薩長を中心とした新政府が発足している。今や薩摩藩の威勢は幕府を上回るほどで、御用盗をかくまっていることが分っていても、屋敷内に踏み込んで取り締まることはできなかった。

芝新町の辻を東に折れ、薩摩藩邸を右手に見ながら帰路をとった。この辻から将監橋の通りまで、長々と藩邸の塀がつづいている。その中程に銅葺《どうぶき》屋根の堂々たる正門があった。

正門前では戎服に身を固め、後装式のスペンサー銃をささげた門番四人が警戒にあたっている。

昌武らはそ知らぬ顔で前を通りすぎたが、薩摩藩のやり口の汚さは目にあまるだけに、皆の表情がいきどおりに険しくなっていた。

丹羽《にわ》左京大夫長国《さきょうのだいぶながくに》を主君とあおぐ二本松藩が、薩摩藩邸の北隣に位置する芝新網町に中屋敷を与えられたのは六年前。文久《ぶんきゅう》元年（一八六一）十一月のことである。

表向きは長年上総国富津《かずさのくにふっつ》にある砲台の警固役をつとめてきた褒美という名目だが、本当の狙いは倒幕派の首魁《しゅかい》となった薩摩藩の動きを監視させることにあった。

尚武《しょうぶ》の気風をもって知られる二本松藩は、幕府を守る柱石になると期待されている。その期待は長国の実弟である稲葉正邦《いなばまさくに》が文久三年に京都所司代となり、元治《げんじ》元年（一八六四）に老中になるに及んでいっそう大きくなった。

二本松藩ではその役目をはたすために巡視隊を組織し、市中の見回りを強化することにした。隊員は武道の心得ある若手藩士で、人選と指揮をまかされたのは宗形昌武だった。

まだ二十二歳の弱輩だったが、小野派一刀《おのはいっとう》流の剣、先意《せんい》流の薙刀《なぎなた》、楊心《ようしん》流の柔術、武衛《ぶえい》流の砲術に通じた腕と知識、そして何よりおだやかにして毅然《きぜん》とした人柄が高く評価されたのである。

以来二年、昌武は巡視隊の役目をはたしつつ、洋式調練を取り入れて藩兵の強化に尽力してきたのだった。

翌日珍しい来客があった。二本松藩砲術師範、朝河八太夫照清《はちだゆうてるきよ》。昌武の砲術の師だった。

「小弥太《こやた》、元気か」

八太夫は昌武の父治太夫《じだゆう》と親友なので、昔から互いの家を訪ね合っている。昌武をいまだに幼名で呼ぶのはそのためだった。

「師範、急にどうなされたのですか」

「政情とみに険しくなり、戦乱に及ぶやもしれぬ。出府《しゅつぷ》して戦にそなえよとのご下命があったのだ」

そこで門弟十人をつれて出府し、溜池山王《ためいけさんのう》の上屋敷に詰めている。八太夫はそう言いながらも案外のんびりと構えているが、江戸にいる者にとってはすでに戦の渦中に身をおいている実感が強かった。

「二本松は変わりありませんか。そなたの母上からこれを預かってきた」

「元気にしておる。そなたの母上からこれを預かってきた」

八太夫がさし出した包みには、真新しい小袖《こそで》と刺し子にした綿入れの羽織が入れてある。母がぬってくれたものだと分り、昌武はかたじけなさに胸が詰まった。

「市中の巡視をおおせつかっているそうだな」

「浪士や不逞《ふてい》の輩《やから》が横行し、強盗や辻斬りをくり返しております。これが武士のすることかと、腸《はらわた》が煮えてなりません」

「幕閣のご重職もいきどおっておられる。そこで近々、庄内《しょうない》藩に薩摩藩邸を改めるようにお命じになるそうじゃ」

「討入って浪士を捕えるということでしょうか」

「そうではない。狼藉《ろうぜき》を働く浪士どもを引き渡すよう求めるのじゃ」

「薩藩は幕府を攪乱《かくらん》するために浪士を使っております。引き渡しに応じるとは思えません」

「その時は武力の行使もやむなしとの意見が多数を占めているという。そこでだ」

そなたに殿からのご下命があると、八太夫は急に姿勢を改めた。

昌武はひと膝《ひざ》ふた膝後ろに下がり、平伏して主命を聞く構えを取った。

「万一幕閣にて討入りもやむなしと決した場合、当屋敷は薩藩攻撃の重要な拠点となる。それゆえ庄内藩に協力し、浪士捕縛の実を上げねばならぬ。諸目付《もろめつけ》宗形昌武は、巡視隊を指揮して遺漏なきよう事に当たれ。以上である」

諸目付とは昌武の役職で、大目付の指示に従って藩内の取締りに当たる仕事である。昌武は三年前にこの職を拝命し、三人半扶持《ぶち》を与えられていた。

「うけたまわりました。本日より備えにかかります」

「その旨、殿に復命いたす」

「ついてはひとつ、お教えいただきたいことがございます」

「聞こう」

「エンフィールド銃とスペンサー銃を装備した銃隊が戦ったなら、どのような結果になりましょうか」

「スペンサー銃は元込め式で、エンフィールド銃より二百メートルほど射程が長い。通常の戦法では、エンフィールド銃に勝ち目はあるまい」

「当家はエンフィールド、薩藩はスペンサーを装備しております。いかにしたらこれに勝つことができましょうか」

昌武は巡視に出て薩摩藩邸の門番がスペンサー銃をささげているのを見るたびに、そのことを危惧《きぐ》してきたのだった。

「事前に有利な陣地を占めること、敵の不意をついて奇襲をかけること。このほかに勝つ方法はあるまい。当家でもスペンサーを買い付けるよう、進言申し上げているところだ」

八太夫はそう言ったが、実現が容易ではないことは昌武にも分っていた。

二本松藩の財政は、富津砲台の警固や二度の京都警固、将軍上洛《じょうらく》の間の江戸警護などの出費がかさみ、今や火の車である。家臣や領民から金を借り上げ、何とか急場をしのいでいる。資金の潤沢な薩摩や長州とちがって、高価なスペンサー銃を買い付ける余裕はないのだった。

江戸の大名屋敷では、十二月十三日から煤払《すすはら》いが始まる。一年の間にたまった煤を払い、新たな気持で新年を迎えるための年中行事である。

十四日からは深川八幡《ふかがわはちまん》を皮切りに歳の市が立つ。浅草《あさくさ》観音の市が有名で、正月を迎えるための品々とともに羽子板を売るので、羽子板市とも呼ばれている。

例年なら三田や芝界隈《かいわい》も増上寺や泉岳寺《せんがくじ》の市でにぎわう頃だが、御用盗騒ぎに恐れをなして人々が表に出ないので、通りには土埃《つちぼこり》が舞うだけの閑散とした日がつづいていた。

十二月二十日は果ての二十日と呼ばれている。

元々は年末最後の罪人の仕置きの日という意味だが、一般的には二十日までに正月仕度を終えるようにという戒めのために使われている。

この日、昌武は山田慶蔵と連れだって神田《かんだ》橋の庄内藩上屋敷をたずねた。小野派一刀流の同門である石原数右衛門《いしはらかずえもん》に会い、庄内藩が今度の一件にどう対応しようとしているか聞くためである。

庄内藩十七万石の主君は酒井左衛門尉忠篤《さかいさえもんのじょうただずみ》・徳川《とくがわ》四天王と呼ばれた酒井忠次《ただつぐ》の子孫で、譜代大名の名門である。江戸城の守りの要《かなめ》と言うべき神田橋に屋敷を与えられているのも、そうした家柄のせいだった。

いかめしい表門をくぐって門番所で用件を告げると、石原家の屋敷まで案内された。数右衛門の父倉右衛門《くらえもん》は藩の家老をつとめているので、白壁の塀をめぐらした大きな屋敷に住んでいた。

「ご家老の屋敷が、我が藩邸より立派とはな」

慶蔵が気後れしたように表門を見上げた。

「表高は十七万石だが、実高は四十万石ちかいという。当家の四倍だ」

迎えに出た用人が案内したのは、屋敷の離れの道場だった。中からは激しい気合と竹刀を打ち合わせる音が聞こえてくる。数右衛門が五十人ばかりの門弟に稽古《けいこ》をつけているのだった。

「よう、幸八郎。たまには一手どうだ」

数右衛門は大柄の体に胴と小手をつけている。小野派一刀流皆伝の腕前で、昌武より三つ年上だった。

「すみません。今日は役向きの用談があって参りました」

「さようか。稽古、やめぇ」

数右衛門がよく響く声を上げ、門弟たちを回りに集めた。庄内藩が市中警固のために編成した新整組《しんせいぐみ》の面々だった。

「こちらが二本松藩の宗形昌武君だ。私が中西《なかにし》先生の道場で不覚をとった、ただ一人の相手だ」

昌武も中西中太《ちゅうた》の道場で目録を得た腕前である。勘が鋭く動作が機敏で、相手の動きを読んで打つ出小手《でごて》を身上としていた。

道場脇の座敷で待っていると、数右衛門が羽織袴《はおりはかま》に着替えて現れた。良家の育ちらしい礼儀正しさだった。

「用談とは薩摩藩邸のことかね」

「そうです。尊藩が薩摩藩邸改めを決行される場合、巡視隊をひきいて協力するよう命じられました」

任務をはたすためにも、どのような状況か教えてほしい。昌武は率直に申し入れた。

「それは有難い。幸八郎が加わってくれれば百人力だ」

「幕命はいつ下るのでしょうか」

「仕度をしておくように命じられているが、決行の命令があるかどうかは分らぬ。幕閣でも強行すべきかどうか意見が分れているらしい」

数右衛門は胸襟を開き、現状をつぶさに語った。

現在徳川慶喜《よしのぶ》は大坂城《おおさか》にいて、大政奉還後に朝廷からどのような命令が下るか、息を詰めて待っている。その間にも幕府領が保全され新政権にも参画できるように、水面下で必死の朝廷工作をおこなっていた。

ところが薩長は岩倉具視《いわくらともみ》らと結託し、天皇に倒幕の勅命を発してもらい、幕府を亡ぼして政体を一新しようとしている。西郷隆盛《さいごうたかもり》が配下の浪士を江戸に送り込み、強盗や辻斬《つじぎ》りをさせているのは、幕府を挑発して暴発させ、倒幕の大義名分を得るためである。

これにどう対処するか、幕閣でも意見が真っ二つに分れていた。開明派の勝海舟《かつかいしゅう》らは、薩摩藩邸に手を出せば必ず争乱になり、西郷らに開戦の口実を与えるだけだと、ひたすら隠忍自重を求めていた。

これに対して小栗上野介《おぐりこうずけのすけ》ら強硬派は、浪士たちが薩摩藩邸を拠点にして強盗や辻斬りをはたらいていることは、これまでの探索で明らかなので、これ以上放置するべきではないと主張していた。

非は向こうにあるのだから、戦争になったとしても大義は我らにある。江戸に屋敷を持つ大名たちもこのことは分っているので、幕府の身方に馳《は》せ参じるだろう。

むしろこの際毅然《きぜん》とした態度を取って、大坂城で弱腰の対応をつづけている大樹（徳川慶喜）に決断を迫るべきだ、というのである。

「この両論には双方に理があり、一長一短があるが、幸八郎、君はどう思う」

数右衛門があいまいな返答を許さない鋭い問いを発した。

「政治向きのことは分りません。されど薩摩のやっていることは、武士として人間として間違っていると思います」

「そうだ。それこそ事の本質なのだよ」

数右衛門がいかつい顔に満面の笑みを浮かべ、門弟が運んできた茶を一息に飲みほした。

「薩長は朝廷を奉じ、我らに大義があると主張している。帝《みかど》を中心とした国を造り、国難に対処すべきだとも言っている。それは正しいとしよう。正しいと思われたからこそ、大樹も大政を奉還し、参議の一人となって朝政に参画する道を選ばれたのだ」

数右衛門はそう言うと、慶喜がいる大坂の方に向かって深々と頭を下げた。

「これこそ尊皇の真心に従った勇気ある決断ではないか。それなのに薩長は幕府をつぶそうと、卑劣な手段を弄《ろう》して江戸の攪乱《かくらん》にかかっている。それはなぜだか分るか」

「幕府をつぶさなければ、意のままになる国造りができないと考えているからだと思います」

「そうだ。しかしその考えは、尊皇や国を憂う心とは無縁の私利私欲から発したものだ。幕府にかわって自分たちが政権を取るためなら、強盗や辻斬りをして無辜《むこ》の民を犠牲にしても構わぬ。そんな傲岸不遜《ごうがんふそん》におちいっているからこそできることなのだ」

もしこんなことが許されるなら、この国の未来はどうなると思う。数右衛門の口調は次第に熱をおび、いきどおりのあまり頬が赤く染まっていった。

「我こそ正義だと唱える輩が、帝を大義名分として政権を牛耳り、国民に塗炭の苦しみを強いるだろう。しかも彼らは仲間割れをくり返した揚句、外国に敵を求めて戦争を仕掛けるようになる。そんなならず者のような国にしないためにも、薩摩の謀略を許すわけにはいかんのだ」

だから共に戦おうと、数右衛門は昌武と慶蔵の手を握りしめた。剣の修行で鍛え抜いた、節くれ立ったたくましい手だった。

昌武はその日から巡視隊の強化にかかった。

中屋敷に装備してあるのはエンフィールド銃二十挺《ちょう》だが、神田橋の上屋敷からもう二十挺取り寄せて銃隊の強化をはかった。

隊員もこれまでは十五人を一隊とし、二隊三十人が交代で任務にあたっていたが、上屋敷からの応援を得て六十人に増やした。二十人を一隊とし、三人の隊長を決めて指揮を任せることにした。

「第一隊の指揮は、君がとってくれ」

昌武は慶蔵に編成表を示して頼んだ。

「しかし、ぼくは槍《やり》が専門だ。鉄砲のことはよく分からない」

「二年もこのあたりを巡視しているのだから、勝手は分っているだろう。鉄砲に詳しい者を副官につけるから」

昌武は慶蔵の冷静さと度胸の良さを買っている。いざという時に頼りになるのは、武芸の腕よりも胆力だった。

実戦となれば経験が物を言う。そこで朝河八太夫に頼んで斎藤半助《さいとうはんすけ》と和田一之丞《わだいちのじょう》に来てもらうことにした。二人とも砲術の同門で、三年前に水戸天狗党《みとてんぐとう》を鎮圧するために水戸城下に出陣し、実戦の経験をつんでいた。

「斎藤君は二番隊、和田君は三番隊の指揮をとってくれ。事態は切迫している。数日中には出陣の命令が下るはずだ」

それまで巡視隊全員が中屋敷に詰め、いかなる事態にも対応できる態勢を取ることにした。

銃撃戦になったなら、敵の屋敷を炎上させて建物を楯《たて》に取ることができないようにするのが戦の常道である。それに備えて防火の備えを厳重にし、敵の接近をいち早く察知できるように火見櫓《ひのみやぐら》を高くして見張り台にすることにした。

その間にも御用盗の横行はつづいた。

二十一日の夜には幕府に軍資金を出資している日本橋《にほんばし》の播磨屋《はりまや》が襲われた。賊はまず唐物屋（貿易商）に侵入して六連発の短銃数十挺をうばい、それを武器にして播磨屋に乱入した。

そうして店の番頭を呼びつけ、

「お前たちは幕府の命にばかり従い、勤王の志士を弾圧するための資金を出してきた。前非を悔いているのなら、勤王の陣営にも資金を出せ」

そう脅し付けて一万八千両もの大金を奪ったのである。

騒ぎを聞いて町の者たちが駆けつけたが、短銃で武装した者たちが店のまわりを取り囲んでいるので、どうすることもできなかった。

翌二十二日の夜には、赤羽橋の際にある庄内藩の屯所が襲われた。ここには庄内藩配下の新《しん》徴組《ちょうぐみ》が駐屯し、芝、三田界隈《かいわい》の見回りにあたっていた。

この日新徴組六番組が見回りを終え、屯所にもどって夜食をとろうとした時、十数人の浪士が外から短銃を撃ち込んだ。新徴組の者たちはすぐに表に飛び出して応戦しようとしたが、賊は闇にまぎれて逃げ去っていた。

数十人もが忽然《こつぜん》と姿を消したのは、近くの薩摩藩邸に逃げ込んだからにちがいない。隊士たちはそう当たりをつけたが、門が固く閉ざされているので踏み込むことはできなかった。

これは昌武たちの巡視区域内で起こったことだ。新徴組が屯所としている美濃屋《みのや》へは何度か行ったことがあるので、二本松藩邸にも一気に緊張が走った。

そして二十三日の暁七ッ半（午前五時頃）、その事件は起こった。まだ夜明け前で、泥のように眠り込んでいた昌武らの耳に、けたたましい半鐘の音が飛び込んできた。

屋敷の見張り台からばかりではない。江戸中の屋敷という屋敷で、非常を告げる鐘が打ち鳴らされていた。

江戸城二の丸が炎上していた。

徳川幕府の拠点である広大な御殿が、燃えさかる炎に包まれている。夜明け前の闇の中で、北風に吹かれて右に左にゆれる巨大な炎は、幕府の終わりを告げる断末魔の叫びのようだった。

昌武らは中庭に飛び出し、もっとよく見ようと築地塀《ついじべい》に上がった。銃撃戦にそなえて塀に梯子《はしご》をかけてある。それを駆け上がり、塀の屋根に立って北東の空を見やった。

燃えている。幕府の魂が闇の底で灰になろうとしている。それは武士の時代の終わりを告げる狼煙《のろし》のようだった
（まさか、江戸城が……）

浪士らの襲撃を受けたのではないか。昌武は不吉な予感に駆られたが、藩から何の命令もないので動くことはできなかった。

巡視隊の者たちも、我が目が信じられないように茫然《ぼうぜん》と塀の上に立ちつくしている。よく見るとまわりの武家屋敷でも多くの者たちが塀に立ち、悄然《しょうぜん》とうなだれていた。

と、その時、西隣の薩摩藩邸で喚声が上がった。

「おーっ、燃えちょる燃えちょる。朝敵の城が燃えちょっど」

「こん戦、俺っどんが勝ちじゃ」

「次は徳川慶喜の首ば取って、禁裏の御門にさらしもんそ」

聞えよがしに叫び回り、祝いじゃ祝いじゃと短銃を連射していた。

火炎は二の丸の御広敷長局《おひろしきながつぼね》のあたりから出火し、折からの北風にあおられて燃え広がったものだった。

失火か放火か分らない。幕府は失火と発表して体面を取りつくろったが、本当は天璋院《てんしょういん》（島《しま》

津家《づ》の篤姫《あつひめ》）付きの侍女が浪士を引き入れて放火させたものだった。

実行犯は薩摩藩士の伊牟田尚平《いむたしょうへい》と益満休之助《ますみつきゅうのすけ》だという噂もある。薩摩藩邸の者たちはそのことを知っていて、こんな喚声を上げているにちがいなかった。

翌日の午後、石原数右衛門が怒りに青ざめた顔でたずねてきた。黒い戎服《じゅうふく》に身を固め、腰には六連発の短銃をおびていた。

「宗形君、いよいよ薩摩藩邸を探索せよとの幕命が下った」

今夜中に包囲の陣形を取り、明日の夜明けを待って浪士の引き渡しを求めよ。相手が拒むなら討入っても構わぬ、という強硬策だった。

「当藩だけではない。羽州上山《うしゅうかみのやま》藩、武州岩槻《ぶしゅういわつき》藩、越前鯖江《えちぜんさばえ》藩にも、共同して作戦に当たれとの命令が下った。ついては打ち合わせの通り、尊藩巡視隊にも協力を願いたい」

「合戦を辞さぬ覚悟ですね」

昌武は事の重大さに緊張した。薩摩藩は初めから戦争に持ち込もうとして御用盗を送り込んでいる。改めに行ったなら、ここぞとばかりに攻撃してくるはずだった。

「その通りだ。二の丸を蹂躙《じゅうりん》されて、幕閣の重職方もようやく目を覚まされたと見ゆる。宗形君、これから正義を守るための戦いが始まるのだ」

「分りました。夕刻までには隊列をととのえ、いつでも出撃できるようにしておきます」

昌武はすぐに慶蔵、斎藤、和田を呼び、各隊員にこの旨を伝えるように命じた。

〈He gave each member an order for a fight.〉（彼は各隊員に戦いに備えるように命じた）

朝河貫一《かんいち》はそこまで書くと愛用のペンを置いた。

つい夢中になって筆を走らせ、いつの間にか深夜になっている。これ以上夜ふかししては、明日の大学の講義にさしつかえるおそれがあった。

貫一は大きく背伸びをして体のこりをほぐした。若い頃は徹夜しても平気だったが、六十という年齢には勝てないらしい。近頃は三、四時間書きものをしただけで、背筋が張って痛いほどである。

しかもニューヘブン市はアメリカ北東部に位置していて、冬の冷え込みがことのほか厳しい。これも体には大きな負担になっていた。

貫一は書斎を出ると、大きなテーブルを置いた広い居間を抜けてトイレに行った。ここに住み始めた当初は、陶器でできた丸い便座がモダンな感じがしたが、今では古びて黄色く変色していた。

小用をたして居間にもどり、台所のガス台で湯を沸かした。

ニューヘブン市はイギリスからの移民が開いた町で、町も建物もイギリス風の重厚な造りである。紅茶へのこだわりも深く、いい茶葉を売っている店が多い。

気に入った店で買ってきた紅茶を、仕事が終わってゆっくり味わうのが貫一のささやかな楽しみだが、これから作るのは面倒だった。

妻のミリアムが生きていた頃は、深夜になっても頃合いを見て茶をいれてくれた。しかも手作りの香ばしいクッキーをそえてくれたが、十九年前にバセドウ病のために他界した。それ以来ずっと一人で暮らしているので、居間の広さが閑散と感じられ、冬の寒さがひときわこたえるのだった。

お湯をカップに半分ほど飲んで、貫一は机にもどった。

疲れてはいるが、気持が高ぶって目がさえている。このままでは眠れそうにないので、これまで書いた分を読み返してみることにした。

全体としていい仕上がりだが、いくつか気になる所もある。中でも石原数右衛門に言わせた「Nation of the scoundrel」（ならず者の国家）というセリフは適切ではなかった。

貫一の父正澄（昌武）とは戦友だったので、心情的に肩入れし過ぎたようである。「Injustice」（不正義）とか「Unfairness」（不公平）という表現に改めた方がいいようだった。

貫一が父のことを小説に書こうと決意したのは、明治維新についてもう一度考え直す必要に迫られたからだった。

これまで貫一は、個人的にも歴史学者としても明治維新を肯定する立場を取ってきた。維新があったからこそ、日本は西欧列強と伍《ご》する地位を確立できたのだし、国民の生活水準を向上させることもできた。維新こそ大化改新《たいかのかいしん》とならぶ叡智《えいち》に満ちた革命だと信じて疑わなかった。

ところが日本は、日露戦争に勝利した頃から徐々に変質していった。そして去年、一九三一年九月には満州事変《まんしゅうじへん》、今年の一月には上海《シャンハイ》事変を起こし、中国侵略の野望をむき出しにするようになった。

貫一は徳富蘇峰《とくとみそほう》や大久保利武《おおくぼとしたけ》（利通《としみち》の三男）ら政府や言論界の要人に手紙を送り、このままでは日本は世界から孤立し、独善的な愛国心の虜《とりこ》になって滅亡の道をたどると警告した。

ところが誰も耳を貸そうとする者はいなかった。それどころか政府も軍部も、世界の列強に対抗するには中国での利権を確保しなければならないと声高に主張し、国民を盛んにあおっている。

言論界や学界の要人もその尻馬《しりうま》に乗って大言壮語するばかりで、反対派の意見に耳を貸そうとしない。それどころか彼らに有形無形の圧力をかけ、力ずくで黙り込ませている。

日本はどうしてこんな国になったのか。何がどこで間違ったのか……。

貫一は日露戦争後に『日本の禍機《かき》』を書いて以来、ずっとこのテーマに取り組んできた。初めは維新は偉大な革命であったが、それを引き継いだ者たちが国家の運営を誤ったために、このような結果を招いたと考えていた。

ところが研究を進めれば進めるほど、そうした見方は徳富蘇峰のように愛国主義的な自己肯定願望にとらわれたもので、学者が取るべき立場ではないと思うようになった。

今日の破滅的な状況を招いた根本原因は、維新そのものが持つ思想と制度の欠陥にあるととらえなければ、物事の本質にたどり着くことはできない。そう気づいた途端、二本松藩の士官として戊辰《ぼしん》戦争を戦った父の姿が脳裡《のうり》をよぎった。

維新を肯定していた頃は、父たちの戦いは時代の流れに逆行する守旧派の反乱だとしか思わなかった。ところが維新そのものが間違っていたという視点に立てば、その意味と意義はまったく違って見えてくる。

それに従って新しい維新論を書きたいと思ったが、維新を否定する側の資料はきわめて少なく、アメリカにいては入手するのが難しかった。それに戊辰戦争で敗れた者たちは、過去の罪を隠そうとするように頑《かたく》なに口をつぐんでいるので、実態に迫るのは至難の業である。

どうしたものかと頭を抱えていた時、父正澄から古い書き付けを入れた柳行李《やなぎごうり》を託されていたことを思い出したのだった。

第二章　浪士召捕り

柳行李は薬の行商人が背負っているくらいの大きさだった。

柳の枝の皮で作ったものだが、びっくりするほど丈夫で形くずれもしていない。日本人の技術と知恵の結晶と呼びたいような品だった。

これを父から受け取ったのは二十六年前、朝河貫一がイェール大学図書館に依頼されて、日本関係図書の収集のために帰国した時のことである。

「そなたも世の中に名前を知られた歴史学者になった。もしご一新（明治維新）について研究する機会があったなら、参考にしてくれると有難い」

六十三歳になり眉《まゆ》もひげも白くなった正澄は、面映《おもはゆ》そうにこれは我らの遺言だと思ってくれと言った。

父は古武士という言葉が似合う義に厚い人で、いつも相手の目を真っ直ぐに見て話をした。ところが明治維新について語る時だけは、何ともいえないかげりのある顔をしてうつむきがちになる。

その時も多くを語ろうとせず、貫一が収集した文献資料の中に柳行李を押し込んだのだった。

貫一はニューヘブンまで持参したものの、長い間開けてみることはなかった。中に何か資料が入っていることは重さ加減で分ったが、読むことはおろかふたを開けて中を確かめようとさえしなかった。

明治維新は大化改新とならぶ叡智に満ちた革命だと信じて疑わなかった貫一には、戊辰戦争に加わった正澄たちの行動は時代の流れに逆行するものだとしか思えなかった。

それゆえに敬愛する父の恥部を見せられるようで、資料を読む気になれなかった。

ところが日本は満州事変と上海事変を相ついで起こし、破滅に向かって進み始めている。政治家も言論人もこれを称賛するばかりで、正常な道徳心と判断力を失ったような有様である。貫一はこれを憂い、なぜこうした事態を招いたのか学問的に解明しようとした。

そんな時、父から託された柳行李のことを思い出したのである。維新を称賛していた頃には見向きもしなかったが、今なら父の真意と戊辰戦争の真実が理解できるかもしれない。貫一は藁《わら》にもすがる思いで、二十六年前に仕舞い込んだ父の「遺言」をさがした。

柳行李は書庫の屋根裏部屋にあった。積み上げた荷物の一番下で、あめ色に変色しながらゆるぎない形を保っていた。

(父上、母上……)

貫一は申し訳なさに身をすくめ、荷物の山をくずして柳行李のふたを開けた。

中に入っていたのは、律義な金釘《かなくぎ》文字で書かれた手記と、戊辰戦争で正澄が転戦した場所を記した詳細な地図。戦場の絵図。友人知人からの手紙。自分が出した手紙の下書き。二本松藩の上役からの命令書などだった。

いずれも和紙でていねいに包み、上書きをして日付順にきちんと並べてある。資料を保存する時の手本のようなやり方で、図書館学を専攻する学生たちの教材にしたいほどだった。

貫一はまず父の手記に目を通した。戊辰戦争の前夜から、二本松城が落城するまで、体験したことをつぶさに記してある。

友人知人とやり取りした手紙や上役からの命令書も、当時の内情を伝える第一級の資料である。その中には朝河ウタから届いた二通の手紙もあった。

正澄の最初の妻で、貫一の母である。だが貫一が二歳の頃に他界したので、何ひとつ記憶に残っているものはない。

その母の手紙を初めて読み、恋心を押しかくしたおくゆかしい筆跡に触れて、貫一は初めて自分というものを理解できた気がした。

(ああ、私はここから生まれたのだ)

その実感に打たれ、流れる涙をおさえることができなかった。

この資料は父が言ったように「我らの遺言」である。これを元に新しい維新像を書きたいと思ったが、論文にするのはためらわれた。

資料を論理的に分析し、客観性を尊重しつつひとつの結論を導き出すには、これはあまりに温かすぎる。

(涙なくして読めないものを、どうして分析的に突き放すことができようか……)

貫一は思い悩んだ末に小説にしてみてはどうかと考えた。

これまで書いたことは一度もないが、小説なら父が残してくれた資料と対話しながら、自分の内面にひそむ思いを掘り起こすことができる。名状しがたいこの気持と向き合うにはもっとも適しているように思えた。

それに近頃エドガー・アラン・ポーの作品をいくらか読み、深い感銘を受けたばかりだったので、あれを手本にしたなら書ける気がした。

中でも『大渦にのまれて』は、絶望的な状況におちいった人間が知恵と勇気と行動力によって脱出する物語で、維新という大渦にのまれた父の姿にも通じるものがある。

貫一はまるで青年の頃のような胸の高鳴りを覚えながら、タイトルも決めないまま小説を書き始めたが、すぐに大きな壁に行き当たった。

日本語で書こうとすると、どうしても古めかしい文語調になってしまう。しかも言葉の情緒性に引きずられ、客観性をいちじるしく失うのである。

そこで英語で書いてみると、意外なくらいうまくいった。

日本語で物を考えている限り、日本的な価値観の磁場に封じ込められた発想しかできない。だが英語なら、世界的な判断基準にもとづいたとらえ方ができる。

貫一は小説に取り組んだことによってそのことを実感し、言葉の不思議さを改めて感じた。

そしていくら父に帰国を求められても応じる気になれなかったのは、日本語を使う日常にもどれば、日本的価値観の中に封じ込められてしまうと恐れていたからだと気付いた。

「I dislike the mother country.」（私は祖国が嫌いだ）

貫一は背徳的な思いでつぶやいてみた。

むろん故郷の山河や情深い人々には深い愛情を抱いている。嫌いなのは今の日本の国家体制、独善的な愛国心にとらわれつつある思想、文化状況だった。

「Yes, I was so from old days.」（そうだ、私は昔からそうだった）

故郷二本松を蹂躙《じゅうりん》した明治政府。薩長にあらずんば人にあらずと言いたげな政府の高官。出身地によっていちじるしく差別される人事待遇。

そうしたことに対する反発が貫一を真理への探究に駆り立て、遠くアメリカまで走らせた。

それなのに維新肯定史観に長い間とらわれていたのは、幼い頃に受けた教育のせいである。子供の頃から神童と呼ばれたほど優秀だった貫一は、それだけどっぷりと明治政府の教育に洗脳されていたのだった。

貫一は三日がかりで書いた小説の冒頭を二度読み返した。

タイトルをつけるとしたら、『Portrait of Father』（『父の肖像』）だろうか。あるいは書き進めるうちに、もっといいアイデアが浮かぶかもしれない。

貫一はその楽しみを胸に、幸せな気持で眠りについた。長年の間に膨大な論文を書いてきたが、自分の文章がこれほど愛《いと》しく思えるのは初めてだった。

翌朝いつものように午前六時に起床し、今日の講義の予習をしてからイェール大学に向かった。

貫一の家はニューヘブンの北のはずれ、マンスフィールド通りの百六十六番地。落葉樹の並木道の両側に広がる閑静な住宅街である。

貫一はいつものようにきちんとネクタイを締め、愛用のカバンを肩から下げてなだらかな坂道を下った。二キロほど先に大学の敷地が広がり、ハークネスタワーがそびえていた。一九一七年に建設が始まり、今も工事がつづいている。完成すれば六十五メートルもの高さになるというゴチック風の塔だった。

途中、二列になって整然と歩いてくる労働者の一団とすれちがった。マンスフィールドの丘をこえたところにあるウィンチェスター社の工場で働く者たちである。

ウィンチェスター社はライフル銃の生産で知られたアメリカ屈指の軍事会社で、ヨーロッパやアジアで戦争の危機が高まるにつれて、飛躍的に生産を伸ばしている。

それにつれて千人ちかくの従業員を新たに雇い入れ、社員アパートに住まわせて働かせている。彼らが毎朝この道を通って出勤しているのだった。

アメリカは一九二九年の株価大暴落以来不況がつづいていて、労働者は失業にあえいでいる。それだけに新規採用された者たちはウィンチェスター社に忠誠を誓い、全員カーキ色の軍服に似た服を着て作業帽をかぶっていた。

白人や黒人、メキシコ系など人種はさまざまだが、皆体格がすばらしい。身長は百八十センチ以上もあり、肩幅は広く胸板は厚い。

そんな男たちが百人以上もつらなっているので異様な迫力がある。全米で反日世論が高まっている時だけに、貫一にはいっそう威圧的に感じられた。

彼らは熱烈な愛国者で、満州、中国への侵略を開始した日本に敵対心を抱き始めている。

それゆえ貫一とすれちがう時には怒りと軽蔑《けいべつ》の入り交じった鋭い目を向けてくるし、「Shame on you」（恥を知れ）とか「A coward」（卑怯者《ひきょうもの》）という言葉をなげかける者もいる。

そうした行動は次第にエスカレートし、身の危険さえ感じるようになっていた。

巡視隊が装備を終えて整列したのは、暮れ六ツ（午後六時頃）のことだった。

芝の増上寺の鐘の音が、桜川をわたって聞こえてくる。冬の日は短くあたりは真っ暗で、中庭の四方に焚《た》いたかがり火が、黒い戎服《じゅうふく》を着込んだ隊員たちの姿を照らしていた。

「山田隊二十人、欠員なし」

「斎藤隊二十人、同じく欠員なし」

「和田隊二十人、同じく」

点呼を終えた各隊の副官が報告に来る。

藩邸の土間にいた宗形幸八郎昌武は、各隊の隊長に任じた山田慶蔵、斎藤半助、和田一之丞を従えて中庭に出た。

総員六十名、そのうち銃隊は四十人である。人数は少ないが、この二年の間に洋式調練をつんだ精鋭部隊だった。

「諸君、本日幕府から、御用盗追捕《ついぶ》の命令が下った」

昌武は手短に状況を語り、これからの作戦行動の説明に移った。

「我が巡視隊は周辺巡視の経験をいかし、庄内藩に協力せよとの主命である。山田隊は私とともに庄内藩本陣に向かい、新整組と行動をともにする。斎藤隊と和田隊は藩邸警固にあたり、後の指示を待て」

新整組の石原数右衛門が昌武に求めたのは、薩摩藩との戦争になった場合の状況判断である。敵がどこから討って出て、どの道を通って脱出しようとするか、このあたりの地理に詳しい昌武に判断してほしいという。

そのために庄内藩が本陣とする有馬藩の上屋敷に詰め、数右衛門の側につくことになったのだった。

「出陣は本日深夜、あるいは明朝未明となろう。それまで各隊ごとに休養を取り、不時の命令に備えよ」

各隊をそれぞれの部屋に下がらせた後で、昌武は慶蔵とともに腹ごしらえをした。

炊きたての飯に二本松の味噌《みそ》をつけた質素なものである。だが故郷から取り寄せた米は、何にも勝る馳走《ちそう》だった。

「乳首山《ちちくびやま》は今頃さ雪《ゆぎ》で真っ白だべな」

慶蔵が方言を使っておどけた言い方をした。

乳首山とは安達太良山《あだたらやま》のことである。形がそれに似ているので、地元の男たちはそう呼んで親しんでいた。

「そうだな。野も山も雪におおわれて息をひそめている頃だ」

「ほだげんちょも、その雪解《ゆぎ》げ水が大地にしみ込む、こだうめえ米作んだ。うめえ酒《さげ》を作んだ」

慶蔵は飯を口にかき込みながら、大粒の涙を流した。

出陣前の緊張のせいで、ひときわ故郷が懐かしくなったのである。

「慶蔵、日夏《ひなつ》道場での寒稽古《かんげいこ》を覚えているか」

「おお、初めて呼ばれた日のことだろう」

「夜明け前に雪道を素足で歩き、ようやく道場までたどり着いた」

「そしたら先輩たちが、手荒い歓迎をしてくれたなあ」

二人が道場に入ると、先に来ていた五人の先輩がいきなり桶《おけ》の水を床にぶちまけた。

何事だろうと面喰《めんくら》っていると、

「早く拭《ふ》け、床が凍って稽古ができなくなるぞ」

そう怒鳴りつけた。

雪道を裸足《はだし》で歩く苦行から解放された矢先のことである。二人はあわてて雑巾《ぞうきん》をさがしたが、布切れ一枚おいていない。ぐずぐずしていると本当に床が凍りつき、稽古ができなくなる。

昌武はやむなく道着をぬいで床を拭こうとした。

「やんな。裸で稽古すんのかい」

慶蔵が叫んで道場の戸板をはずした。これを横に持って床の上をすべらせると、水をまくり上げるように外に押し出すことができたのだった。

「お前が止めてくれなかったら、本当に裸で稽古し、風邪をひいて笑い者になっていた」

「ひどい先輩ばかりだったが、お陰でだいぶん鍛えられたよ」

「山田隊に同行してもらうことにしたのは、お前の冷静な判断力が必要だからだ。初陣とはいえ、何も心配することはないよ」

「私をなぐさめるためか。そんな話をしたのは」

「いや、そうではないが」

「お前だって内心ビビッてるだろう。母上がぬってくれた小袖《こそで》を戎服の下に着込んでいるのは、ご加護を願ってのことじゃないのか」

「これは防寒のためで……」

そんな意味ではないと言おうとして、昌武は口を閉ざした。確かに慶蔵が言う通りだった。

暁の七ツ（午前四時頃）、巡視隊六十人は再び中庭に整列した。

人数と装備を確認し、いつでも出陣できる態勢をととのえている。隊員たちの表情も、緊張と使命感に厳しく引き締まっていた。

「たとえ何があろうと隊長の命令に従え、一致結束した動きこそ力の源である」

昌武は出陣前の指示をして、銃隊全員に胴乱の中を確かめさせた。

エンフィールド銃の火薬は、紙の薬包に入っている。銃撃の時にはまず薬包を口でかみ破って銃口から火薬をそそぎ、槊杖《さくじょう》で押しかためてから弾を入れる。

その薬包と弾が、一人二十発分支給されていた。

「もし薩兵《さっぺい》との銃撃戦になったなら、必ず何かを楯《たて》に取って戦え。敵が装備するスペンサー銃は七発まで装弾できる連発式で、射程もエンフィールド銃より長い。残念ながらまともに戦っては犠牲を大きくするばかりだ」

話が終わるのを見計らって、石原数右衛門がやって来た。黒い戎服を着て、金筋の入った軍帽をかぶっていた。

「幸八郎、君の言う通りだ。敵を知り己を知らねば戦いには勝てぬ」

数右衛門は表門の側で様子をうかがっていたのである。

「すでに当家の軍勢は配置を終えた。打ち合わせをしたいから本陣まで来てくれ」

昌武は山田隊を引き連れ、数右衛門の後に従った。

外はまだ暗く、冷気が頬を刺すほどに冷え込んでいる。おぼろな月明かりに照らされた道は、凍りついたように白く輝いていた。

雪が降ったかと思ったが、よく見ると霜である。あまりの冷え込みに、空気中の水蒸気が氷の結晶となって地表をおおっているのだった。

庄内藩は赤羽橋の南に位置する久留米《くるめ》藩有馬家の上屋敷を本陣としていた。指揮を執るのは数右衛門の父、庄内藩家老の石原倉右衛門で、中庭に陣幕を張り、戦国武者よろしく床几《しょうぎ》に腰を下ろしていた。

白糸縅《しらいとおどし》の鎧《よろい》を着て兜《かぶと》をかぶり、緋色《ひいろ》の陣羽織という出《い》で立《た》ちである。

「父上、二本松藩の宗形君です。あたりの地理に詳しいので、お知恵を拝借することにいたしました」

数右衛門が昌武を引き合わせた。

「大儀でござる。丹羽家は織田信長《おだのぶなが》公に仕えた長秀《ながひで》公の頃より、武勇をもって鳴るお家柄じゃ。貴殿のことも倅《せがれ》から聞き及んでおり申す」

倉右衛門は肩ひじ張って参陣の礼をのべた。

数右衛門は急いで昌武を御殿の一室につれて行き、

「驚いただろう。しかしあれが親父の世代の武士道なのだ。長州征伐で大敗した教訓を少しも生かしていない」

そういいながら作戦図を広げた。

薩摩藩邸を中心とした絵図が、ろうそくの灯《あか》りに照らされて浮き上がった。

「当家の右翼隊は赤羽橋の南に、左翼隊は将監橋に待機している。総勢三千で薩邸の東西と北側を封じる予定だ」

「三千でございますか」

「万が一にも遅れを取ることがないよう、万全の備えをせよとのご下命だ。大砲隊九分隊も出陣し、十八門の大砲を配置につける」

　このうち九門は桜川ぞいの土手に据え、薩摩藩邸が見える位置から砲撃する構えを取っている。他の九門は薩邸の近くに据え、門扉や戸、窓を破壊して突入口を確保するとともに、敵の反撃を封じる作戦である。

「上山藩の兵員は三百。阿波《あわ》蜂須賀《はちすか》家の中屋敷を陣所としている。鯖江藩百、岩槻藩五十は、上山藩の助勢として、讃岐《さぬき》の高松《たかまつ》藩の中屋敷に詰めている」

　二つの中屋敷は、薩邸の南に隣接している。ここを陣所として三藩の兵が南側から攻めかかる手はずだった。

　まさに蟻がはい出る隙間もない包囲網だが、大将である石原倉右衛門は西側の三田通りに面した通用門だけは開けておくように命じていた。

「わざと一方を開けて敵に退路を与えるのは、死に物狂いの反撃をさせないためだ。城攻めの常道だというが、君はどう思う」

「作戦の目的によると思います」

「ほう、その意は」

「薩邸攻めが浪士の召捕りのためなら、逃げ道を開けるのは目的にそいません。しかし浪士の根拠地を奪うだけでいいのなら、逃げ道を開けて双方の犠牲を少なくするのは結構なことだと思います」

「むろん目的は浪士の召捕りにある。幕府から手に余るようなら切り捨てて構わぬという命令を受けておる」

「ならば情は無用でございましょう。四方を厳重に封じ、抵抗すれば生きる道はないと思い知らせるべきと存じます」

その命令を徹底しなければ、攻撃側も討ち取るべきか逃がすべきか判断に迷う。そこを敵に付け入られる恐れがあった。

「確かにその通りだが、幕府が命じたのは浪士の召捕りだけだ。薩摩藩士も同様に扱えという命令は受けていない」

証拠不十分のままそんなことをしては、朝廷の力を背景として政治力を増している薩摩藩に、幕府攻撃の口実を与えることになる。それゆえ逃げ道を開けて、そうした場合の言い訳にしようとしているのだった。

「だとすれば、城攻めの常道にそった作戦とは言えないと存じますが」

「なるほど、これは一本取られた。実は私も腑《ふ》に落ちなかったが、急なことなので考えを整理できなかったのだ」

「浪士は薩摩藩の指示と援助のもとに動いています。乱戦になれば必ず共同して歯向かうでしょう。その時に浪士か藩士か見分けることはできないと存じます」

「その通りだが、有無を言わさず薩摩藩士まで討ち取っては、後で面倒なことになるという理屈も分らぬではない」

数右衛門はもう一度父上と話し合ってみると言ったが、方針は変更されないままだった。

明け六ッ(午前六時頃)、全軍が配置についた。正門のある北側は庄内藩兵一千ばかりが固め、通用門の南側は上山藩の二百人ばかりが取り巻いていた。

藩邸のまわりには高さ七尺の土塀をめぐらし、二尺の溝をもうけている。正門の両側には、十五間ばかりにわたって長屋がつづいていた。

長屋門という。藩士の居住用であり、いざという時には敵を迎え討つ要塞《ようさい》にもなるのだった。

昌武は山田隊をひき連れ、数右衛門に従って庄内藩の最前線に出た。三田通りと小山通りが交差するところで、薩摩藩邸の北側と西側を見通すことができた。

側には、中世古仲蔵《なかぜこちゅうぞう》がひきいる大砲隊が、四門の大砲の仰角を上げて砲撃の構えをとっていた。

「談判の使者を送れ」

総大将の倉右衛門の下知に従い、洋服に革靴という出で立ちの男が藩邸に入っていった。

安部藤蔵《あべとうぞう》という庄内出身の男である。勝海舟の門下生だったこともあって、薩摩藩士の中に顔見知りが何人かいる。使者に選ばれたのは、その知己を生かして浪士の引き渡しを求めるためだった。

薩摩藩がこれに応じるとは思えない。だが政治的な問題もあるので、浪士の引き渡しを求め、それが拒否された場合に実力行使に踏み切ることにしたのだった。

交渉の間、昌武は緊張に身を固くして知らせを待っていた。

藩邸の北西の角には物見櫓《やぐら》があり、人が入れ替わり立ち替わり表の様子をうかがっている。これだけの軍勢と装備で包囲されたことを知れば、抵抗の無駄を悟って浪士の引き渡しに応じるかもしれない。

昌武はそうなることを心の奥底でかすかに願っていた。

「宗形君、この間に上山藩と掛け合ってくる」

数右衛門が二人の銃兵を従え、通用門の南側の陣所に向かった。

庄内藩の作戦は、通用門から脱出する者は見逃すが、歯向かってきた場合にはこの限りではないというものである。

これでは乱戦になった時に難しい対応を迫られるので、事前にしっかりと打ち合わせをしておく必要があった。

「隊長はどう思われますか」

慶蔵が声をひそめてたずねた。

槍《やり》の鞘《さや》を払い、いつでも白兵戦に対応できる構えを取っていた。

「引き渡しのことかね」

「ええ、応じましょうか」

「無理だと思う。彼らは初めから幕府を戦に引きずり込むために事を起こしている」

西郷隆盛の密命を受けて工作にあたっているのは、伊牟田尚平と益満休之助。浪士たちをひきいているのは、後に赤報隊《せきほうたい》を組織した相楽総三《さがらそうぞう》である。

立てこもっているのは藩士百人、浪士二百人ばかりだった。

「全員、死を覚悟しているということでしょうか」

「戦いにのぞむ時、武士は皆死を覚悟する。そうしなければ冷静沈着な判断と行動はできないと、日夏先生に教わったではないか」

道場の先輩たちが理不尽ないじめをしたり、無理難題をふっかけたのは、常日頃からそうした覚悟をやしなわせるためである。

だが、訓練だけしか受けていない包囲部隊の兵士たちと、何度も実戦を経験している浪士や薩摩藩士とでは、命のやり取りに直面した時の腹の据え方がちがうはずだった。

数右衛門はほどなくもどってきた。

「上山藩の了解を得た。通用門に銃隊陣地をきずき、歯向かって来る者だけを撃つそうだ」

楯《たて》や土嚢《どのう》を並べて陣地をきずき、敵との白兵戦をさける作戦である。これなら逃がすか討つか、判断に迷うこともないはずだった。

安部藤蔵の談判は半刻《はんとき》（一時間）ちかくに及んだ。浪士の引き渡しを求める安部に、留守居役の篠崎彦十郎《しのざきひこじゅうろう》は、「浪士はいるが、そのような罪をおかした者がいるかどうかは分らない」と答えた。

「では引き渡しを拒まれるのですな」

安部が言質を取ろうとすると、篠崎は事実を確かめて返答すると言う。

そこで安部は「我々は御老中の命令で浪士の追捕《ついぶ》に来た。即刻引き渡してもらいたい」と迫った。

　すると篠崎は、

「将軍はすでに大政を奉還しておられるのだから、ご老中も職を解かれたはずである。したがってそのような命令を下す権限もござるまい」

　勝ち誇ったように反論した。

　これでは埒《らち》があかぬと見た安部は、それならご承知の方法で黒白つけるしかありませぬなと言って席を立った。

　篠崎はこれを引き止めようと正門脇の通用門まで追ってきたが、交渉決裂と聞いて逸《はや》り立っていた庄内兵が槍で突き殺した。

　これが開戦の合図になった。門の外にいた銃隊が通用口に銃撃をあびせ、藩邸内に突入しようとしたが、陣地をきずいて待ち構えていた薩摩藩の銃隊に押し返された。

「談判手切れじゃ。かかれ」

　倉右衛門が陣扇をふって命じると、中世古仲蔵がひきいる大砲隊が物見櫓への砲撃を開始した。

　まず敵の目を奪い、判断能力を失わせる作戦である。だが四門の大砲から撃ち出す弾は、派手な音がするばかりでなかなか命中しなかった。

「何をしておる。しっかり狙わぬか」

　倉右衛門が大きな声を張り上げるが、初めての実戦に動揺している砲手たちはあわてふためくばかりである。

これに業を煮やした歩兵隊長の中村次郎兵衛《なかむらじろうべえ》が、部下を四方に走らせて民家の戸障子を集めさせた。その間に中村は十人ばかりを引き連れて塀を乗り越え、物見櫓の階下の窓を打ち破って松明《たいまつ》を投げ込んだ。

そこに集めてきた戸障子を次々に放り込むと、火は一気に炎上して物見櫓は巨大な火柱と化した。

藩邸北側の正門でも、庄内兵が大砲を撃ちかけて突破口を開こうとしていた。これでは防ぎきれぬと見た邸内の者たちは、自ら長屋門に火を放って敵の突入をはばもうとした。

桜川ぞいの土手に据えた九門の大砲も相ついで火を噴き、中の一発が火薬庫に命中した。地をふるわせる轟音《ごうおん》とともに大爆発がおこり、火が四方に飛び散った。

火は炎の雨となって降りそそぎ、藩邸内の御殿を次々と炎上させた。

これでは籠城《ろうじょう》戦はできぬと見た浪士と藩士たちは、数人一組となって通用門から脱出することにした。

ところが門の南側には、上山藩が銃隊陣地をきずいて待ち構えている。これが無抵抗の者を逃がすための備えだと知らない彼らは、銃隊陣地を崩す策に出た。

上山藩は蜂須賀家の中屋敷に本陣をおき、藩主松平信庸《まつだいらのぶつね》が陣頭に立って指揮をしていた。

浪士たちはこちらに狙いを定め、七連発のスペンサー銃隊を土塀に上げて猛烈な銃撃を加えた。

上山藩士は藩主を守ろうと御殿の戸をぴたりと閉め、通用門の南に配した銃隊を救援に向かわせた。

これを見た浪士たちは、通用門からいっせいに討って出たのだった。

第三章　Unfair way

薩摩藩邸は炎に包まれていた。長屋門《ながやもん》に放たれた火は天井を突き破って燃え上がり、炎の壁となって庄内藩兵の進路をふさいでいる。

火薬庫の爆発によって飛び散った炎は容赦なくまわりの御殿を類焼させている。御殿から上がる炎と煙で、屋敷内の様子が見えないほどだった。

それでも桜川の土手からは、庄内藩兵がさかんに大砲を撃ちかけている。目標も定めず、屋敷のどこかに当たればいいというずさんな砲撃だった。

宗形幸八郎昌武（後の朝河正澄）は、山田隊をひきつれて庄内藩の最前線に出た。薩摩藩邸の西側の三田通りで、通用門までは一町（約百九メートル）ばかりしか離れていなかった。

昌武は刀の目釘《めくぎ》をしめらせ、手には滑り止めの松脂《まつやに》をぬって、命令があり次第飛び出せるようにしていた。

心も技も充分に鍛錬してきたつもりである。だが実際に戦場に飛び込み、人を殺すのだと思うと、緊張と恐れに体が小刻みに震えていた。

（身を捨てよ。命を思うな。無心になれ）

剣術の師の教えを心の中で何度もくり返すが、手も足もすくんで一歩も踏み出せそうにない。頭の中では得体の知れない音が鳴りひびき、耳には水が詰まったようで、まわりの音が聞こえなくなっていた。

こんな状態になるとは、自分でも腹立たしいほどである。何とか平静さを取りもどそうと剣術の試合の時のように大きく呼吸をしていると、ふいに手首をつかまれた。

隣にいた山田慶蔵が、正面を見据えたまま指がくい込むほど強く手首をつかんでいる。その手が小刻みに震え、顔は緊張に引きつっていた。

二人は顔を見ようともせず言葉も交わさない。だが互いの震えを感じ合っているうちに気持が楽になり、体の強張《こわば》りがほぐれてきた。

浪士たちが蜂須賀家の中屋敷を銃撃し始めたのは、まさにこの時である。

上山藩の本陣の指揮をとっていた金子六左衛門《かねころくざえもん》は、これに対抗するために三田通りに配していた銃隊を本陣に呼びもどした。

ところがこれは陽動作戦だった。銃隊陣地ががら空きになるのを見た浪士たちは、三人一組になって次々と通用門から飛び出してきたのである。

これにいち早く対処したのは石原数右衛門だった。

「逃がすな。撃て」

大声で号令すると、新整組《しんせいぐみ》の銃隊が浪士たちの足元をねらって銃撃した。水平射撃をすれば流れ弾が上山藩兵に当たるおそれがあるので、威嚇だけにとどめたのだった。

浪士たちは思わぬ攻撃に脱出を中止し、我先にと屋敷の中に逃げもどった。

「申し上げます。他藩の持場に手を出すなと、ご家老がおおせでございます」

本陣からの伝令が告げた。総大将の石原倉右衛門の命令だった。

「馬鹿な。身方の窮地を黙って見ていろというのか」

数右衛門がくってかかった。

「各藩の申し合わせでござる。ご自重なされよ」

「ならばわしが父上に掛け合ってくる」

数右衛門が本陣に行っている間に、浪士たちは屋敷内の築山《つきやま》にすえた大砲で、蜂須賀藩邸との間の土塀を打ち崩し始めた。守りの手薄な蜂須賀藩邸に入り、表門から三田通りに出ようとしたのである。

「築山の上じゃ。あの大砲を狙え」

中世古仲蔵の命令に従い、大砲隊の者たちが築山を砲撃した。

ところが物見櫓《やぐら》にさえ当てられなかった者たちに、頂がかすかに見えるだけの築山に命中させるのは無理である。

四門の大砲が代わる代わる火を噴くものの、弾は空をきるばかり。火縄に点火しても弾が出ない不発弾もあり、大砲隊は大いに面目を失った。

何度目かの不発弾に業を煮やした仲蔵が、

「貴様ら、まともに装塡《そうてん》しておるのか」

そう言って筒先をのぞき込んだ時、火縄の火が砲身の火薬に移ったからたまらない。轟音とともに砲弾が発射し、仲蔵はあえなく頭をふき飛ばされたのだった。

浪士たちの砲撃は功を奏し、土塀が打ち崩されて両藩邸の境がなくなった。

そこで浪士たちは蜂須賀藩邸に入り込んで表門から討って出た。やはり三人一組の戦法で、その数は五十ばかりである。

銃隊陣地にいた上山藩兵が、そうはさせじと追いすがって白兵戦をいどんだ。すると薩摩の通用門にいた三十人ばかりが、上山藩兵の背後から襲いかかった。

身方がはさみ討ちにあうのを見た遊撃隊長の毛利《もうり》敬太郎《けいたろう》は、五十人ほどの配下をひきいて蜂須賀藩邸の南門を出て、表門から討って出た浪士たちの背後にまわり込んだ。

かくて敵と身方が入り交じり、三田通りを埋めつくした白兵戦になったのだった。

庄内藩の最前列で指揮をとっていた石原数右衛門は、白兵戦が始まった時から助勢するべきだと進言していた。

ところが総大将の倉右衛門は頑として許さなかった。三千もの兵をひきいながら、持場の外には一歩たりとも出てはならぬと厳命したのである。

数右衛門は無念さに歯嚙《はが》みしながら通用門外での乱闘をながめていたが、次々と新手をくり出す浪士たちに上山藩兵が苦戦を強いられるに及んで、ついに堪忍袋の緒を切らした。

「宗形君。私は新整組をひきいて助勢する」

「ならば私も、手勢とともに従います」

昌武は慶蔵を見やって同意を求めた。

白兵戦になったなら、槍隊十人をひきいて参戦すると、持場についた時から申し合わせていた。

「責任は私が取る。存分に戦おうぞ」

数右衛門は新整組の四十人を従え、道の端を突っ切ってはさみ討ちにされている上山藩兵の救援に向かった。

「我らは正面の敵に当たる。決して深追いはするな」

昌武は額金《ひたいがね》の位置を確かめて刀を抜き放った。体の震えはおさまっているが、足が浮いているようで地面を踏んでいる気がしなかった。

「我らが先陣をつとめます。隊長は残りの五人と後詰《ごづめ》をして下さい」

慶蔵が手足《てだ》れの五人をひきつれ、覚悟の定まった足取りで通用門に向かった。

上山藩兵は丸に酢漿《かたばみ》の紋の入った胴丸をつけている。浪士たちは鎖帷子《かたびら》を着込んだ程度のそなえしかしていないが、三人一組の戦い方を身につけているので優勢を保っていた。

示現流《じげんりゆう》独特のトンボの構えから、怪鳥《けちよう》のような気合と共に斬りかかる者もいる。刀を合わせた相手を怒鳴りながら押し込む者。真っ向から額を切り割られて断末魔の叫びを上げる者。腹をえぐられてうずくまる者や返り血をあびて顔を真っ赤に染めている者……。

初めて目にする修羅場に、慶蔵らは思わず足を止めて立ちすくんだ。

「お主《んし》らは庄内か。来んなら来い」

新手に気付いた浪士が、槍を構えて慶蔵に迫った。

四十ばかりのひげ面の男である。抜刀した二人が、左右に分れて脇を固めていた。

慶蔵は六人で相手を押し包み、真っ先にひげ面に挑みかかった。だが相手はやすやすと槍先をはね上げ、小刻みに槍を突いてつけ入る隙を与えない。脇の二人も命知らずの剛の者で、押し包んだ者たちが気圧《けお》されて後ずさっていた。

「青二才《あおやせ》どんが。人の突き方ば教えてやっど」

ひげ面が猛然と襲いかかった。

慶蔵は二、三度わたり合ったが、徐々に押し込まれて相手の突きをかわすのが精一杯になった。

昌武は慶蔵の背中につき、相手が槍を突き出した瞬間に飛び出した。出小手を打つ要領で相手の手元を狙ったが、ひげ面は後ろに飛びすさってこれをかわし、槍を引いて構え直そうとした。

昌武はとっさに槍の柄《つか》を左手でつかんで脇に抱え込んだ。慶蔵がすかさず横から槍を突いたが、ひげ面は右の腕で穂先をはね上げた。絞った袖《そで》の下に、鎧《よろい》の小手をつけていたのである。

同時に左手で槍を押し込んでいる。昌武は槍をはなすまいとして後ろに押され、体勢をくずしたところを前に引かれた。

並の者なら前のめりになって槍を奪われ、次の一撃でとどめをさされるところである。だが昌武の天性の勘と機敏な動きが、間一髪のところで窮地を救った。

昌武は無意識のうちに槍の柄に体をあずけ、相手の引く力を利用して飛び込みながら右手だけで刀をふるった。

小野派一刀流の道場で鍛え抜いた剣は、あやまたず相手の腕をとらえ、ひじの付け根から打ち落とした。

「覚悟」

慶蔵が絶叫とともに槍を突いたが、ひげ面は刀を抜き放ってこれをかわし、脇の二人に守られて薩摩屋敷にひいていった。

昌武が持った槍の柄を、斬り落とした腕がつかんだままである。斜めになった断面から血がしたたり落ちていた。

「幸八郎、すまぬ」

お陰で助かったと言う慶蔵の声が、昌武の耳にはとどかなかった。初めての刃傷《にんじょう》に気が動転し、キーンと耳鳴りがするばかりである。そしてこれまで経験したことのない狂暴な衝動が突き上げてきた。

（戦え、戦え、戦え）

頭のなかで早鐘のようにそんな声がなり響く。まるで残された腕から、ひげ面の浪士の闘気が乗り移ったようだった。

「これから斬り込む。私につづけ」

昌武は槍を投げ捨て、浪士たちの真っただ中に突き進んでいった。

何も考えてはいなかった。

緊張と興奮と恐怖と怒りに頭が白熱して、木刀で面を強打された時のように脳の働きが止まっていた。そして体だけが長年の修練に従ってがむしゃらに動いていた。

混戦の中では相手を確かめている余裕はない。斬りかかり突きかかってくる相手の攻撃をかわし、隙につけ入って反撃する。敵と入り乱れているので、刀をふるうよりも突き飛ばしたり柄頭《つかがしら》で殴りつけることの方が多い。

相手に組みつかれて危うくなった時に、上山藩兵に助けられたし、相手の刀をはね上げて間一髪で身方を助けたこともあった。何度か傷を負ったり殴られたりしたが、少しも痛みを感じなかった。

槍で胸を突かれた者も、小刀で腹をえぐられた者もいた。断末魔の叫び、命がけの気合、そして飛び散る血……。まるで悪夢のようなめまぐるしさの中で、昌武の記憶にしみついたことがある。

まだ年若い上山藩士が大柄の浪士に組み伏せられ、首に刀を当てられて今にも打ち取られそうになっていた。それに気付いた昌武は、ふり返りざまに刀をふるった。

備前兼光の切っ先は相手の肩口をとらえ、右の脇腹までざっくりと切り割った。背骨まで両断する凄《すさ》まじい切れ味で、浪士は若侍におおいかぶさるように絶命した。

斬った瞬間鮮血がほとばしり、思いがけない強さで昌武の顔に吹きつけた。視界が一瞬真っ赤にそまり、生ぐさい臭いと鉄さびの味が鼻と口に残った。

昌武は戎服《じゅうふく》の袖で目をふき、若侍を助け起こそうとした。だが若侍は腹を刺されていて、すでに虫の息だった。

「上山藩、遊撃隊、早坂《はやさか》……」

若侍は所属と名前を懸命に伝えようとしたが、言いきることなく息絶えた。

やがて二騎を先頭にした五十人ばかりが、蜂須賀藩の表門から飛び出してきた。全員そろいの羽織を着て、島津家の家紋の入った陣笠《じんがさ》をかぶっている。浪士隊の最後に薩摩藩士たちが討って出たのである。

「関《せき》ヶ原《はら》の退《の》き口じゃ。者共、つづけ」

騎馬の二人が槍をふるって三田通りに駆け入った。馬上からくり出す槍に上山藩の数人が打ち倒され、他の者たちがあわてて道を開けた。

昌武は無意識に前に出て、騎馬武者の行手をはばもうとした。勝てる見込みはない。だが白熱した闘気が、ここで引き下がることを許さなかった。

(最初の一撃をかわして、馬の足を斬れば何とかなる)

不思議な高揚をおぼえ、舌なめずりをしながら足を踏み出した時、後ろから抱き止める者があった。

「やんな。死ぬつもりか」

慶蔵である。宝蔵院流《ほうぞういんりゅう》の槍を学んだ彼は、相手が同門の入来院重宗《いりきいんしげのり》だと知っていた。

「薩摩の虎と呼ばっちゃ遣い手だべ。おらだちが敵《かな》う相手でねえべ」

昌武はそれでも挑みかかろうともがいたが、慶蔵は抱き止めた手を放そうとしなかった。

その時、背後でけたたましい銃声がした。

三十挺《ちょう》ばかりの一斉射撃が一度、二度、三度、空に向かってくり返された。庄内藩の銃隊が通用門まで迫り、威嚇のために撃ったのである。

凄まじい銃声に、敵も身方も気を呑《の》まれて動きを止めた。その瞬間をとらえて、石原数右衛門が声を張り上げた。

「双方、刀を引かれよ。それがしは庄内藩家老石原倉右衛門の名代でござる」

数右衛門は入来院重宗の馬前に出て名乗った。

「これ以上の犠牲者を出すのは本意ではござらん。手向かわぬかぎり危害は加えぬゆえ、疾《と》く退去なされるがよい」

「承りもんした。者共、手出しはなりもはんぞ」

重宗は朱槍を肩にかついでゆるゆると馬を進めていく。その後に藩士と浪士が従い、品川《しながわ》へと向かっていった。

命の危険が去ると、昌武ははっと我に返った。

まるで夢から覚めたようで、今の出来事が現実とは思えない。だが顔は返り血に汚れ、腕には人を斬った感触が生々しく残っていた。

「幸八郎、怪我はないか」

慶蔵が肩や腕を叩《たた》いて無事かどうかを確かめた。

「いくらか浅手を負ったが大丈夫だ。お前は」

「何ともない。何ともないが……」

人を突き殺してしまったと、慶蔵が涙を流しながら打ち明けた。

「そうか。私も人を斬った」

「それでこんなに返り血をあびたんだな」

「仕方がなかった。身方を助けるために」

斬るしかなかったとは思うものの、初めて人を殺した衝撃から立ち直ることはできなかった。

「行こう。隊員たちも全員無事だ」

慶蔵と昌武は肩を組んで歩き始めた。そうしなければ立っていられないほど、疲れはて打ちのめされていた。


明けの六ツ半（午前七時頃）から始まった庄内藩と他三藩による浪士捕縛作戦は、朝の四ツ（午前十時頃）を過ぎた頃に終わった。世に「薩摩藩邸焼き打ち」と呼ばれる事件である。

藩邸を脱出した浪士や藩士たちは、三田通りを南に下り、海ぞいの道を品川に向かった。その途中で民家に押し入り、放火や狼藉《ろうぜき》をおこなう者もいた。

火を放ったのは庄内藩兵らの追撃を防ぐためだと言われているが、石原数右衛門が危害は加えないと明言しているのだから、そのまま信用することはできない。もはや敵地となった江戸に打撃を与えようとしたのか、狼藉の跡を消し去ろうとしたと考えるのが妥当だろう。

浪士や藩士たちは鮫洲《さめず》で漁船を雇い入れ、沖に停泊している薩摩藩の翔鳳丸《しょうほうまる》に乗って脱出しようとした。これに気付いた幕府海軍の回天丸《かいてんまる》は、翔鳳丸を砲撃して阻止しようとしたが、波の上で命中させるのは陸上よりはるかに難しい。

追いつ追われつの海戦は夕方までつづき、何発かの砲撃を受けた翔鳳丸は、回天丸に船をぶつけて浪士らが斬り込む捨て身の作戦に出た。

乗員数の少ない回天丸はこれを怖れて梶《かじ》を大きく切ったために、翔鳳丸はかろうじて江戸湾から脱出して大坂へ向かったのだった。

この日藩邸にいた者のうち討死したのは四十九人、降伏したのは四十二人だと薩摩藩の記録は伝えている。浪士の生死は公の記録には記されていないが、生き残った者の述懐によれば、百人ちかくが討死したようである。

昌武は正午頃に二本松藩邸にもどった。薩摩藩邸とは道をへだてているうえに、類焼を防ぐ手立ても厳重にしていたので、何の被害も受けていなかった。

藩邸には手回し良く二人の医者が待機していた。実戦経験のある斎藤半助と和田一之丞が、方々に使いを走らせ、伝《つて》を頼って来てもらったのだった。

十人の槍隊のうち重症を負ったのは一人で、太股《ふともも》を槍で貫かれていた。軽傷は五人。いずれも三、四針ぬえば治る程度の傷だった。

昌武はいったん自分の部屋に下がり、人目につかないように戎服の下に着込んだ小袖《こそで》を脱いだ。

母から贈られたものをご加護を願って着ていたとは知られたくないからだが、厚手の小袖は思った以上の働きをしてくれている。

傷を負ったのは肩口と脇腹だが、これを着ていなければ刃がもっと深くくい込んでいたはずだった。

「隊長、傷をぬい合わせるように医者に伝えましょうか」

慶蔵は敷居際で一部始終を見てにやにやしている。丸い顔にようやく血の気がもどっていた。

「これなら薬をぬっておけば充分だ。お前の方は」

「槍の柄で二の腕と太股を叩かれ、青あざになっているばかりです」

「それは良かった。皆に食事をして仮眠を取るように伝えてくれ」

戎服を脱いだとたん、昌武も猛烈な空腹感におそわれた。出されたにぎり飯を夢中で食べ、精も根も尽きはてて眠りに落ちた。

仮眠から覚めると、来客があると告げられた。溜池山王の上屋敷に詰めていた朝河八太夫照清が、半刻《はんとき》も前から待っているという。

「私の砲術師範だぞ。どうしてすぐに起こしてくれなかった」

「そう思ったのですが、朝河どのが起こすなとおおせられたのです」

取り次ぎの若侍が臆《おく》することなく反論した。

八太夫は羽織袴《はかま》姿で端座していた。ずっとこの姿勢のまま待っていたのである。

「昌武どの。初陣でのご戦勝、まことにおめでとうござる」

仰々しい挨拶《あいさつ》をして、角樽《つのだる》の酒を差し出した。幼名ではなく昌武どのと呼んだのは、一人前と認めてのことだった。

「師範、やめて下さいよ」

以前の昌武なら照れてそう言ったはずである。だが修羅場をくぐり抜けた今では、こうした礼儀を尽くすことの重みがよく分っていた。

「かたじけない。有難く頂戴《ちょうだい》いたします」

「新整組とともに最前線で戦ったと聞いた。無事で何よりじゃ」

「初めて戦場に出て、平静でいることの大切さと難しさがよく分りました」

緊張に我を忘れたこともさることながら、無分別な闘志にかき立てられて前へ前へと突き進んだことが自分でも意外だった。もし慶蔵が抱き止めてくれなければ、まちがいなく入来院の槍の餌食《えじき》になっていたはずだった。

「そうか。わしは戦場に出たことがないので本当のところは分らぬが、そうした魂を先祖代々受け継いでいるのかもしれぬな」

「武士の魂というより、恐怖に耐える力がないのでじっとしていられない感じでした。蛮勇をふるって突撃するとは、あんな状態をさすのかもしれません」

「蛮勇か……」

「今思い返しても、背筋がひやりとするほどです」

「あるいは倅《せがれ》もそんな思いに取りつかれ、退却の時機を誤ったのかもしれぬ」

八太夫が急に気落ちした表情になった。

嫡男の照成《てるなり》は三年前の元治元年（一八六四）、水戸天狗党《てんぐとう》の乱を鎮圧するために、砲兵隊長として水戸城下まで出陣した。ところが石那坂《いしなざか》の戦いで天狗党に攻め立てられ、陣地に踏みとどまろうとして戦死したのである。

八太夫にとってはただ一人の息子で、家には嫁のウタと二人の娘が残された。この嫁を実家に返すか、それとも婿養子を迎えて朝河家を継いでもらうか、八太夫は頭を悩ましているのだった。

「郷里の皆さまは、息災であられましょうか」

昌武は帰省の折に何度かウタに会ったことがある。面長の端正な顔立ちをして、涼やかなまなざしをした人だった。

「元気にしておる。そろそろ身のふり方を決めねばなるまいが、こちらの都合で無理強いもできぬのでな」

八太夫が胸の内を明かし、お前に言っても詮方《せんかた》ないことだと苦笑した。

「この先、薩摩はどう出てくるのでしょうか」

「幕府は新政府に刃向かったと言い立てよう。それを防ぐには捕縛した浪士や藩士を取り調べ、御用盗を仕掛けたのが薩摩だということを一刻も早く白状させねばならぬ」

その証言と証拠があれば、薩長がどんな理不尽な言いがかりをつけても天下に正義を訴えることができる。八太夫はそう言った。

それは幕閣の老中たちも同じ考えで、捕縛者の取り調べを急がせたが、もはやその余裕はなかった。早飛脚で江戸の状況を知らされた西郷隆盛や大久保利通《としみち》は、幕府は朝廷に反逆したと言い立て、鳥羽《とば》・伏見《ふしみ》の戦いを引き起こしたのである。

薩摩藩邸での戦いからわずか八日後のことだった。

〈When it is only eight days later.〉（わずか八日後のことだった）

小説とは不思議なものである。そう書いてみて朝河貫一は改めて気付いたことがあった。

薩摩や長州が鳥羽・伏見の戦いに踏み切ったのは、幕府が薩摩藩邸を焼き打ちしたとの報を得たからだと正史は伝えている。

これに対して野史の立場からは、薩摩が御用盗を組織して幕府の「暴発」を誘い、開戦の口実にしたのだという批判がなされているが、なぜわずか八日後だったのかは明らかにされていない。

しかし小説を書いて父たちと同じ時間の流れの中に身をおいてみると、薩摩藩が間髪入れず挙兵した理由がよく分る。

薩摩藩邸で捕虜になった者たちが、御用盗は西郷隆盛の命令で動いていたと証言する前に幕府をつぶさなければ、挙兵の正統性が失われるからである。

その証拠に薩長は、御用盗の中心メンバーだった相楽総三に偽官軍の汚名を着せ、下諏訪《しもすわ》で処刑している。これも相楽の口から事の真相が明らかになるのを防ぐためだった。

(It is what an unfair way.)（何と卑怯《ひきよう》なやり方だ）

貫一は憤りに目頭を熱くし、昨年九月に日本軍が起こした満州事変もまったく同じ手口だったことに思い当たった。

日本軍は奉天《ほうてん》（現瀋陽《しんよう》）郊外の柳条湖《りゅうじょうこ》で南満州鉄道の線路を爆破し、中国側の仕業だと言い立てて満州全土の侵略を開始した。

明治維新から六十三年目。西郷や大久保の孫の世代に当たる者たちが、unfair（卑怯）なやり方だけは愚かにも踏襲したのだった。

その理由は簡単である。どんな手を使っても勝てばいいというやり方、そして勝った後に我が世の春を謳歌《おうか》した薩長出身者の驕《おご》りが、日本から正義の精神を失わせた。

そして不正と卑怯から生まれ出た彼らは、自己の立場を守り抜くために、上は天皇家を利用し、下には強大な警察力を行使して、批判勢力を徹底的に封じ込めた。

だから日本人全体が、不正と知りつつ自己保身のために忍従する体質を身につけてしまったのだ……。

貫一は胸の底からわき上がる無念の激しさに自分でも戸惑いながら、今日の講義中にカリフォルニア州出身の女子学生と交わした会話を思い出した。

「教授は日露戦争の最中、『日露衝突』という論文を書いて日本の立場を擁護されました。またアメリカ国内で三十数回も講演し、日本の正当性を訴えられたと聞いています。それは日本の海外侵略を容認することであり、今日の中国侵略を生む原因となったのではありませんか」

「そうではありません。当時ロシアは南下政策を取り、朝鮮と中国への進出を狙っていました。これを阻止することは両国の独立と、この地域で活動している諸外国の機会均等を保障する上でも重要だと、私は主張したのです」

「しかしその結果、日本は朝鮮を併合し、旅順《りよじゆん》、大連《だいれん》の租借権をロシアから奪い取りました。これは教授の主張なされたことに反するのではありませんか」

「そのことはとても残念に思っています。しかし『日露衝突』を書いた時には、我が祖国がそのような道を選ぶとは思わなかったのです」

「それは詭弁《きべん》だと思います。日本がロシアとポーツマス条約を結んだ時、教授は日本側のオブザーバーとして条約の締結に尽力なされたとうかがいました。その時に朝鮮併合や旅順と大連の租借権についても話し合われたのではありませんか」

アメリカの大学生は、納得できないことは徹底して追究してくる。個人の自立を尊重する教育が行き届いているからで、准教授とはいえ対等だという姿勢が身についていた。

「分りました。そのことについては説明が必要ですから、来週ティーパーティを開いてゆっくりお話しします」

貫一はそう約束して話を打ち切った。

授業の趣旨とちがう質問なので、この問題にあまり時間をついやすことができなかったからである。それにイェール大学の教員や職員の中にも、女子学生と同じような目で貫一を見ている者たちがいる。

彼らの誤解を解くためにも、機会をもうけて説明しておく必要があった。

確かに貫一はオブザーバーとしてポーツマス条約の締結に尽力した。交渉の席上で日本側が朝鮮における活動の優先権や旅順、大連の租借権を要求したのも事実である。

貫一はこれに反対したが、戦争に勝ったのに何の利益も得ずに帰国する訳にはいかないという日本側の主張に押し切られた。それにロシア側も賠償金の支払いをしなくていいのなら、二点を認めると言い出した。

そこで戦争終結のためにはやむを得ないと判断し、貫一もこの条件で条約を結ぶことに同意したのである。

ところが日本は優先権という曖昧《あいまい》な文言を逆手に取って朝鮮を併合し、旅順、大連を拠点として満州全域の支配をめざすようになった。

これを知った貫一は『日本の禍機』という論文を書いて日本に自制を求めたし、大正四年（一九一五）に日本が中国に対して二十一か条の要求を突きつけた時には、大隈重信《おおくましげのぶ》首相に抗議の手紙を送った。

その中で貫一は次のように記し、日本の孤立と窮状を予言している。

「日本がもし膠州《こうしゅう》租借を継続しようとすれば、英国の世論は離反し、中国は怨恨《えんこん》をさらけ出

し、米国はもちろん、世界の感情や世論からも排斥され、日本は道義的に文明諸国に伍《ご》してい
けなくなるだろう。そのようになれば、日本がたのみにできるのは、自分自身の軍事力だけと
なり、その負担はおそるべきものとなりかねない」
ところがアメリカ国内で、貫一のこうした努力を理解している人は少ない。『日露衝突』だ
けをとらえて、朝河は侵略容認論者だというレッテルが貼られつつあるのだった。
(何事も神の与えたもうた試練と受け止め、耐え抜くことだ)
己れにそう言い聞かせ、もう寝ようと立ち上がった時、窓ガラスが割れるけたたましい音が
した。
何事かと目をやると、ペンキで赤く塗った石が投げ込まれている。つづいて一つ、そうして
もう一つ。ガラスを突き破って赤い石が飛び込んできた。

第四章　脱　藩

朽ち葉色のカーテンを開けると、道路に三人の若者が立って窓を見上げていた。白人が二人と黒人が一人。いずれもカーキ色の作業着をまとったウィンチェスター社の工員で、敵意に満ちた獰猛《どうもう》な目を向けていた。

「ヘイ。ここに下りて来い。やっつけてやる」

「チャイナから出て行け。それが我らの要求だ」

「イエローモンキーめが。お前らなんか我が社のマシンガンで皆殺しだ」

小瓶のウィスキーをあおりながら口汚くののしった。

朝河貫一はカッと頭に血がのぼり、護身用の木刀を手に表に飛び出したい衝動に駆られた。辱《はずか》しめを受けて引きさがってはならぬという父の教えが身についているからだが、相手は屈強の若者三人で、太刀打ちできるとは思えない。それに呂律《ろれつ》が回らないところを見ると、酒ばかりか麻薬も使っているようだった。

ここで飛び出したなら、殴り殺されるか重傷をおわされるおそれがある。アメリカ人なら銃を撃って追い払うだろうが、貫一にはそれもできなかった。

「Don't make a noise at midnight!」（夜中に騒ぐな）

貫一はそう怒鳴りつけ、三人をにらみすえてからカーテンを閉めた。

怒りと屈辱に胸が波立っている。だが今は耐えるしかなく、そうしなければならないことが体が震えるほど無念だった。

翌朝、いつものようにスーツとネクタイ姿でイェール大学に向かった。なだらかな丘の道を下っていると、二列縦隊になって会社に向かうウィンチェスター社の従業員たちとすれちがった。

カーキ色の服に作業帽をかぶった体格のいい若者たちが百人ばかり、まるで軍隊のように整然と行進している。貫一を見る彼らの目は日に日に険しくなっていたが、ついに昨夜のような事件を引き起こしたのだった。

貫一は彼らと目を合わせないようにした。目を合わせれば互いの反発心はいっそう強まり、いやがらせをエスカレートさせることになりかねない。

そう思って真っ直ぐ正面を向いて歩いたが、行列の後ろの方を歩いていた男がすれちがいざまに声をかけてきた。

「Hey, we will make a noise again.」（おい、また騒ぐからな）

アイルランド系の大男が、にっと笑って赤く塗った石をポケットから取り出した。

貫一は息が止まるほどに驚き、思わずその場に立ちつくした。事を荒立てないために泣き寝入りしようとするとは、何と卑怯な精神だろう。

(これでは……、これではまるでレイプされた少女が、相手の影におびえながら暮らしているようなものではないか)

そんな生き方を自分が選ぼうとしていたことに慄然《りつぜん》とし、貫一は足を早めて大学の管理棟に向かった。

警務担当主任のロバート・キムに面会を申し込むと、すぐに部屋に通された。

両親が朝鮮半島出身のアジア系移民ながら、コネティカット州の刑事部長まで立身した切れ者である。近年の治安の悪化を憂慮した大学は、学生たちの安全を守るためにキムを警務担当として雇い入れ、州警察との連絡を密にしていたのだった。

「朝河先生、どんなご用でしょうか」

キムは四十代半ばで物腰はいたってやわらかい。腕にはぶ厚い金のブレスレットをしていた。

「昨夜遅く、私の家の窓ガラスに赤いペンキを塗った石を投げ込んだ者がいました。三人の若者で、ウィンチェスター社の作業着を着ていました」

貫一は状況をつぶさに説明し、警察に訴えた方がいいだろうかと相談した。

「訴えてどうなされます。三人を逮捕して罰を受けさせたいとお望みですか」

「罰を受けさせたいのではありません。こんな暴力が二度とくり返されないようにしていただきたいのです」

「それはかなり難しいですね」

「なぜです。私はこの国の市民権を持っている。平穏に暮らす権利は保障されているはずだ」

「もちろんその通りです。しかし反日感情の高まりは、先生もよくご存じでしょう」

だから昨夜のような事件が起こる。これは犯罪であり許されることではないが、一般の住民が突発的な怒りに駆られて引き起こすものなので、警察の力では防ぎきれないという。

「それに近頃、ウィンチェスター社の作業員の中には、労働の苦しさから逃れるために麻薬を用いている者たちがいます」

「ええ、昨夜の若者たちもそのようでした」

「そのために市内の犯罪発生率も上がっています。また麻薬の売人たちが入り込み、学生たちにまで誘惑の手を伸ばしています。これを防ぐだけで、我々も警察も手一杯なのです」

「それならウィンチェスター社に抗議をして、麻薬の使用を禁止させればいいではありませんか」

あなたのことなど構っていられないとでも言いたげなキムの態度に、貫一は反論せずにはいられなかった。

「もちろん抗議をしていますし、ウィンチェスター社も善処すると約束しています。しかし生産効率を上げることを優先していますから、まともに対応するとは思えません」

「州警察はそれを黙認しているのですか」

「とんでもない。警察は法の番人ですよ」

「それならなぜ、強く指導しないのです」

「あの会社は州に莫大《ばくだい》な献金をしています。州知事や警察署長を丸ごと買い取れるくらいね。

それに全米ライフル協会の中でも絶大な力を持っていますから、大統領さえ口を出せないのです」

「理不尽な暴力に、黙って耐えろと言うわけですか」

「今のところ方法は二つしかないと思います。ひとつはあなたの祖国の海外侵略の方針を改め、アメリカ国内の反日感情をしずめることです」

できれば中国だけでなく朝鮮からも出ていってもらいたいと、キムは敵意のこもった言い方をした。

「もうひとつは」

「今の家を引き払って、大学の構内の安全な場所に住まれることです。先生ももうお若くない。いっそ日本におもどりになったらいかがですか」

あの島に住んでいるのは日本人ばかりなので、反日感情に苦しむこともないでしょうと、キムはあくまで冷やかだった。

慶応四年（一八六八）の年明け早々、江戸は騒然たる空気につつまれていた。

一月三日に勃発《ぼっぱつ》した鳥羽・伏見の戦いで、旧幕府軍は薩長を中心とした新政府軍に大敗し、大坂城まで敗走したという報がとどいたからである。

これからどうなるのか、さまざまな噂が飛び交っている。

大坂城には徳川慶喜がいるのだから、城にこもって戦えば負けるはずがないと言う者。万一慶喜までが討ち取られたなら、徳川家は立ちゆかなくなると案じる者。いやいや、京・大坂での戦争ですめばかえって好都合だと算盤《そろばん》をはじく者など、とらえ方はさまざまである。中には新政府軍が江戸まで攻めてくるという噂もあって、逃げ出すために荷造りを始める者たちもいた。

そんな中、宗形幸八郎昌武は三田の二本松藩邸に詰めて藩主の下知を待っていた。先月二十五日の薩摩藩邸改めの働きを賞して、庄内藩主から金百両が下されたが、藩主丹羽長国からの沙汰《さた》は何もない。負傷した者へのねぎらいの使者さえ送って来なかった。

「藩のご重職は、薩長に気いづがって褒美を出ししぶってるみてえだない」

「あれは三田屋敷の巡視隊が勝手にやっだごどで、殿さまの命令ではねがったと言い逃れるつもりだと聞いたんだべ」

隊士の中にはそう言う者もいて、誰もが苛立《いらだ》ちをつのらせている。

昌武はそれをなだめ、軽率な行動をしないように引き締めをはかったが、隊士たちの不満と不安は日に日に大きくなっていた。

異変が起きたのは一月十一日の早朝である。市中の巡視に出ていた者が、品川沖に三本マストの大型船が停泊していると告げた。

「敵か身方か」

「分りません。見たこともない新型船で、旗もかかげておりません」

「もしや」

薩長が報復に来たのではないかと、昌武は山田慶蔵、斎藤半助、和田一之丞をつれて視察に出た。

海ぞいの道を泉岳寺のあたりまで走ると、沖に停泊した大型船の姿が見えた。真新しい船体が朝日に輝き、三本マストが風に吹かれてかすかに揺れている。

「あれは開陽丸《かいようまる》ではないか」

昨年三月、オランダに留学していた榎本武揚《えのもとたけあき》らが六十五万ドルの巨費を投じて買い付けてきた最新式の軍艦である。この船で帰国した日には、品川港で盛大な祝賀会が開かれたものだった。

「そうです。昨年末に兵庫に向かったと聞きましたが」

どうしてもどってきたのだろうと、慶蔵が首をかしげた。

品川まで行って近くから見ると、開陽丸の大きさは圧倒的だった。全長は七十二・八メートルで、船体は黒々と塗られている。三本マストのうち、主帆と前帆は高さ四十数メートルにも及ぶ。

排水トン数二千五百九十トン。補助エンジンとして四百馬力の蒸気機関を搭載し、スクリューの推進力で航行する最新鋭艦である。

片側には十三門ずつ、計二十六門の大砲を搭載しているが、そのうちの数門は口径十六センチの三十ポンドカノン砲だった。

「凄い。あの大砲は二里も飛ぶそうだ」

昌武は砲術師範の朝河八太夫にそう教わったことがあった。

桟橋にはボートで開陽丸からおりてきた将兵が、船番所の役人や見物人たちに取り囲まれている。それを又聞きしているうちに、少しずつ事情が分ってきた。

鳥羽・伏見の戦いに敗れた徳川慶喜は、会津《あいづ》藩主松平容保《まつだいらかたもり》、桑名《くわな》藩主松平定敬《さだあき》らとともに一月六日の夜中に大坂城を脱出し、天保山《てんぽうざん》沖に停泊している開陽丸に乗り込んだ。

そしてすぐに江戸に向かって出港するように命じたが、艦長の榎本が不在なので船を出すことはできないと、副艦長の沢《さわ》太郎左衛門《たろうざえもん》が拒否をした。

そのために船中で二日の間押し問答をつづけたが、ついに八日の朝に大坂湾を離れて江戸に向かうことになった。

最新鋭艦なのに三日もかかったのは、大風に吹かれて八丈島《はちじょうじま》の近くまで流されたからだった。

「それで、大樹や会津公はどうしておられるのでしょうか」

「浜御殿に移られたそうじゃ。詳しいことはわしも知らん」

船番所の役人はそう吐き捨てた。

大樹ともあろう者が、配下の将兵を置き去りにして逃げてくるとは言語道断である。そうした怒りと失望に、集まった誰もが苛立っていた。

「こうしてはおられぬ。このことを一刻も早く上屋敷につたえなければ」

急いでもどろうとふり返ると、側にいたはずの慶蔵がいなかった。斎藤や和田にたずねたが、ついさっきまで一緒だったと首をかしげるばかりである。

昌武は桟橋の近くまで行って捜したが、狭い所に見物人が殺到しているので見つけることはできなかった。

慶蔵は正午過ぎに藩邸にもどってきた。昌武たちより一刻《いっとき》（二時間）ばかり遅れての帰邸だった。

「申し訳ありません。知り合いに会って話をしていたところ、隊長たちとはぐれてしまいました」

よどみなく報告したものの、顔は青ざめている。目付きもいつになく険しかった。

「どうした。何かあったのか」

「何でもありません。失礼します」

昌武は妙だと思ったが、深く立ち入ろうとはしなかった。今は先行きの不安に誰もが動揺している。問い詰めれば、かえって悪い方に追い込むことになりかねなかった。

三日後、旧幕府海軍の富士山丸《ふじやままる》、蟠龍丸《ばんりゅう》、順動丸《じゅんどう》、翔鶴丸《しょうかく》が、大坂城に残った将兵を乗せて品川に入港した。千名をこえる将兵の中には、新撰組《しんせんぐみ》の近藤勇《こんどういさみ》や土方歳三《ひじかたとしぞう》の姿もあった。

彼らの話によって、鳥羽・伏見の戦いの様子が明らかになった。

旧幕府軍一万五千は徳川慶喜の訴状を朝廷にとどけるという名目で一月三日に大坂を発《た》ち、京都に向かった。ところが新政府軍五千はこれを阻止しようと鳥羽・伏見に兵を配して待ち構えていた。

旧幕府軍は道を開けて通すように求めたが、相手は朝廷の威を笠《かさ》に着て通そうとしない。押し問答をしているうちに薩摩藩の部隊が発砲し、全面的な戦争になった。

兵の数では圧倒している旧幕府軍だが、銃器の装備では雲泥の差があった。新政府軍の先陣部隊は七連発のスペンサー銃を用いていたが、旧幕府軍は単発で先込め式のミニエー銃かエンフィールド銃しか装備していない。

しかも相手は高所に築いた陣地から撃ちかけてくるのだから、旧幕府軍はなす術もなく犠牲者ばかりを増やすことになった。

一月三日の戦に敗れた旧幕府軍は、翌日にも鳥羽・伏見で大敗し、五日昼頃に淀《よど》城まで退却して態勢をととのえようとした。ところが老中稲葉正邦《いなばまさくに》が藩主をつとめる淀藩が、勅命には逆らえないという理由で入城を拒んだ。

旧幕府軍はやむなく木津川《きづがわ》の南まで退却し、橋を焼き落として敵の進撃を食い止めようとした。

ところが今度は淀川の対岸の山崎《やまざき》に布陣していた津《つ》藩藤堂《とうどう》家が、新政府軍側に寝返って砲撃を加えてきた。

しかも尾張《おわり》徳川家も紀州《きしゅう》徳川家も朝廷に恭順したとあって、旧幕府軍は浮き足立ち、我先にと敗走したり脱走する者が続出したのだった。

「要は装備の差だ。ポンポン銃ではスペンサーには勝てぬ」

敗走してきた兵の悲痛な叫びが、昌武の胸にしみた。

ポンポン銃とは単発のミニエーやスナイドルのことである。これではスペンサー銃に対抗できないことは薩摩藩邸での戦いで身にしみて分っていたが、財政難にあえぐ二本松藩には、スペンサー銃を買い入れる予算がないのだった。

江戸に逃げ帰ってきた徳川慶喜はこれからどうするつもりなのか。新政府軍と戦うのか。それとも朝廷に恭順するのか。徳川家の重職たちの間でも意見が真っぷたつに分れていた。

慶喜も初めのうちは戦う姿勢を見せていたが、二月五日になって恭順の意を明らかにし、十二日には上野《うえの》の寛永寺《かんえいじ》に入って謹慎した。このために諸大名も江戸に在勤する必要がなくなり、屋敷を引き払って国許《くにもと》にもどることになった。

昌武らがそのことを告げられたのは二月二十日。藩主の使者としてやって来たのは朝河八太夫照清だった。

「昌武どの、本日は残念なことを伝えねばならぬ」

その前にと断わって、八太夫が服紗《ふくさ》を差し出した。

中には五両が入っている。薩摩藩邸での戦いに出た者への見舞い金だった。

「本来なら藩として手柄を賞し、恩賞を与えなければならぬ。殿もそのようにおおせだが、そうすれば二本松藩が薩摩藩邸襲撃に加わったことを公に認めることになる。それゆえ……」

「あれは襲撃ではありません。公儀のご命令による改めです」

同席した慶蔵がおもいがけない鋭さで反論した。

「それは分っておる。だが慶喜公は恭順の意を示され、前非を悔いて謹慎なされておるのじゃ。我が藩も公に襲撃、いや、改めに加わっていたことが分れば、新政府から朝敵と見なされ、どのような難題を持ちかけられるか分らぬ」

「だから節を曲げ、白を黒と言い抜けるおつもりですか。たった五両で……、これが二本松藩の武士道ですか」

「慶蔵、よせ」

昌武は無礼をとがめ、巡視隊の隊士を大広間に集めるように命じた。

「皆がこの先どうなるか案じております。殿のご命令は、師範から直にお伝え下さい」

大広間には三隊六十人が集まっていた。こうした状況下でも、一人も欠けることなく巡視隊の任務を遂行しようとしていた。

「皆の働きは、我が二本松藩の誇りである」

八太夫はそう言い、働きに報いてやれないことを涙を流してわびた。

「今日《こんにち》の状況は皆も聞き及んでいるであろう。幕府は大政を奉還し、慶喜公も新政府に恭順なされた。これからは我々も二本松にもどり、新政府の命に従わなければならぬ。それゆえ今月二十三日、殿は溜池山王の屋敷を引き払って国許におもどりになる。皆もここを引き払い、二本松の自宅にもどるように」

本来なら藩主丹羽長国の行列に従うのが筋である。だが、巡視隊の存在が目立つことを恐れて、同行も許さないのだった。

あまりの仕打ちに怒りと悔しさをおさえかね、隊士の数人が拳《こぶし》を固めて床を叩《たた》き始めた。口では反論できないので、床を叩いて抗議の意志を示した。

するとと全員がそれに倣った。唇をかみしめ涙を流しながら床を叩く。その音が大広間に響きわたったが、昌武はやめさせようとしなかった。

今日までの苦労を思えば、抗議をするなと言う方が無理だった。


翌日から昌武らは帰国の仕度にかかった。

諸大名が江戸から引き上げるのは、幕府成立期に参勤交代の制ができて以来、およそ二百五十年ぶりである。その作業に当たっていると、時代の変わり目に立っていることがひしひしと感じられた。

まず各自の荷物を柳行李《やなぎごうり》にまとめ、藩の荷物は長持に入れた。これを運ぶためには荷車が必要なので、車借の棟梁《とうりょう》に頼んで借り上げなければならなかった。

どの藩でも事情は同じなので、荷車の注文が殺到する。そのために借りられなくて悲鳴を上げる藩も多かったが、この点では昌武らは恵まれていた。

巡視隊の陰日向《かげひなた》のない働きぶりを知っている三田の車借の棟梁が、

「隊長んとこならタダで回すよ。遠慮なく言っつくんな」

そう言って格別の計らいをしてくれたからである。

次に隊員全員に国許で身を寄せる場所を明記させた。無事に帰りついたかどうか、後日確認する必要があるからである。

薩摩藩邸での戦いで重傷を負った一名は、まだ帰国するのは無理である。あと一月ばかり療養させてくれる家をさがしていると、これも車借の棟梁が面倒を見ると申し出てくれた。

最後に路銀の分配をした。持ち金は庄内藩からの百両と先日の五両しかない。これをどう分けるか頭を悩ました末に、次のような案を立てた。

各隊士に一両一分ずつ分配すると七十五両が必要である。残る三十両のうち、六両は車借の棟梁にわたし、昌武と慶蔵、斎藤、和田の四人が六両ずつ受け取る。

これは国許に帰った後で、困窮した隊士たちを救うための預り金だった。

これでいいか相談するために、慶蔵たちを呼んでくるように申し付けた。ところが斎藤と和田はすぐに来たが、慶蔵はどこにもいないという。

「おかしいな。外出するという報告は受けていないが」

厠《かわや》にでも入っているのではないかと話していると、慶蔵の部下が血相を変えてやって来た。

「小隊長の文机《ふづくえ》に、このようなものが置いてありました」

差し出した書状の表には、墨黒々と脱藩届と記してある。中を開くと、昌武あてに「私山田慶蔵は、一身上の都合により、本日二月二十二日をもって、二本松藩の御扶持《ごぶち》を返上申し上げます」と届け書きがしてあった。

「これはいったい、どういうことだ」

そうたずねたが、斎藤も和田も何も聞いていなかった。

「そういえば一昨日《おととい》、庄内藩の方が訪ねて参られました」

相手は二人で、何やら険しい顔で話し込んでいたという。

「分った。このことはしばらく内密にしておいてくれ」

昌武は脱藩届を戎服《じゅうふく》（軍服）のポケットにねじ込み、神田橋の庄内藩上屋敷をたずねた。

ここも引っ越しの真っ最中で、広々とした邸内のいたる所に荷車や長持が置いてある。譜代の雄藩だけに徳川家の恭順には納得がいかないようで、藩士たちは殺気立った顔で走り回っていた。

昌武は家老屋敷をたずね、石原数右衛門に面会を求めた。

「よく来てくれた。こちらから挨拶《あいさつ》に行かなければと思っていたところだ」

数右衛門が玄関口まで迎えに出た。

藩主の酒井忠篤《ただずみ》の供をして、明日国許に向かう予定だという。

「内密にお伺いしたいことがあります。よろしいでしょうか」

「構わぬとも、ご覧の通りで、何のもてなしもできぬが」

引っ越しは畳まではがすほど徹底していた。国許に持っていくのではなく、出入りの商人に売り渡すのである。どうせ新政府軍に押収されるのだから、金目のものは何ひとつ残すまいとしていた。

「ここは我らの城だ。本来なら火を放って退却するところだよ」

数右衛門は昌武を道場にともなった。ここなら誰にも話を聞かれる心配がなかった。

「部下の山田慶蔵が脱藩届を出して姿を消しました。二日前に尊藩のお二人と会っていたと聞きましたので、何かご存じではないかと思って」

「そうか。山田君といえば宝蔵院流の遣い手だったね」

「神田の筒井《つつい》道場に通っていました」

「実は新整組の二人も脱藩した。宝蔵院流だ」

「慶蔵の道場仲間でしょうか」

「そこまでは分らぬ。ちょっと待ちたまえ」

宝蔵院は他にもいるからと、数右衛門は屋敷に取って返そうとした。

「お待ち下さい。私も行きます」

昌武は強引に供をした。慶蔵のことが心配で、居ても立ってもいられなかった。

新整組は北門脇の長屋を宿所にしていた。五十名ほどの隊士があわただしく引っ越しの仕度をしている。その中には負傷した手足に包帯を巻いている者が十人ばかりいた。

数右衛門が呼びつけた江口高太郎《えぐちこうたろう》も、首からたらした包帯で右腕を吊《つ》っていた。浪士との激戦で二の腕を槍《やり》で突かれたのである。

「君は筒井道場の門弟だったね」

数右衛門がたずねると、高太郎はびくっとしたように身を固くした。まだ十八ばかりの小柄な若者である。

「同門の沢田と中西が、二日前に脱藩した。何か事情を知っているのではないかね」

「……」

「二本松藩の山田君も今朝脱藩したそうだ。こちらの宗形君は、それを案じて問い合わせに来られた。知っていることがあれば教えてくれ」

「し、知りません。何も知りません」

高太郎は頑《かたく》なに言い張った。

「筒井道場の方なら、入来院重宗どのをご存じでしょう」

昌武は腰をかがめ、高太郎と同じ目の高さで語りかけた。

「存じています。薩摩の虎と呼ばれた名人です」

「その方が馬で打って出られた時、私は立ちはだかって戦おうとしました」

「無茶な。あの方は天下一の遣い手です」

「それを知らずに挑もうとしたのです。その時後ろから抱き止めてくれたのが山田慶蔵でした」

だからこのままにしておけないのだと言うと、高太郎がすすり泣きに泣き始めた。いきさつは知っていたが、沢田と中西に固く口止めされていたのである。

「私も一緒に行くと言いました。でも手傷を負っているから無理だと、二人に止められたのです」

「何のための脱藩だ」

数右衛門がのしかかるようにたずねた。

「薩摩藩邸で捕えられた益満休之助が、小伝馬町《こでんま》の牢屋敷《ろうやしき》からもうじき釈放されるそうです。それなら我らの手で仇《かたき》を討とうと、沢田さんたちは同志をつのっておられました」

「仇とは、誰の仇ですか」

「筒井道場に町野彦五郎《まちのひこごろう》さんという会津藩士がおられました。山田さんや沢田さんと仲が良くて、朴訥《ぼくとつ》で生真面目な方でした。彦五郎さんは京都で苦難におちいっておられる藩主容保公を救うには、一日も早く薩摩藩邸の悪事をあばくしかないと、密偵となって藩邸に潜入なされたのです」

目的は御用盗が西郷隆盛の命令で動いている証拠をつかむことと、浪士の人数や装備を明らかにすることだった。

浪士のふりをして潜入した彦五郎は、わずか十日でめざましい成果を上げたが、薩邸改めの二日前に正体を暴かれてしまった。

夕方から降り始めた雪を見て、

「雪、降ってきたなし」

思わずそう口走ったからである。

彦五郎はさっそく益満休之助らの前に引き出され、言語に絶する拷問を受けた。しかしついに口を割ることなく、自ら舌をかみ切って自害したのである。

「そのことは別の密偵からの報告で分っておりました。沢田さんたちは会津藩士らしい立派な最期だと言っておられましたが、薩邸改めの後で彦五郎さんの遺体が馬屋から見つかったのです」

遺体には全身に焼け火箸《ひばし》を押し付けた跡があり、両目がつぶされていた。あまりの惨《むご》さと凄《すさ》まじさに、誰もが立ちすくんだほどだったという。

「沢田さんたちは彦五郎さんの遺体を近くの寺で荼毘《だび》にふし、供養をしてもらいました。そうして正月明けに筒井道場の仲間を集め、益満が釈放されたなら仇を討とうと申し合わせたのです」

「正月明けとは、いつですか」

「あれは確か、慶喜公が品川に逃げ帰って来られた日です。皆さんが武士の恥だと、盃《さかずき》を交わしながら泣いておられましたから」

「すると一月十一日ですね」

あの日慶蔵は、人ごみではぐれたと言って一刻《いっとき》ちかく遅れて帰ってきた。おそらく仲間の集まりに出て、仇討ちを誓ってきたのだろう。

鋭い口調で朝河八太夫に詰め寄ったのも、薩摩への復讐《ふくしゅう》心に取りつかれていたからにちがいなかった。

「それで江口君、沢田や中西はどうやって益満を討とうとしているのだ」

「小伝馬町の牢番《ろうばん》に袖《そで》の下をつかませ、いつ益満らが釈放されるかつきとめようとしておられます。その日を待って行動を起こされるでしょう」

「一味は何人だ」

「五、六人だと思います」

「今どこにいる。心当たりはないかね」

「ありません。私はもう仲間ではありませんから」

高太郎はそう言って面目なさそうにうつむいた。

「それなら私がこれから慶蔵の行方をさがします。もし彼らに理があるなら、仇討ちに加わるつもりです」

昌武はたとえ帰国命令に背いてでもそうしようと決意した。

「そうか。私もそうしたいが、殿のお供を辞退するわけにはいかないのだ」

「もし可能なら、江口君を預からせていただけないでしょうか」

昌武が申し出ると、高太郎も是非そうしたいと願い出た。沢田たちの居場所に心当たりがあるようだった。

第五章　船　出

明治と改元されることになる年の二月二十三日、二本松藩主丹羽左京大夫長国は溜池山王の上屋敷を引き払って国許《くにもと》に向かった。

直違紋《すじかいもん》の入った長国の駕籠《かご》の前後に、江戸詰めの藩士百五十人ばかりが従っている。いずれも上屋敷や中屋敷にいた者ばかりで、三田の下屋敷にいた巡視隊の者たちは従うことを許されなかった。

薩摩藩邸焼き打ち（今やこの事件は新政府側からそう呼ばれていた）に加わったために、新政府からの処罰を恐れた藩の重職たちが、銘々で帰国するように命じたのである。

宗形幸八郎昌武（後の朝河正澄）は、上屋敷の北側の大通りに立って主君の帰国を見送っていた。

藩には残務整理のために山田慶蔵とともにしばらく下屋敷にとどまるという届けを出している。その間に慶蔵を見つけ出し、腹を割った話をしてみるつもりだった。

（仲間に引っ張られて、暴走しなければいいが）

根が真面目な男だけに、道場仲間に誘われて引っ込みがつかなくなったのではないかと案じていた。

上屋敷を出た長国の一行は北に向かい、潮見坂《しおみざか》につづく道をたどった。三叉路《さんさろ》に面したところには丹羽家の中屋敷がある。二つの広大な屋敷が新政府に没収され、薩摩や長州の者たちの宿所にされるのだった。

（ここは我らの城だ。本来なら火を放って退却するところだよ）

石原数右衛門が悔しげに吐き捨てた言葉が、昌武の耳底によみがえった。

わずか二月前には、薩摩藩は御用盗と呼ばれる強盗団を組織して江戸市中を荒らし回っていた。倒幕のためなら手段を選ばぬ破壊活動《テロリズム》である。

それを主導した者たちが新政府の高官となり、取締りにあたった者たちは江戸から追い出されるとは、何という運命の激変であることか。しかもこの激変は、昌武らのあずかり知らぬところで決められたことだった。

長国の行列はいったん中屋敷の前で止まり、屋敷にいた五十人ばかりの藩士を合流させて再び動き出した。その中には昌武の砲術師範である朝河八太夫の姿もあった。

昌武は上屋敷の前から動かないつもりだった。同行も許されない者が、行列の後を追いかけていくのはあまりに不様である。ここに踏みとどまり、主君の「都落ち」をしっかり目に焼きつけておこう。

意地でもそうしてやると気を張っていたが、行列が遠ざかるにつれて淋《さび》しさが胸に突き上げ、我知らず後を慕って歩き出していた。そうして足早に歩くうちに、涙があふれ出て止まらなくなった。

あれこそが我が主君、命を賭《と》して仕えてきた方である。主がなければ従もないのだから、長国こそが二本松藩であり、昌武の存在そのものである。その主君が蹂躙《じゅうりん》され江戸から追い出されることに、言いようのない憤りを覚えた。

行列は潮見坂を過ぎ、次の角を南に折れた。

真っ直ぐ進めば山下御門《やましたごもん》に通じているが、道の両側には大名家の上屋敷が建ち並び、いずこも同じ引っ越し作業に追われている。その混乱をさけるために、虎之御門《とらのごもん》から城外に出ることにしたのだった。

門を出ると、沿道には大勢の見物客が集まっていた。丹羽家は織田信長の重臣だった丹羽長秀《ながひで》の血を受け継いでいる。名にし負う武勇の家の行列を一目見ようと、江戸っ子たちが押し合いへし合いしていた。

昌武は門外のお堀端に立って、長国の一行に別れを告げることにした。これだけの観衆の中に入っていくのは気が引けるからだが、帰りかけようとした時、商家が建ち並ぶ通りの路地に、白い着物をまとった武士が土下座をしているのに気付いた。

長国の一行をこうして見送り、感極まって動けずにいるらしい。そう思って目をこらしていると、男がゆっくりと面を上げた。

慶蔵である。しかも着ているのは白装束。死を決意し、こうして目立たぬ所から長国に暇《いとま》を告げているのだった。

「慶蔵、私だ」

昌武は人ごみに隔てられたまま声をかけた。

見つけた嬉しさに思わずしたことだが、これはいかにも配慮に欠けていた。昌武だと気付いた慶蔵は、立ち上がって袴《はかま》についた土を払うと、踵《きびす》を返して路地の奥へ消えていった。

「慶蔵、待て。話がある」

昌武は懸命に後を追ったが、人ごみにさえぎられて思うにまかせず、半町も進まぬうちに見失った。

小伝馬町の牢屋敷《ろうやしき》は日本橋のど真ん中、小伝馬町一丁目にあった。設立は関ヶ原合戦直後の慶長《けいちょう》年間で、以来二百六十余年、幕府によって運営されてきた。

二千六百十八坪という広大な敷地を有し、屋敷内には処刑場もあった。屋敷のまわりに塀をめぐらし、南西に表門、北東に不浄門があった。不浄門は刑死したり病死した者を運び出すための門だった。

蘭学者として有名な高野長英《たかのちょうえい》もここに収容されていたし、維新のさきがけとなった吉田松陰《よしだしょういん》は屋敷内で非業の死をとげた。

昌武と江口高太郎は牢屋敷の斜《はす》向かいに位置する旅籠《はたご》に泊まり込み、表門を見張っていた。慶蔵らが牢番と連絡を取るためにたずねてくるかもしれないと、部屋の窓から交代で様子をうかがっていた。

旅籠は俗に身寄り宿と呼ばれている。

入牢《にゅうろう》している者の身寄りの者が、差し入れを届けたり遺品を引き取りに来た時に利用する安宿で、うるさく詮索《せんさく》されることもなく何日でも泊まれる。

だが慶蔵らはなかなか現れなかった。別の場所で牢番と連絡を取っているのか、三日間見張りつづけても何の成果も得られなかった。

「江口君、彼らが立ち寄りそうな場所がどこか他にありませんか」

「すみません。沢田さんたちが牢屋敷を見張られるなら、身寄り宿に泊まられると思ったものですから」

ここに案内した江口高太郎は、当てがはずれてすっかり恐縮していた。

「ここで見張っていれば、益満休之助らが釈放されて出てくるのを見ることができるかもしれない。しかし、それがいつか分らないと」

ずっと気を張り詰めて待っているわけにはいかない。それに益満ら御用盗にうらみを持つ者も多いので、報復をさけるために夜中に釈放するかもしれなかった。

「もしかしたら、決起を誓った三田の寺にひそんでおられるかもしれません」

「いや。脱藩したなら追手がかかるおそれがあるのですから、すぐに足がつくようなことはしないでしょう」

額を寄せて話し合っていると、表門から声が上がり牢役人の交代が始まった。勤めは三交替制で、未《ひつじ》の刻（午後二時）に十五人ずつが入れ替わる。

交替して屋敷から出て来る者の中に、袋に入れた竹刀を持ち、防具袋を肩にかけた二十歳ばかりの若者がいた。

（あれは……）

防具袋に見覚えがある。神田お玉ヶ池《たまがいけ》にある北辰一刀流《ほくしんいっとうりゅう》の道場で用いているものだ。創始者の千葉周作《ちばしゅうさく》はすでに他界しているが、玄武館《げんぶかん》と名付けた道場は今も多くの門弟でにぎわっていた。

玄武館には昌武も何度か出稽古《でげいこ》に行ったことがある。昌武が小野派一刀流を学んだ中西道場は、千葉周作と縁があるので、今も門弟たちが行き来して腕を磨いていた。

（そうだ。玄武館なら）

昌武は高太郎に留守をたくし、役人の後を尾《つ》けた。

案の定、人形町《にんぎょうちょう》通りを東に進み、お玉ヶ池へ向かっていく。ここには昔大きな池があったが、江戸初期に埋め立てられ、跡地にお玉ヶ池稲荷社《いなりしゃ》が建てられた。お玉ヶ池の地名は、それに由来するものだった。

若い役人が玄武館に入るのを見届けると、昌武は道場の神林《かんばやし》師範に面会を申し入れた。北辰一刀流皆伝の腕前で、昌武も何度か教えを受けたことがある。

千葉周作と同じ陸前高田《りくぜんたかた》の出身なので、同じ奥州出身の昌武には親しく接してくれたのだった。

「これはめずらしい。二本松の小天狗《こてんぐ》が来てくれるとは」

神林は訛《なま》りの強い言葉でそんな冗談を言った。

出小手の得意な昌武は、若い頃にそんな仇名《あだな》で呼ばれていた。

「何かね。遠慮なく言ってくれ」

「あそこで稽古をしておられる御仁ですが」

「おお、旗本の中川敬之助《なかがわけいのすけ》君だ。君に劣らず筋がいい」

「折入ってお願いしたいことがあります。稽古の後に紹介していただけませんか」

「何やら込み入った事情があるようだな」

神林は昌武の様子にただならぬものを感じたらしく、それならわしの部屋で一杯やろうと引き受けてくれた。

敬之助は背筋が伸び、顔立ちさわやかな青年だった。幕府は亡び武士の時代は終わろうとしている。それに抗《あらが》うようにひたすら剣術の修行に打ち込んでいた。

「こちらは二本松藩の宗形君だ」

神林が昌武を引き合わせ、益満休之助の件で訪ねてきたことを告げた。

「そうですか。事情はよく分りました」

稽古上がりの敬之助は、色白の頬をうっすらと上気させていた。

「お力を貸していただけますか」

「釈放の日を、お知らせすればいいのですね」

「はい。御屋敷の門前の身寄り宿におりますので」

「それでどうなされます。その友人たちに協力して、益満らを成敗なされますか」

成敗という言葉に敬之助の思いがにじんでいた。

「それは慶蔵らの存念を聞いてから決めるつもりです」

「分りました。協力させていただきますが、ひとつだけ条件があります」

成敗するなら自分も同行させてほしい。世の中が変わったからといって、あのような重罪人を釈放していいはずがない。敬之助は決意のみなぎる澄んだ目をしてそう言った。


益満の釈放は三月二日の早朝と決まった。

徳川家の要人からの強い要請によるもので、御用盗一味の南部弥八郎《なんぶやはちろう》、肥後七左衛門《ひごしちざえもん》も一緒に出獄を許されることになった。

三月二日の明け六ツ（午前六時頃）、牢屋敷の表門が開き、五人の武士に警固されて益満らが出てきた。素早そうな小柄な男で、あたりに油断なく目をくばっている。支給された真新しい着物を着て、足取りもしっかりしていた。

「新政府の意向をはばかって、揚座敷《あがりざしき》に収容していたのです。だから元気なのですよ」

敬之助が外をのぞきながらつぶやいた。

昌武も三人に目をこらしている。これが御用盗の張本人かと体は怒りにふるえるが、強いて冷静さを保っていた。

警固の五人は陣笠《じんがさ》をかぶり、ぶっ裂き羽織を着て、いつでも刀を抜ける構えをとっている。

いずれも相当の腕前だということは身のこなしを見ただけで分るが、中でも頭《かしら》らしい大柄の男は尋常の使い手ではない。よほど名のある剣豪にちがいなかった。

「あれは、どなたでしょうか」

敬之助にたずねたが、五人とも徳川家の要人が差し向けた者たちなので分らないという。

慶蔵らがこんな相手に斬り込むことがないようにと祈りながら、昌武らは一行の後を尾けた。

敬之助、高太郎と交代しながら、相手にさとられないように距離をとって尾けていく。

まだ道々の木戸が開いたばかりで、人通りは少ない。木戸番小屋の老人が道を掃き清めたり、朝の早い魚屋が仕入れに行くのに出会うばかりだった。

一行は日本橋から赤坂《あかさか》へと黙々と歩き、三分坂下《さんぷんざかした》の報土寺《ほうどじ》に入っていった。江戸の名力士、雷電為右衛門《らいでんためえもん》の墓があることで知られた寺で、昌武も一度溜池山王の上屋敷からの帰りに立ち寄ったことがあった。

寺の三方は塀に閉ざされ、出入り口は表門だけである。それが分っているので、門前の一膳《いちぜん》めし屋に入って見張ることにした。二階にも客間がある店で、心付けを渡して長居をさせてもらうことにした。

ほどなく警固の大柄な武士が寺を出て、寝巻きのようなよれよれの着物をまとった小柄な男を連れてきた。

「昨夜《ゆんべ》も小人《しょうじん》どもが押しかけてよ。戦か恭順か、お前はどっちだと騒ぎやがる。お陰でこっちは寝不足になっちまって」

「あれは、か、勝安房守《かつあわのかみ》さまでございます」

敬之助は驚きのあまり舌をかみそうになった。

益満らを釈放させた徳川家の要人とは、勝海舟だったのである。海舟の屋敷はこの近くの氷《ひ》川《かわ》神社の側にある。益満らをいったん報土寺に入れたのは、まわりの目をはばかってのことだった。

「しかし、どうして安房守さまが益満らを釈放させたのでしょうか」

昌武には訳が分らなかった。

「新政府は今、有栖川宮《ありすがわのみや》を大総督とする東征軍を進発させています。これにどう対処するか、幕府、いや、徳川家は大揺れに揺れているのです」

徳川慶喜は上野の寛永寺に蟄居《ちっきょ》して恭順の意を明らかにしているが、徳川家の中には薩長の卑劣なやり方に憤り、あくまで戦うべきだと主張する者たちも多い。

元陸軍奉行並だった小栗上野介や、開陽丸艦長の榎本武揚らがその代表格である。

これに対して海舟は一貫して恭順論をとなえ、新政府との交渉によって徳川家の存続をはかる道をさぐっていた。

「東征軍の参謀は、薩摩の西郷吉之助《きちのすけ》だと聞きました。おそらく安房守さまは、益満を交渉の切り札に使うつもりなのでしょう」

「悪事の生き証人を、西郷に突きつけるつもりでしょうか」

「そうして相手に譲歩を迫ろうとしておられるのでしょう。喧嘩《けんか》上手の安房守さまらしいやり方でございます」

「それなら慶蔵らは、その生き証人を討とうとしているということになるではありませんか」

海舟は五人の腕利きを警固につけているのだから、これに勝てるはずがない。それに益満を斬ることは、徳川家の立場を悪くすることにもなるのだ。

「宗形さん、あれを」

外を見張っていた高太郎が、沢田さんと山田さんが来ていると言った。

町人のような装いで腰に刀もおびていないが、中背で丸顔の男はまさしく慶蔵である。益満らが報土寺に入ったと知って、様子を見に来たにちがいなかった。

「私は二人を追う。君たちはここで見張りをつづけてくれ」

昌武は脇差《わきざし》だけをたばさんで表に飛び出した。

三分坂の突き当たりを左に折れ、寺の並びが終わるあたりで、ようやく二人に追いついた。

「慶蔵、待て」

後ろからいきなり襟首をつかんだ。

慶蔵はぎょっとしてふりほどこうとする。前を歩いていた沢田が、隠し持っていた短刀を抜いて昌武に迫った。

「無用です。私の幼馴染《おさなな》《なじ》みですから」

慶蔵が両手を広げて昌武を庇《かば》った。

「益満を斬ってはならぬ。安房守どのは悪事の証人になされるつもりだ」

「放せ。あいつは町野さんの仇《かたき》だ。そんなことは関係ない」

「江戸が、二本松がどうなってもいいのか。安房守さまは戦争をさけるために尽力しておられるのだぞ」

「ならば正義はどうなる。ご公儀の命令で御用盗を捕縛しようとした我らの正義はどうなる」

それさえ捨てるのならもはや武士とはいえまいと、慶蔵はぽろぽろと涙を流した。

そのひたむきさに胸をつかれ、昌武はふっと手をゆるめた。慶蔵は手をふりほどき、薬研坂《やげんざか》の方へ駆けていった。

昌武は一膳めし屋にもどって事態の急を告げた。

「慶蔵らはどうあっても益満を斬って仲間の仇《あだ》を討つつもりだ。しかし安房守さまが益満を切り札にして新政府と交渉しようとしておられるのなら、これを妨害することは慎むべきだと思う」

君たちはどう考えるかと、敬之助と高太郎に意見を求めた。

「私は益満らが罪も問われないまま釈放されるのが悔しくて、行動を共にしました。しかし宗形さんがそうおっしゃるのなら、ご判断に従います」

敬之助は昌武の人柄にすっかり敬服していた。

「江口君、君は」

「私は沢田さんたちに無事にいていただきたいのです。この上斬り死にされるようなことがあれば、庄内に帰ることもできなくなります」

「それなら今後は襲撃を阻止することに全力をつくす。それでいいね」

昌武は念押ししてから、その方法を打ち明けた。

「私はこれから報土寺に行って、警固の方々に慶蔵らの計画を告げ、行動を共にさせてもらう。君たちは少し離れた所から後を尾《つ》け、慶蔵らが姿を現したなら知らせてくれ」

「しかし、警固の方々がそれを許して下さるでしょうか」

「意をつくせば分ってもらえるはずだ」

当たって砕けろという思いで報土寺をたずね、身分を明かして警固の者たちに面会を申し入れた。

しばらく庭先で待つと、三十ばかりの武士が険しい表情で現れた。肩幅が広く額に面ずれの跡がある武張《ぶば》った男だった。

「何ゆえ我らの後を尾けた。まずそれをうかがおう」

さすがに腕利きの者たちだけあって、昌武らに気付いていた。

「我らの仲間が、益満を討とうとしています。それを止めるには、ご一行の後を尾けて仲間が現れるのを待つしかないと思ったのです」

昌武はかいつまんで事情を話し、襲撃を阻止するために警固の列に加えてもらいたいと頼んだ。

「その方、我らが何ゆえ益満を警固しているか存じておるか」

「存じませぬ。ただ仲間の身を案じるあまり、こうして推参いたしました」

「話にもならぬ。推参の儀はさし許すゆえ、二度と我らに近づくな」

今度見つけたら切り捨てると、面ずれが眉《まゆ》をいからせて凄《すご》んだ。

「江尻《えじり》君、講武所の虎にそんな風に強面《こわもて》に出られたら、若い客人が気の毒だ」

後ろの部屋からすらりと背の高い男が笑いながら出てきた。

昌武が尋常の使い手ではないと見た武士だった。

「おおよその話は聞いた。上がって茶でも飲んでいきたまえ」

「私は二本松藩士、宗形昌武と申します」

「これは失礼した。拙者は山岡鉄太郎《やまおかてつたろう》という風来坊だ」

鉄太郎は後に鉄舟《てっしゅう》と名乗り、一刀正伝無刀法《いっとうしょうでんむとうほう》を創始した達人である。禅にも書にも通じている。まだ三十三歳ながら古武士のような毅然《きぜん》とした風格をそなえていた。

「山岡先生は千葉道場で修行なされたそうですね」

「ああ、周作先生にはずいぶん叱られた」

「神林師範からお噂はうかがっています」

竹刀の突きで道場の板壁を突き破ったのは、後にも先にも鉄太郎だけだ。神林は常々そう語っていた。

「ところで君の仲間が、益満を仇と付けねらっていると言ったね」

「はい。彼らの同門の友が薩摩藩邸に密偵として入り、益満らに責め殺されたのです。その仇を討とうとしています」

「それはさぞ憎かろうが、仇討ちをとげさせてやるわけにはいかんのだ。あいつには天下のためにひと働きしてもらわねばならんからね」

鉄太郎は他言無用といって計略を明かした。

目下有栖川宮を大総督、西郷隆盛を参謀とする新政府の東征軍が、東海道を東進して駿府《すんぷ》まで迫っている。

西郷らは勝ちに乗じて徳川慶喜らを厳罰に処し、徳川家を解体しようとしている。

だがそれでは旧幕臣の反発は大きく、戦争になるのはさけられない。そこで勝海舟は鉄太郎を使者として駿府につかわし、西郷に直談判を申し入れることにしたのだった。

「和談の条件は、上様の宥免《ゆうめん》と徳川家への寛大な処分だ。しかし勝ちに乗り朝威を嵩《かさ》にきた新政府は、容易に応じまい。その傲慢《ごうまん》の鼻先に、益満というボロ雑巾《ぞうきん》を叩《たた》きつけてやるわけさ」

鉄太郎は秘中の秘というべき策をさらりと明かした。

「それゆえ道中のいざこざはなるべくさけたい。君が警固に加わってくれるなら、我々としては有難いことだが、命の保証はいっさいしない。目的をはたすために見捨てることもある。それでもいいかね」

「結構です。よろしくお願いします」

「剣は相当使えるようだから心配はないが、問題は飛び道具だ」

もし西郷が海舟の計略を察知したなら、狙撃手を送って一行を皆殺しにしようとするだろう。

それゆえ行動は隠密を要するのだった。

翌三日早朝、鉄太郎らは益満ら三人をつれて高輪《たかなわ》の大御番組《おおごばんぐみ》の屋敷に移った。

大御番組とは旗本を中心とした幕府の実戦部隊で、家柄によって世襲されている。その者たちの屋敷が、泉岳寺の東側の広大な土地に並んでいた。

鉄太郎らは後を尾けられないように細心の注意を払って報土寺を出ると、大御番組の屋敷を借りて駿府への出発にそなえた。

昌武は鉄太郎らと行動を共にしながら、益満の様子をうかがった。鹿児島城下の下級藩士の家に生まれた男で、歳は昌武より三つ上である。あごの尖《とが》った三角の顔をしていて、笑うと人なつっこい表情になる。

だが長い間、西郷に命じられるまま汚い仕事をつづけてきたせいか、目は常に油断なくあたりをうかがっている。掏摸《すり》や泥棒と同じ目である。

口では一人前の志士を気取っているが、それはすべて聞きかじりで、西郷の指示なら何でもすると腹をすえただけの軽薄な男だった。

この程度の男に何度も江戸をかき回され、巡視隊の仕事をつづけてきたのかと思うと悔しく腹立たしいが、ただひとつ見るべきところがあるとすれば、幕府を倒すためなら命を捨てるという信念の強さだった。

「吉之助さんの命令じゃき。良かも悪かもなか」

そう信じて百人でも千人でも人を殺《あや》めてはばからぬ男は、昌武のまわりには一人もいない。こんな男たちが新政府軍となって江戸に攻め寄せて来ると思うと、背筋がうすら寒くなった。

五日の早朝、鉄太郎は南部弥八郎と肥後七左衛門を大御番組の牢《ろう》に閉じこめ、益満だけを駿府につれていくことにした。

二人は益満を従わせるための人質であり、御用盗の悪事をあばく生き証人だった。

「宗形君、我らは品川から咸臨丸《かんりんまる》に乗って駿河《するが》の清水港《しみずみなと》に向かう」

出発直前に鉄太郎が告げた。

その方が陸路を行くより安全だと、勝海舟が手配したのである。船に乗り込むまでに慶蔵らが現れなければ、昌武の心配も杞憂《きゆう》に終わるのだった。

大御番組の西側の道を南に下ると、ほどなく東海道に出る。その先はもう品川湾で、白い砂浜がつづいていた。

鉄太郎らはこの砂浜に引き上げたボートに乗り、沖に停泊した咸臨丸に乗り込むのである。ボートには二人の水夫が待機していて、いつでもこぎ出せるようにしていた。

東海道を渡ろうとしていると、後ろから敬之助が息せき切って追いかけてきた。

「宗形さん、慶蔵さんたちがこちらに向かっています。人数は六人です」

「慶蔵らは、どうして我らの動きを察知した」

「腕のいい密偵をやとっておられるのでしょう。昨夜は大御番組の東隣の大円寺《だいえんじ》に泊まられました」

奇遇にも慶蔵らが仲間の敵討ちを誓ったのはこの寺だった。敬之助と高太郎は慶蔵らが大円寺に入ったことを突き止め、境内にひそんで朝まで見張っていたのである。

「山岡さん、案じていたことが起こるようです」

声をひそめて告げたが、鉄太郎は眉ひとつ動かさず先を急ごうともしなかった。

益満と二人の配下を先にして、砂浜を悠然と歩いていく。歩きながらぶっ裂き羽織の紐《ひも》をしめたのは、太刀回りの時に羽織が邪魔にならないようにするためだった。

慶蔵らはたすきをかけ、袴《はかま》の股立《ももだ》ちをとって追ってきた。前三人が槍《やり》、後ろ三人が刀で、いずれも額金《ひたいがね》を巻いていた。

「それがしは元庄内藩士、沢田要一郎と申す。御用盗の首魁《しゅかい》、益満休之助に遺恨の筋がござる。相対で勝負をさせていただきたい」

一行の頭である沢田が申し出た。

「いきさつは宗形君から聞いたが、我らは大事な役目をはたすために益満をともなっておる。お申し出に応じることはできぬ」

鉄太郎が腕を広げて立ちはだかった。

「ならば腕ずくで目的をとげさせていただくが、よろしいか」

「そのつもりで仕度したのであろう。存分になされよ」

「ならば、いざ」

沢田と中西、そして慶蔵が前に出て槍を構えた。

「慶蔵、やめろ」

昌武は楯《たて》になるつもりで鉄太郎の前に出た。

「宗形君、案ずるな」

鉄太郎が昌武を押しのけて刀を抜いた。気負いのない、美しい中段の構えだった。

三人はほぼ同時に鉄太郎に突きかかった。

宝蔵院流直伝の容赦のない突きだが、鉄太郎は余裕をもって沢田の槍をはね上げ、中西の槍のけら首を切り落とし、三人の背後に回り込んだ。

慶蔵らはあわててふり返ろうとしたが、鉄太郎はその隙を与えずやすやすと三人を打ち倒した。

千葉周作ゆずりの神速の剣である。後ろの三人は気を呑《の》まれ、じりじりと後退《あとずさ》るばかりだった。

「慶蔵」

昌武は駆け寄って抱き起こした。

打たれた衝撃で口から血を吐いているが、斬られてはいない。三人とも峰打ちにしてくれたのである。

「凄いな。凄いものを見た」

慶蔵が正気にもどってつぶやいた。

「当たり前だ。あれは山岡鉄太郎どのだぞ」

昌武は手ぬぐいで口の血をぬぐった。
鉄太郎らはボートに乗り込んで咸臨丸に向かっていく。江戸と徳川家の命運をかけた船出だった。

〈It was sailing for fate.〉(命運をかけた船出だった)
朝河貫一はそう記し、深い溜息《ためいき》をついた。
父正澄が山田慶蔵を救うために益満休之助の後を追い、山岡鉄舟と行動を共にしたことは、残した書き付けにつぶさに記してある。
駿府に使いをした鉄舟は見事に大役を果たし、江戸城無血開城への道を開いたが、それは二本松藩の安泰にはつながらなかったのだった。

第六章　二つの墓碑

国許《くにもと》にもどった二本松藩主丹羽長国は、初めのうちは維新政府の意向に従う方針を取った。ところが新政府が会津藩、庄内藩の討伐を東北諸藩に命じたために、事態がにわかに険しくなった。

長国は仙台《せんだい》藩、米沢《よねざわ》藩などと協力し、会津藩が降伏し謝罪することで平和的な解決をはかろうとした。降伏の条件は松平容保の謹慎、領地の削減、責任ある重臣の切腹の三点で、会津藩もこれに応じることを表明した。

奥羽《おうう》鎮撫《ちんぶ》総督の九条道孝《くじょうみちたか》はこの条件で降伏を認めようとしたが、長州藩参謀の世良修蔵《せらしゅうぞう》が強硬に反対した。

このために九条道孝は方針を変更し、松平容保は「朝敵天地ニ容《イ》ルベカラズノ罪人」なので、早々に討伐するように命じた。

これに反発した東北諸藩は奥羽列藩同盟を結び、討伐命令の撤回を求めていく。ところが新政府はこれを認めようとせず、ついに戊辰《ぼしん》戦争に突入することになったのである。

朝河貫一もこうした歴史の流れはよく承知している。そして戊辰戦争の原因は、東北諸藩が新政府の改革方針に反発し、会津藩擁護を口実にして自己の権益を守ろうとしたことにあったと考えてきた。

これは明治政府の教育によって教え込まれたことだが、明治維新そのものを否定的にとらえるようになってからは、この解釈を鵜呑《うの》みにすることはできなくなった。

（この抵抗の背景には、日本の古き良き伝統と精神を守ろうとする思いがあったにちがいない）

もしそれが守られていたなら、日本は満州事変《まんしゅうじへん》や上海《シャンハイ》事変のような卑劣《アン・フェア》な手段を弄《ろう》する国家にはならなかっただろう。

貫一は漠然とそう考えていたが、卑劣さを防ぐ古き良き伝統と精神とは何か、父たちはそれをどのように守り抜こうとしたのか。その本質がいまひとつつかみきれていない。

これから戊辰戦争における父の姿を描く上で、このことが重大な問題になってくるはずだった。

すでに午前二時を過ぎ、部屋はしんしんと冷え込んでいる。ストーヴの石炭は燃え尽きているのだから、冷えるのは無理もなかった。

三年前、一九二九年十月二十四日に起こった「暗黒の木曜日」と呼ばれる金融恐慌以来、アメリカの不況は深刻である。賃金も消費も落ち込み、数百万人の失業者が町にあふれている。

その影響はイェール大学にも及び、賃金やボーナス、研究費が軒並み切り下げられている。そのために貫一も、真冬に石炭を節約しなければならない暮らしを強いられているのだった。

そのせいか体調をくずしかけている。幸い明日は講義がなく、午後にティーパーティがあるだけなので、たまに朝寝でもしようと思いながらベッドに入ろうとすると、表で何か物音がした。

カーテンを細目に開けて表をのぞくと、並木の影にハンチングをかぶった男が立ち、寒々とした月明かりに照らされてこちらの様子をうかがっている。カラスの羽根のようなコートをまとい、路上にのびる細長い影を従えていた。

貫一はどきりとしてカーテンを閉めた。あれは工員ではない。刑事か、暗黒街の手の者か。いずれにしても夜中に人の家を見張る仕事に慣れた男である。

(しかし、いったい何のために……)

あんな輩《やから》に見張られるのか、貫一には見当さえつかなかった。

あるいは警務担当主任のロバート・キムが、州警察に警備を依頼したのかもしれないが、こんなに夜遅くまでいるのは不自然である。

むしろ貫一に告発されそうになったウィンチェスター社が、探偵をやとって動きを監視していると考えた方が当たっている気がした。

(だとすれば、キムがウィンチェスター社に密告したということだ)

キムはやがて政界に打って出るつもりだと言っているので、この機会にウィンチェスター社に取り入って、資金援助をしてもらうつもりかもしれなかった。

「教授、なぜ私が上院議員をめざしているか分りますか。アメリカの力で、祖国を日本の支配から解放するためですよ」

そう言い放ったキムの鋭い目が貫一の脳裏に焼きついている。

大恐慌ばかりか日本の軍事的暴走までが、貫一の日々の暮らしをおびやかしているのだった。


朝寝しようと思ったのに、いつもの習慣で午前六時には目が覚めた。

頭は重くてすっきりしないが、寒気はおさまっている。これなら寝てはいられないと、ひとしきりキリスト像の前でお祈りをした。

「天にまします我らの父よ。御名があがめられますように。御国が来ますように。御心が天でおこなわれるように地でもおこなわれますように」

たとえ世界がどれだけ混迷をきわめようと、キリストの教えに従って努力をつづけていれば、いつかは御国が来て御心がおこなわれるようになる。

その理想を実現するために、貫一は学問に打ちこむことで使徒としての役割をはたそうと決意をした。それゆえどんな苦しみが襲いかかろうと、前に進む勇気を持ちつづけることができるのだった。

今朝は時間があるので、ごはんを炊きみそ汁を作った。この国に三十年ちかく暮らしながら、いまだに無性にみそ汁が恋しくなる時があるのだった。

秘蔵の梅干しをおかずにして朝食を終えると、貫一はティーパーティでの講話の仕度にかかった。

「教授が『日露衝突』という論文の中で主張されたことは、日本の海外侵略を容認し、今日の中国侵略を生む原因になったのではないか」

カリフォルニア州出身の女子学生が提示した質問に答えるべく、貫一はノートを作って自分の考えをまとめた。

日本は日露戦争の前までは新外交の二大原則、すなわち清《しん》国の独立と領土保全、ならびに列国民の機会均等を守るべきだと主張していた。

ところがロシアがこれに反して南下政策を取り、満州の植民地化を推し進めたために、国運をかけてロシアの前にたちはだかったのである。

これは日本の立場を守ると同時に、新外交の二大原則という当時世界が共有していた理念を守るための戦いでもあった。だから貫一は『日露衝突』を書いて、日本の正当性を世界に訴えたのである。

ところが戦勝後、日本は原則を捨てて、植民地獲得をめざす旧外交の政策を取るようになった。これに対して貫一は、一九〇八年（明治四十一）に『日本の禍機』を書いて猛烈に批判した。

もし日本が今のように南満州の植民地化を進めるなら、日本は世界から孤立し、清国を敵となし、東洋の平和と進歩を妨害する張本人と見なされるようになる。

一方、新外交の二大原則を厳守する立場を取りつづけているアメリカは、清国の要請を受けて日本と敵対するようになるだろう。それゆえ日本が旧外交の方針を変えなければ、日米衝突へと突き進み、日本は有史以来最大の危機に直面することになる。

今から二十四年前の貫一の予言は、残念ながら最悪の形で的中しつつある。日本は満州事変を起こして満州全域の植民地化をめざし、上海事変を起こして責任は清国にあると強弁している。

これを危惧《きぐ》した貫一は、日本の政治家や言論人に機会あるごとに忠告してきたが、良心的な知識人は軍部の強硬路線に押し切られて沈黙を余儀なくされているのだった。

今日のティーパーティで、貫一はそうしたいきさつと現状を包み隠さず話すつもりである。そして日本にも平和と協調と日々の平安を願う多くの国民がいることを、反日世論に傾きがちな学生や教員たちに知ってほしかった。

ノートを読み講話の準備を終えたのが午前十時。ティーパーティまではあと三時間ある。その間に東アジア図書館で新着の本でも見ようと思ったが、外は小春日和で日射しがぽかぽかと暖かい。

その陽気にさそわれて、少し外を歩きたくなった。近頃は運動不足がたたり、足腰が弱くなっている。特にひざに違和感があり、階段を下りる時に痛みが走るので、歩くように医者から勧められたばかりだった。

さてどこへと思案し、マンスフィールド通りを北へ向かった。大学とは反対方向につづくなだらかな坂道を登ると、丘の頂でマンソン通りと交差している。

太古の原生林を思わせる落葉樹林がつづく一帯で、民家は一軒もない。こんな淋《さび》しい森に連れ込まれたなら無事ではいられないと、大学では女子学生たちに注意をうながしていた。

マンソン通りを西へ下ると、北側に朱色のレンガ造りの巨大な工場がそびえていた。五階建てのビルほどの高さがあり、頑丈な磨《すり》ガラスをはめ込んだ窓が鉄格子におおわれている。ウィンチェスター社のライフル製造工場で、中からはモーターやベルトが回転する音がひっきりなしに聞こえてくる。大学に匹敵するほどの広大な敷地に、十数棟の工場がびっしりと建ち並んでいた。

社の創立は一八五〇年代。ペリー提督ひきいる艦隊が浦賀《うらが》沖に停泊し、江戸幕府に開国を迫った頃である。

創立者のオリバー・ウィンチェスターが他社からレバーアクションライフルの製造権利を買い取り、この地に工場をきずいて生産を始めた。

同社が一八七三年に開発したウィンチェスターM一八七三は、十四発の装弾を手元のレバーを操作して次々と撃ち出すことができ、西部開拓時代の騎兵隊やガンマンに愛用された。

その普及率は驚異的で、「西部を征服した銃」と呼ばれたほどである。

また一九一八年に販売を開始したM一九一八ブローニング自動小銃は、二十発の装弾をガス圧によって自動的に撃ち出せる機関銃で、アメリカやヨーロッパの軍隊の主力兵器となっている。

世界中で戦争の危機が高まるにつれてウィンチェスター社への注文が殺到し、二十四時間体制で操業をつづけても生産が間に合わないほどだった。

工場の表門からは、荷台を幌《ほろ》でおおった出荷用のトラックが次々と出ていく。大恐慌のアメリカにあって、武器を作る死の工場ばかりが異常なばかりの活況を呈していた。

しばらく表門をながめていると、警備員がつかつかと歩み寄ってきた。ヘルメットをかぶり腰のホルスターにピストルをさし込んでいた。

「おい。ここで何をしている」

「この先の公園まで、散歩に行くところだ」

「それなら早く行け。ここは部外者立ち入り禁止だ」

「敷地の中に入っているわけではない。ここは公道だ」

貫一は警備員の横柄な態度にむっとして言い返した。

「お前は日本人か」

「そうだ」

「ならば今や敵国も同じだ。スパイ容疑で訴えることもできるぞ」

「馬鹿な。私はアメリカ国籍を持つ市民だ」

そんなことができるものかと思ったが、このスパイ容疑という問題が意外な災難をもたらすことになったのである。

大学に着いたのは正午前だった。

ティーパーティまではまだ少し時間がある。貫一は東アジア図書館の二階の部屋で、持参したおにぎりを食べながら新着雑誌に目を通した。

その中に『上海ジャーナル』という英文雑誌があり、三週間前に起こった上海事変について詳報をのせていた。

記事によると、日本が上海事変を起こしたのは、満州国建国の工作から国際世論の目をそらすためだったという。計画したのは関東軍参謀の板垣征四郎《いたがきせいしろう》で、上海駐在の陸軍武官田中隆吉《たなかりゅうきち》に中国人が犯人だと見せかけて騒動を起こすように命じた。

そこで田中は配下の中国人スパイを使って日蓮宗《にちれんしゅう》僧侶《そうりょ》ら五人を殺害させ、日系企業や警察の派出所などを襲わせた。

日本はこれを理由に加害者の処罰と反日運動の取締りを中国側に要求したが、事の真相に気付いた中国側がこれを拒否したために、軍事衝突に発展したというのである。

にわかには信じ難い記事だが、現地駐在のイギリス人記者は、中国政府の高官から直に聞いた話だと署名入りで証言している。

関東軍は柳条湖での鉄道爆破事件を中国の仕業だと言い立てて満州事変を起こしたが、今度もまた同じ手口を用いたのかもしれなかった。

（もしこれが事実なら……）

日本人は正義の精神を決定的に失ったということだ。その遠因は、明治維新をなし遂げるために手段を選ばなかった薩長のやり方にある。

（だとすれば父たちが戦った戊辰戦争は、正義と美徳を守るための戦いだったのかもしれな

い）

昨夜からのテーマをぼんやりと追っていると、秘書のジャニスが血相を変えて飛び込んできた。

「教授、総務課の主任が学生ホールの使用を許可できないと伝えてきました」

「どうして。使用許可は一週間前にとってあるだろう」

ティーパーティをすると決めた日に、貫一は総務課に行って学生ホールの使用許可を得た。より多くの学生に話を聞いてもらうために、広い学生ホールを会場にしたのである。

「ところが今日は臨時の理事会が開かれ、メインホールで食事会があるので、延期してもらいたいと言われました」

「そんな理不尽なことがあるか。ここは大学だろう」

ウィンチェスター社の警備員のような理屈が通るものかと、貫一は総務課に事情を問い質《ただ》しに行った。

主任のケビン・アルバートは定年間近の太った男で、ブルドッグのように頬のたれた顔に銀縁のメガネをかけていた。

「お怒りはよく分りますが、今度の理事会は大学が直面している問題について緊急に協議する必要があって開くものです。非常事態と心得ていただきたい」

「理事に招集を呼びかけたのは何時です。少なくとも一週間前には通知しなければ、全米から集まってくることはできないでしょう」

「おっしゃる通り、十日前には通知を発送いたしました」

「それなら私が使用申請をした時には、理事会が開かれると分っていたはずです。それなのに今日になって、急に中止しろと言うのはおかしいじゃありませんか」

ティーパーティで自分の考えをのべると学生たちに約束しているし、出席希望者は百人をこえている。今さら中止しては約束を破ることになると、貫一はまなじりを決して訴えた。

「残念ですが教授、これはすでに決定事項です。私の力ではどうすることもできません」

アルバートはひじを折ったまま両手を上げ、処置なしだと言いたげに肩をすくめた。

「どなたがそんな決定をしたのです。また、その理由は何ですか。納得できる説明がなければ、引き下がることはできません。学生たちにも説明できないではありませんか」

「決定を下したのは大学の首脳部です。理由は申し上げにくいのですが、教授の個人的な問題です」

「私にどんな問題があるというのです」

「スパイの容疑が、かけられているのです」

「馬鹿な、この私が……」

スパイなどできるはずがないと、貫一は笑い出した。

笑うしかないほどとっ拍子もない話だった。

「私もそんなはずがないと思っています。しかしその疑いがあると告発する者がいて、州警察も捜査に乗り出しているそうです」

「誰が告発したのでしょうか」

「それは分りません。州警察からそのような通告があっただけですから」

「ああ、それで」

「何か心当たりがありますか」

「昨夜、ハンチングをかぶった者が私の家を監視していました。あれが刑事だったのでしょう」

道理で映画で見たような感じだったと、貫一は再び笑った。

「笑いごとではありませんよ。問題は事実かどうかではなく、そんな嫌疑がかかっているということです。理事の中には強硬な反日派もおられますから」

「つまり、スパイ容疑のある日本人に、学生の前で話をさせるわけにはいかないということですか」

「普段ならこんなことは言いません。ただ時期が時期だけに、理事の方々の感情を逆なでするようなことはさけたいのです」

「信じられないな。いったい誰がそんな根も葉もない告発をしたのでしょうか」

「私にも分りません。お気の毒ですが、しばらくは身を慎まれた方がいいと思います」

「分りました。学生には今のお話をそのまま伝えることにいたします」

貫一は理不尽に屈服させられる悔しさのあまり、そう言わずにはいられなかった。

部屋にもどると、ジャニスが心配そうな顔で待っていた。

「やはり延期にするしかなさそうだ。学生諸君にそのように伝えてくれ」

「理由は何でしょうか」

「臨時の理事会があるので、学生ホールの使用を禁じられた。とりあえずそう伝えてくれ」

「分りました。ホールの入り口に貼り紙をしておきます」

ジャニスはポスターほどの大きさの紙に延期の旨を書き始めた。

「詳しいことは別の機会に話をする。学生諸君がいたなら、そのように伝えておいてくれ」

ジャニスが出て行った後も、貫一はしばらく椅子に座ったまま外をながめていた。

学内の景色はいつもと変わらない。バロック風のレンガ造りの校舎と芝生を植えた中庭が、落ちついた調和を保っている。真っ青な空にハークネスタワーがそびえ立ち、学問と信仰の尊さを知らしめていた。

今朝は何ともなかったのに、寒気がぶり返している。今日はもう家に帰って休もうと表に出た。

図書館前の道を北へ向かうと、グローヴ通り墓地に突き当たる。ニューヘブン市の名士やイェール大学の関係者が眠っている広大な霊園である。

柵《さく》の向こうの敷地はきちんと区画され、さまざまな意匠をこらした墓が整然と並んでいる。

その間の道を、バケツと柄杓《ひしゃく》を持って歩く青年がいた。背がすらりと高く、長く伸ばした髪はぼさぼさだが、日本人にちがいなかった。

青年は墓碑銘を確かめながら立ち止まり立ち止まり歩いている。墓参りに来たものの、目ざす墓が見つけられずに困りはてているのだった。

「どなたの墓をお捜しですか」

日本語で声をかけると、青年はどきりとしたようにふり返った。

「こちらに日本人の墓があると聞いたものですから」

無精ひげを伸ばしているが、額の広い聡明《そうめい》そうな若者だった。

「区画の番号は分りませんか」

「分りません。柊《ひいらぎ》の木が植えてある所だと聞いたのですが」

「ああ、それなら」

イェール大学の関係者が眠る一画に、確かに柊の植え込みがある。貫一は墓地に入って青年をそこまで案内した。

「この木の側に、二人の日本人が眠っていると聞きました」

「どなたの墓ですか」

「前田《まえだ》誠十郎《せいじゅうろう》さんと佐《さ》竹《たけ》菊之助《きくのすけ》さんです」

「聞いたことがありませんね。日本からの留学生ですか」

「山川健次郎《やまかわけんじろう》先生と一緒に留学された方です。山川先生は無事に学業を終えて帰国なされましたが、お二人は志半ばでこの地で斃《たお》れられたそうです」

「山川博士ですか」

久々にその名を聞き、貫一は感動のあまり鳥肌が立った。

会津出身の山川健次郎は、十五歳の時に白虎隊士《びゃっこたい》として戊辰戦争に従軍したが、九死に一生を得て、一八七一年（明治四）に国費留学生としてイェール大学に入学した。

四年後には物理学の学位を取得して帰国。一九〇一年（明治三十四）には東京帝国大学総長となって後進の指導に当たった。

分野こそちがうが、貫一が心の師と仰ぐ大先輩だった。

「それで、あなたは」

「申し遅れました。黒川慶次郎《くろかわけいじろう》と申します。会津若松《わかまつ》の出身で、東大理学部で助手をしていました」

「すると山川博士の」

「最後の弟子と自認しています。先生は昨年六月に亡くなられました」

七十八歳での大往生だったが、アメリカで研究に没頭していた貫一はそのことを知らなかった。

「先生はご臨終にあたって、前田さんと佐竹さんの墓参に行けなかったのが心残りだとおっしゃいました。そのご遺志をはたすためにやって来ました」

「よく休みが取れましたね」

「大学は辞めました。軍部の鼻息ばかりうかがっている連中の中にいても、仕方がありませんから」

慶次郎はそう話しながら柊の林の根元に入り込み、枝をかき分けながら墓を捜した。服の汚れなどお構いなしに、膝《ひざ》をつき地を這《は》い回っている。

その真摯《しんし》な姿に恩師への敬慕がにじんでいて、貫一は思わず涙ぐんだ。

日本にもまだこんな若者がいる。こうした精神があるかぎり、必ず立ち直ることができると、胸に希望の火が灯《とも》るような気がした。

「あった。ありましたよ」

柊に隠れるようにして小さな墓石が二つ並んでいた。六十年ちかくも前に刻んだ銘は消えかかっているが、前田と佐竹の名はしっかりと読み取ることができた。

「前田さんは熱病で急死し、佐竹さんは勉強についていけないことを恥じて自決なされたそうです。この墓は友の死を悼んで、山川先生が建てられたものです」

「そうですか。長年ここで暮らしていながら、お二人のことは知りませんでした」

貫一は慶次郎と共に長々と手を合わせてから、自分の素性を語った。

「そうだと思っていました。朝河先生のお写真は、書籍や雑誌で何度か拝見しましたから」

『日本の禍機』も『入来文書《いりきもんじょ》』も読んだと、慶次郎は尊敬のまなざしを向けた。

「中でも『日本の禍機』には感服しました。二十年以上も前に、日本の現状と行く末をあれほど的確に把握しておられたとは驚きです」

「黒川君は会津若松の出身だと言われましたね」

「ええ、山川先生と同郷です」

「日本が明治維新で失ったものは、何だと思いますか」

貫一は慶次郎の実直さに惹《ひ》かれ、胸につかえていた疑問をぶつけてみた。

「そうですね」

慶次郎は二つの墓碑をしばらく見つめてから、次のように答えた。

「やさしさ、人を思いやるやさしさではないでしょうか」

白河関《しらかわのせき》は陸奥国《むつのくに》と関東を分ける奥州街道の要所である。奈良時代、関東平定を終えた大和朝廷は、ここに関所をきずいて北方の蝦夷《えみし》への備えとした。

この関所が不用となったのは、鎌倉《かまくら》時代の初期に源　頼朝《みなもとのよりとも》が奥州藤原《ふじわら》氏を亡ぼし、奥州を自己の勢力圏に組み込んだからである。

白河関に達した頼朝は、側近の梶原景季《かじわらかげすえ》に歌を詠んでみよと求めた。すると景季は即座に次のように応じた。

「秋風に草木の露をぼ払わせて
　　君が越ゆれば関守も無し」

関守も無しという言葉こそ、平泉《ひらいずみ》を亡ぼして日本を統一しようという意志の表れだった。

宗形幸八郎昌武と山田慶蔵がこの関所跡にさしかかったのは、慶応四年三月下旬だった。

慶蔵をさがし当て、何とか無事に連れ戻したが、山岡鉄太郎から受けた峰打ちはあばら骨にひびが入るほど強烈だった。そこで半月ほど高輪の下屋敷で療養してから、帰国の途についたのである。

その間に、天下の情勢は大きく動いていた。

西郷隆盛を大参謀とする新政府の東征軍は、三月十五日に江戸城総攻撃にかかる予定だった。ところが駿府に使いをした山岡鉄太郎の働きが功を奏し、三月十三日と十四日に高輪の薩摩藩邸で西郷と勝海舟の会談が行われた。

この結果、江戸城総攻撃は中止され、徳川慶喜の恭順も認められた。そして平和裡《り》に幕府から新政府に政権の引き渡しがおこなわれたのである。

白河関は廃止されてから久しく、今や正確な場所さえ分らない。街道ぞいは一面に栗の木が植えられ、萌黄《もえぎ》色の新緑が遅い春のおとずれを告げていた。

「少し休んでいこう。ここまで来れば二本松は目と鼻の先だ」

昌武は路傍に置かれた切り株に腰を下ろした。

旅人が休めるように、土地の人が五つの切り株を並べている。親切に竹の杖《つえ》まで置いてあった。

「私なら大丈夫だ。気にしないでくれ」

慶蔵は強がったが、額に汗がにじんでいる。旅の間に傷が痛み出しているのだった。

「急いで国許《くにもと》にもどっても、しばらくはすることもあるまい。ゆっくり旅を楽しもうじゃないか」

「それなら、まあ」

慶蔵がはにかんだ顔をして腰を下ろした。

「痛むか」

「仕方がないさ。山岡どのの一撃だからな」

「無茶をしたなぁ。三人が倒れた時は、てっきり斬られたと思ったよ」

「みんな悔しくて仕方がなかったんだ。あんな不正の輩《やから》に、おめおめと従うことが」

だから命を捨てても義を貫こうと、友の敵討ちに立ち上がったのである。

昌武にもその気持ちはよく分る。薩摩藩邸改めの働きを否定され、藩主の供も許されないいま帰国することを、今でも納得してはいなかった。

「都をば霞とともに立ちしかど、秋風ぞ吹く白河関、か」

慶蔵が能因法師《のういんほうし》の歌を口にした。

季節はこれから春の盛りである。あたりではうぐいすがしきりに鳴き交わしている。しかし、落武者のように故郷に向かう身には、秋風が吹く心地がするのだった。

「こんな有様で、これからいったいどうなるのだろうな」

「二本松藩十万石は健在だ。江戸詰めの負担がなくなった分、領国の経営に力を注げるようになるさ」

「薩長は藩を廃止して、アメリカやヨーロッパのような中央集権の国を作ろうとしていると聞いたぞ」

「やがてそうなるかもしれないが、急に藩を廃止することはできないだろう」

「藩の形はそのまま残し、藩主の代わりに自分たちの息のかかった役人を派遣するそうだ」

「ともかく国許に戻り、殿のご指示を待つしかあるまい。先のことを考えるのはそれからだ」

二人はゆっくりと水を呑《の》んでから、奥州街道を北へ向かった。

懐かしい故郷までは、あと十五里（約六十キロ）ばかりだった。

第七章　降伏勧告

杉田《すぎた》村をすぎると、左前方に安達太良山《あだたらやま》が見えてきた。山すそは新緑につつまれているが、山頂はまだ厚く雪におおわれている。

やさしくも雄大な姿に、宗形幸八郎昌武（後の朝河正澄）は足を止めてながめ入った。この山を見ると、故郷にもどった実感がわき上がる。懐かしさに我知らず涙ぐんでいた。

「いいなあ、乳首山は」

山田慶蔵も涙声になっている。わき腹の痛みをこらえて歩きつづけてきただけに、故郷についた喜びはひとしおだった。

「傷はどうだ。まだ痛むか」

「ここまで来れば大丈夫だ。家にもどったら、しばらく静養するよ」

「それがいい。私は和田の家を訪ねて、みんなが無事に帰郷しているか確かめてくる」

巡視隊の者たちは、薩摩藩邸焼き打ちに加わったために藩主とともに帰国することを許されなかった。そこで昌武は皆に路銀を配り、銘々で帰国するように申し付けたが、脱落した者がいないか気になっていた。

しばらく行くと二本松の城下町が広がっていた。阿武隈《あぶくま》川の西岸に開けた宿場町である。町の北側の白旗ヶ峯が二本松城の本丸で、ふもとの三の丸に藩主の居館があった。

大壇口《おおだんぐち》をぬけて城下に入った時、昌武はふと生臭い血の臭いを嗅《か》いだ気がした。あたりを見回してもそれらしいものはない。気のせいかと思ったが、鼻の奥に残った臭いは去らなかった。

血でもついているかと着物の袖《そで》を改めていると、

「どうした。何か落としたか」

慶蔵が気づかった。

「いや、何でもない」

昌武は何事もなかったように先を急いだ。

父の供をして江戸に出たのは十四歳の時である。それから十一年の間に郷里にもどったのはたった二回。芝に中屋敷を移すようにという幕府の命令を早駆けで二本松に知らせた時と、帰郷する父の供をして家にもどった時だけである。

最初が十八歳、次が二十一歳だった。それからでも四年の歳月がすぎているが、幼い頃をすごした二本松の思い出は鮮やかで、安達太良山をあおいで空気を胸一杯吸い込むと、気持がのびやかになっていった。

亀谷《かめがい》に実家がある慶蔵と大手門の前で別れ、和田一之丞の屋敷を訪ねた。和田家は五百石取りの大身《たいしん》で、大手道の脇に堂々たる門構えの屋敷を与えられていた。

門番に用を告げると、すぐに一之丞が出てきた。

「ご無事の帰国、おめでとうございます。山田の行方は知れましたか」

「連れ帰りました。たった今、大手門前で別れてきたところです」

昌武は敬語を使った。国許《くにもと》にもどれば一之丞の方がはるかに家格《かかく》が上だった。

「それは良かった。巡視隊の隊士も、江戸に残してきた者以外全員家にもどっています」

「そうですか。それならひと安心です」

「ところがひとつ、残念なことがあります」

「何でしょう」

「巡視隊は解散となり、隊士は自宅待機を命じられました。新政府の総督が奥州に来ているので、睨《にら》まれはしないかと恐れているのです」

「世の中が変わったのです。やむを得ないと受け容《い》れるしかありません」

昌武は自分にそう言い聞かせながら、江戸からの道を歩いてきたのだった。

「お預かりした金子《きんす》は、いかがいたしましょうか」

「持っていて下さい。しばらく様子を見て、何事もなければ藩庫に納入することにいたします」

「すみません。ゆっくりしていっていただきたいのですが、家の中が立てこんでおりまして」

実は妻が産み月で今日明日にも生まれそうだと、一之丞が気恥ずかしげに打ち明けた。

「それはおめでとうございます。江戸にいる時には、何もおおせられませんでしたが」

「妻を国許に残していましたし、大事のお役目の前でしたから、皆に余計な心配をかけたくなかったのです」

「そうですか。健やかにご出産なされるよう、祈っております」

「ありがとうございます。朝河師範も気にかけておられました。できるだけ早く訪ねて下さい」

一之丞も朝河八太夫の砲術の弟子なので、江戸で不本意な別れ方をした師弟を気にかけていた。

大手道の坂をのぼり、観音丘陵《かんのんきゅうりょう》をこえると、二本松城が見えてきた。会津百万石を領した蒲生《がもう》氏郷《うじさと》が基礎をきずき、二本松藩初代丹羽光重《みつしげ》が整備した城である。以来二百年以上、丹羽家が藩主として統治にあたってきたのだった。藩の姿勢を示す戒石銘が、城の出入口の近くにある巨大な自然石にきざまれている。

爾俸爾禄（汝《なんじ》の俸禄《ほうろく》は）
民膏民脂（領民の脂膏《しこう》である）
下民易虐（下民は虐げやすいが）
上天難欺（上天はあざむき難し）

これは五代藩主丹羽高寛《たかひろ》が家臣の戒めとして記させたものだ。家臣たちは登城や下城の際にこの銘を見て、職務の戒めとしてきたのだった。

戒石銘碑から少し先に進むと鉄砲谷《てっぽうだに》がある。かつては鉄砲足軽たちが住んでいた所で、今は下級藩士の屋敷地になっていた。

昌武の父宗形治太夫直路《じだゆうなおみち》もここに住んでいる。五間四方、二十五坪ばかりのささやかな敷地で、朝河八太夫とは隣同士だった。

昌武は実家の前を素通りし、まず八太夫を訪ねた。一之丞が言うように、江戸で素っ気なく別れたことが気になっていた。

気心の知れた家である。訪《おとな》いも入れずに表門の戸を開けると、縁側で二人の孫娘を抱いている八太夫と目が合った。

イクとキミという。四年前に戦死した嫡男照成《てるなり》の子で、二人とも八太夫の膝《ひざ》に乗るほど幼かった。

「幸八郎、もどったか」

八太夫は孫娘を膝から追って迎えに出た。

「ただいまもどりました。江戸ではご無礼をいたしました」

「そんなことはない。お前たちの気持は良く分っておる」

八太夫は昌武の両肩に手をおき、無事で良かったと涙ぐんだ。その顔を見れば、江戸でのわだかまりは吹き飛んでいった。

「その様子ではまだ家にもどっておらぬな。ウタ、これウタ」

「はい。ただいま」

あわただしい呼び声に、奥で台所仕事をしていたウタが前掛けで手をふきながら出てきた。

た。

「まあ、幸八郎さん」

ウタは昌武に気付き、足を止めて一礼した。

ほつれた髪が二筋三筋、色白の頬にかかっていた。

「我が家より先にうちに寄ってくれたのだ。隣に行って、もどっているから安心しろと伝えてくれ。長くは引き止めぬとな」

八太夫と治太夫は長年の親友である。早く伝えておかなければ仁義にもとると思ったのだった。

二人は江戸で別れて以来のことをしばらく語り合ったが、話題はすぐに近頃の政治の動向に移った。新政府に恭順を許されたものの、二本松藩は決して安泰とは言えなかった。

「先日二十五日、当藩にも九条総督から命令があった。仙台、米沢両藩と協力して会津を討てとのことだ。松平容保公は京都守護職の頃に志士の取締りに当たられた。それゆえ薩長の恨みを買っておられるのだ」

「あれはご公儀の命によるものです。公方《くぼう》さまの恭順を認めて会津は許さないとは、筋がちがうのではありませんか」

「殿もそのようにおおせでな。仙台や米沢と協力し、会津藩の謝罪によって事を穏便におさめようとなされておる。先日丹羽一学《いちがく》どのと丹羽新十郎《しんじゅうろう》どのを仙台につかわし、両藩との協議を始められたところだ」

丹羽一学は家老格、新十郎は藩主の信頼が厚い側用人《そばようにん》だった。

「総督がそれを認めなければ、会津を攻めることになるのでしょうか」

「それは分らぬ。藩内では奥羽諸藩が一致結束して、公正な措置を求めるべきだという意見が大勢を占めている」

会津の松平家は徳川家の親藩であり、奥羽諸藩の旗頭の役割をはたしてきた。幕府に折衝してもらって窮地を脱した藩も多い。今さら掌《たなごころ》を反《かえ》したように敵対するのは、武士道にもとると考える者が多かったのである。

「ただいま、もどりました」

ウタがお茶を折敷《おしき》にのせて運んできた。髪を梳《す》き直したらしく、ほつれ毛はなくなっていた。

「つもる話もあるだろうからゆっくりしてくるがいいと、宗形の小父《おじ》さまがおおせでした」

「すみません。そのような使いまでしていただいて」

昌武は恐縮した。ウタの夫だった照成は、八太夫の跡を継いで武衛流砲術の師範になることを約束されていた逸材である。幼い頃から目標としてきただけに、ウタに対しても同様の敬意を抱いていた。

「噂はお聞きしました。江戸では大事なお役目をはたされたそうですね」

「そう信じて務めてきましたが、すべて無駄になってしまいました」

「ご心中お察し申し上げます。それでもご無事で何よりでした。大勢の方々が巡視隊のご帰国を待っておられたのですよ」

その言葉に特別の意味がある訳ではない。それでも昌武はウタが自分を待っていたと言ってくれたようで、ひそかな喜びを感じたのだった。

家にもどるのは四年ぶりである。板屋根の質素な門も、よく手入れされた苦竹《にがたけ》の間垣も昔のままだった。

昌武は門扉に手をかけ、しばらく開けるのをためらった。ようやくたどり着いた我が家なのに、敷居をまたぐのがはばかられる。こんな気持になるとは思ってもいなかった。

(罪人の後ろめたさなのだろうか)

昌武は淋《さび》しく自問した。

薩摩藩邸焼き打ちに加わったとは、藩にとっては隠しておきたい事である。それを知られてはならないという意識が、家族に顔向けできないという気持にさせるのかもしれなかった。

「何をぐずぐずしておる。早く入ったらどうだ」

玄関先から治太夫の声がした。

帰宅が待ちきれなくて、表に出て様子を見ていたのだった。

「お久しぶりです。ようやくもどることができました」

「挨拶《あいさつ》は後だ。キクが首を長くして待っておる」

妻のせいにして照れ臭さを隠すところは昔のままである。だが四年前よりずいぶん老けて、ひと回り小さくなったようだった。

居間にはキクと兄昌成《まさなり》がいて、すでにお祝いの仕度がととのっていた。

昌武は軽く一礼して座敷に入り、仏壇に手を合わせた。先祖の位牌《いはい》に帰国を告げると、心のわだかまりがひとつ消えた気がした。

「藩のおおせに従い、ただ今帰国いたしました」

正座して昌成に報告した。

今は隠居した父にかわり、兄が宗形家を支えていた。

「ご苦労であった。江戸での働きは聞き及んでいる。報いてやれぬのが気の毒だと、ご重職方もおおせであった」

「かたじけのうございます。このような仕儀となりましたが、主命に従うのが本分と心得て死力をつくしました」

「それは誰もが分っておる。世評がどう変わろうと、堂々としておればよいのだ」

「母上にもお礼申し上げます。届けていただいた小袖《こそで》と羽織、有難く使わせていただきました」

「そんなに改まって礼を言うことはありませんよ。近頃はいろいろ不自由なことが多くて、あんなものしか送ってやれなかったんだから」

「ご配慮かたじけのうございます。お陰で江戸の寒さをしのぐことができました」

薩摩藩邸改めの日、昌武はキクが送った小袖を着て戦場にのぞんだ。そのことを思い出し、ふいに哀しみと悔しさが突き上げてきた。

「ところで、わしにも孫ができたぞ。お前も叔父《おじ》になった。今日はその祝いだ」

治太夫が話題を変えて酒をすすめた。

「すると、兄上の」

「そうじゃ。トモさんが丈夫な男の子を産んでくれた。これで宗形家も安泰じゃ」

「おめでとうございます。いつですか」

「正月明けだ。お前にも知らせなければと思ったが、鳥羽・伏見の戦の騒動で飛脚も立てられなかった」

昌成が気の毒そうに釈明した。今はトモが離れで乳をやっているという。

久々の親子水いらずの酒宴だが、口にした酒は苦かった。後ろめたさにつきまとわれたままだし、兄の代になった家にいるのはどことなく気詰りである。

ただひとつ嬉《うれ》しかったのは、母が作ってくれた煮染《にし》めの味が昔と変わらないことだ。にんじんやごぼう、さといもなどをかまぼこや竹輪と煮込んだもので、江戸とさして味付けは変わらない。だが根菜の味が舌にしみ入るのは、故郷の大地で育ったからにちがいなかった。

「近頃は鶏肉も手に入らなくて、こんなものしか用意できないけど」

キクが嬉しそうにおかわりの皿を運んできた。

近頃は物価が高騰している上に、藩からの借り上げが相次ぐので、藩士たちは米を食べることもできない窮状におちいっているのだった。

食事を終えた頃、トモが赤ん坊を抱いてやって来た。丸々と太った丈夫そうな子で、名前は太郎《たろう》とつけたという。

「ほら太郎、叔父さんですよ」

トモがあやしながら昌武に見せようとした。

父親に似て目がぱっちりとした利発そうな子である。おくるみごと抱き取ろうとして、昌武は喉《のど》の奥から突き上げてくる吐気におそわれた。

赤ん坊の乳臭さが、むせかえるような血の臭いを思い出させた。

「すみません。ちょっと失礼」

昌武は厠《かわや》に駆け込んで吐いた。胃が裏返るほどの吐気に耐えながら、家に入るのをためらったのは人を斬ったせいだとようやく分った。

人を斬り、顔が真っ赤になるほど返り血をあびた。たとえ敵であろうと、人殺しになった自分には平穏な生活にもどることは許されない。

痛ましいばかりの良心の呵責《かしゃく》にさいなまれ、体が家にいることを拒絶しているのだった。

会津藩の処遇をめぐって、仙台、米沢、二本松藩と奥羽総督府は激しい鍔迫《つばぜ》り合いを演じていた。

武力衝突をさけたい三藩は、何とか会津藩の恭順を認めてもらおうと九条道孝総督への陳情をくり返したが、参謀野村十郎《のむらじゅうろう》と世良修蔵の反対によって事は容易には進まなかった。

そこで三藩は恭順ではなく降伏という形で和平交渉をまとめようと、会津若松に使者を送って会津藩を説得することにした。

使者は各藩から二人。二本松からは丹羽新十郎と崎田伝右衛門《さきたでんえもん》を派遣することにしたのだった。

四月七日、昌武は三の丸の御用部屋に丹羽新十郎をたずねた。新十郎は四十三歳。機智にとみ、実務に長《た》け、弁が立つと評された、二本松藩きっての切れ者だった。

今は藩主の側用人として多忙をきわめているが、昌武の面会を許したのは江戸の中西道場で共に剣を学んだ仲だったからである。

「宗形君、江戸ではご苦労だったね」

新十郎は顔を合わせるなり労をねぎらった。

背がすらりと高く、役者絵にしたいような美しい顔立ちをしていた。

「ご帰国の供も許されず、さぞ不本意だったろうが、薩長は密偵を出して諸藩の落ち度をさぐっていた。それを口実に禄《ろく》を削り、手柄のあった者に分け与えようとしていたのだ」

「非常の時ゆえやむを得ません。丹羽さまこそ、寝食を忘れて奔走なされていると聞きました」

「これから会津に行き、膝詰《ひざづ》めで降伏せよと説かねばならぬ。どこまでの条件なら呑《の》んでもらえるか、難しい交渉だ」

「総督府の条件は何でしょうか」

「容保公の首だ。京都守護職をつとめられ、浪士の取締りにあたってこられたので、長州は目の敵にしておる」

しかし会津藩士がそんな条件に応じるとは思えないと、新十郎が力なく笑った。笑うしかない窮状だった。

「ご使者のお供に、私も加えていただけないでしょうか」

「君が？　どうして」

「会津藩士の町野彦五郎君が、三田の薩摩藩邸に密偵としてもぐり込み、正体をさとられて殺されました。その働きと立派なご最期であったことを、ご家族に伝えたいのです」

昌武は彦五郎と面識があるわけではない。だが無念の死をとげた彼のために、何かをしてやりたかった。

「そうか。君が同行してくれるなら心強いが、命の保証はできんよ。交渉が決裂したなら血祭りに上げられるだろう。そうでなくても主戦派の者たちに斬り込まれるおそれがある」

「覚悟の上です。すでに乱の中に足を踏み入れた身ですから」

「分った。それでは一行に加わってもらおう」

新十郎はいきなり昌武の手をつかみ、さぞ苦しかったろうねと言った。

その一言はどんななぐさめや励ましより昌武の胸を打ち、悲しみが堰《せき》を切って突き上げてきた。

「かたじけのうございます。有難うございます」

昌武は泣きながら手をおしいただき、この人のために命を捨てて働こうと決意したのだった。

母成峠《ぼなりとうげ》を越えて会津若松城下に着いたのは、四月十六日のことだった。

会津藩はすでに臨戦態勢をとっている。峠にも宿場にも頑丈な柵《さく》と土嚢《どのう》をきずき、一兵たりとも敵を入れない構えを取っていた。

会津藩が宿所として用意した中町の寺に入ると、昌武は接待の者に町野彦五郎の家をたずねた。

「そんなら町野主水《もんど》さまの弟ですべえ。お屋敷は神明《しんめい》一の丁にごぜえやす」

大手門の側なのですぐに分るが、誰かに案内してもらったほうがいいという。

「余所《よそ》者は薩長の密偵でねえべがと疑われます。みんな気が立ってっから」

昌武は寺の小僧に案内してもらうことにした。神明通りを南に下ると、一の丁通りと交わる辻《つじ》がある。その北西の一角に町野家の屋敷があった。

蒲生氏の家老だった左近将監《さこんのしょうげん》の子孫で、主水は佐川官兵衛《さがわかんべえ》と並び称される武勇の士である。今は越後《えちご》方面の守備に出て留守をしているので、父親の伊左衛門《いざえもん》が応対に出た。

ちょうど治太夫と同じ年頃で、温厚そうなおだやかな顔をしていた。

「私は二本松藩諸目付《もろめつけ》、宗形昌武と申します。江戸では巡視隊の指揮を任されておりました」

役目柄、彦五郎の消息を知る機会があったので、使者に同行して知らせに来たと告げた。

「それはかたじけない。倅《せがれ》は昨年末に藩邸から突然姿を消し、その後のことを知る者もおりません。どこで何をしておるかと、我らも案じておりました」

「お父上、お気の毒ですが」

彦五郎は薩摩藩邸での戦で討死したと告げた。

この善良そうな父親に、密偵として藩邸に潜入し、拷問を受けた末に殺されたとは言えなかった。

「あの討ち入りに、会津藩は出動していなかったと存ずるが」

「彦五郎どのの道場仲間に、庄内藩士が数名おりました。日頃から御用盗の悪行に業を煮やしておられたご子息は、仲間とともに庄内藩の先陣に加わられたのです」

「それで倅は……、立派な働きをしたのでしょうか」

「身を挺《てい》して、敵の銃撃から身方を守られたそうでございます。その恩に報いるために、庄内藩士が三田の大円寺にご遺体を埋葬して供養しております」

自分でも意外なほどたくみな嘘がつけるのは、この父親を哀しませたくない一心からだった。

「さようでござるか。このような時にわざわざご足労いただきかたじけない。倅の魂魄《こんぱく》を会津に連れ帰っていただいた気がいたしまする」

伊左衛門が両手をつき、肩をふるわせながら深々と頭を下げた。

翌朝辰《たつ》の刻（午前八時）、新十郎と伝右衛門は会津藩士と連れ立って登城した。仙台、米沢からの使者とともに、降伏をうながすためである。

「いよいよ正念場だ。吉報を待っていてくれたまえ」

新十郎は寺を出る時、そう言って笑いかけた。

登城を許されたのは三藩の使者だけで、供の者は寺に足止めするという物々しい警戒ぶりだった。

じっと待つだけの所在なさに、昌武は寺の本堂をのぞいてみた。須弥壇《しゅみだん》に薬師如来像《やくしにょらいぞう》が安置してある。木造りの肌は土色に変わっているが、表情が気高く美しかった。

半眼《はんがん》の目は慈愛に満ち、長年の風雪に耐え、小さく引き締まった唇はかすかに笑みをたたえている。昌武はそのおだやかさに打たれ、板張りに座って如来像と向き合った。

しばらくそうしていると、波立った心が静まっていく。苦しみを掬《すく》い取ってもらえるような気持になる。これまで数多くの仏像を見てきたが、こんなことは初めてだった。

「宗形さま、お城からご使者でございます」

僧に告げられて玄関口に出ると、陣笠《じんがさ》をかぶり籠手《こて》とすね当てをつけた武士が待ち受けていた。

「丹羽新十郎さまから、至急ご登城せよとのお申し付けでござる」

会津家中の緊張ぶりがうかがえる険しい表情で、新十郎からの書状を差し出した。

寺の外には馬の用意までしている。それに乗って使者の後につづき、一の丁の通りから三の丸に入った。

交渉は三の丸の御殿でおこなわれている。案内されたのは、御殿の東のはずれにある近侍の間だった。部屋には新十郎と庄内藩の石原数右衛門、それに目付きの鋭い大柄な武士がいた。

「幸八郎、久しいな。君が来ているというので、丹羽さんに呼んでもらったのだ」

数右衛門とは二月に江戸で別れて以来である。庄内藩も総督府から討伐の対象とされているので、会津藩と対応を協議していたのだった。

「こちらは会津藩の佐川官兵衛どのだ」

新十郎が紹介し、君に話したいことがあるとおおせだと言った。

「昨日は町野家に彦五郎の消息をお伝えいただき、かたじけのうござった」

官兵衛が礼をのべたが、昌武には事情がまったく分らなかった。

「それがしと町野主水とは竹馬の友でござる。お父上とも彦五郎とも、家族同然の付き合いをさせていただいた。それゆえ貴殿のご配慮が、ひときわ有難いのでござる」

官兵衛が膝《ひざ》をにぎりしめ、感極まって肩をふるわせた。

「実はな、幸八郎。町野君の一件は、私が佐川どのにありのままを話しておいた。ところが君が討死の話をしてくれたと、佐川どのはお父上からお聞きになってな。どうしても会いたいとおおせられたのだ」

数右衛門がすまなさそうに打ち明けた。

「私もありのままをお伝えするつもりで町野家をたずねました。しかしお父上のご様子を見て、あまりに気の毒だと思いましたので……」

「それで良かった。それが武士の情というものでござる」

自分もどう伝えたものか思いあぐねていたと、官兵衛が太い拳《こぶし》で涙をぬぐった。

「宗形どの、貴殿はどう思われる。彦五郎をなぶり殺しにした奴らに、おめおめと和を乞《こ》うべきでござろうか」

いきなり核心をたずねられ、昌武はどう答えていいか分らなかった。

「思うところを正直に答えてくれ。佐川どのは会津藩の交渉方のお一人なのだ」

新十郎が信頼しきった目を向けた。

昌武は大きく息を吐き、心を静めてから口を開いた。

「不義に屈しては武士ではないと、私も考えてきました。しかし、町野さんが密偵として薩摩藩邸に潜入されたのは、ご主君の苦難を見かねてのことだとうかがいました。そのご遺志を思えば、今は御家と尊藩の無事をはかることが先決だと思います」

「今は、とはどういうことじゃ。挽回《ばんかい》の機会が来るとおおせられるか」

「戦には敗れても、道理と覚悟において勝つ道があると存じます」

「なるほど。道理と覚悟か」

官兵衛は急に憑《つ》き物が落ちた顔をして、退却も策のうちだとつぶやいた。

主戦派の旗頭だった官兵衛が折れたことで、交渉はその日のうちにまとまった。会津藩は次の三つの条件で降伏すると約束した。

一、松平容保公が寺院で謹慎すること。

一、伏見戦争の責任者の首をさし出すこと。

一、封土《ほうど》を削減すること。

三藩の使者はこの誓約を得て仙台にもどり、九条総督に会津藩の降伏を許すように嘆願した。

ところが薩長の参謀たちは何が何でも戦争に持ち込もうと、死者を鞭打《むちう》つごとき挙にでたのだった。

〈It was like giving a whiplash to a dead person.〉（死者を鞭打つような）

朝河貫一はそう書きつけ、眼鏡をはずしてくもりをぬぐった。

書きながら感情が高ぶり、我知らず涙を流している。懐かしい故郷に苦難が迫っているだけに、平常心ではいられなかった。

（父上、母上……）

貫一は幼い頃のように心の中で呼びかけてみた。

母のウタは貫一が二歳の頃に他界したので、覚えていることは何もない。異父姉のイクとキミの思い出話から面影を想像していたばかりである。

父正澄の記憶は鮮烈だった。明治維新後に新政府に奉職し、伊達《だて》郡《ぐん》立子山《たつごやま》村《むら》小学校の校長となった父は、貫一を度がすぎるほど厳格に育てた。

それゆえ物心ついた頃から反発することも多く、長ずるにおよんで対立はますます激しくなっていったのだった。

第八章　攻撃命令

しばし執筆の手を止めて、朝河貫一は父正澄のことに思いを巡らした。

他界したのは一九〇六年だから、もう二十六年になる。行年六十三。思えば自分もあと三年でその歳を迎えるのだった。

どうしてあんなに反発し、打ち解けることができなかったのだろうと思うと胸が痛い。もっと素直に接していれば、父は喜んで知識や経験を語ってくれたはずなのに、ついにそれができないまま永《なが》の別れとなった。

「そなたも世の中に名前を知られた歴史学者になった。もしご一新（明治維新）について研究する機会があったなら、参考にしてくれると有難い」

これは我らの遺言だと言って、父は柳行李《やなぎごうり》に入れた戊辰《ぼしん》戦争の頃の資料をわたした。

だが貫一はそのようなものに値打ちがあるとは思えず、二十六年もの間書庫の屋根裏部屋に押し込めたままにしていたのである。

それは明治維新肯定の史観しか持たず、賊軍となって維新に抵抗した父たちを否定していたからだが、単にそればかりではない。

幼い頃から抱きつづけた父への反発が心の奥底に巣食っていて、正面から向き合うことをさけていたのだった。

(What a contrary person!)（何という天の邪鬼《じゃく》だ）

今ではそうした欠点を自覚することができる。だから柳行李の資料を分野ごとに仕分けし、本棚の一番見やすい場所におさめている。そうして折に触れて父の遺言に触れるようにしていた。

貫一はふと誘われて、「父の教育論」のファイルをのぞいてみた。

父は明治七年に立子山村小学校に奉職し、やがて校長となり、明治三十六年まで三十年にわたって教育にたずさわった。

単に子供たちを教えるばかりではない。子供の健全な成長をはかるには家庭環境が何より大事だと、戸別に訪問して親たちに育児の心得を説いていた。

それを文章にして各家庭に配ったものが、資料の中に残っている。「学校に入りし後の家庭教育」と題し、十五カ条にまとめたものだ。

その中には次の一条がある。

「十四条　学校にて授けし言語作法など決して姍笑《さんしょう》することある可《べか》らず。努めて奨励し卑語を去り優美に就かしむべし」

生徒の両親の中には、教育を受けたことがなく読み書きができない者が多かった。それゆえ子供たちを学校にやるようになってからも、劣等感と反発心から教育の内容をあざ笑ったり役に立たぬと決めつける者がいた。

たとえば教科書で教える標準語に対して、方言しか話さない親たちは抵抗を感じている。言葉を否定されれば人格そのものを否定されたように思うからで、わざと土着の言葉を使って子供たちをけしかけることもあった。

父はそうした親たちと膝を交じえて語り合い、教育の必要性を根気良く説きつづけた。いつでも学校に来て、子供たちの勉強ぶりを見て下さいと呼びかけてもいた。

また教育を受ける機会がないまま青年や大人になった者たちに、夜間に教室を開放して読み書き算盤《そろばん》を教えた。青年たちの悩み事の相談にものったし、喧嘩《けんか》や争い事があると仲裁を買って出た。

貫一も一度、父が荒くれの喧嘩を止めに入ったのを見たことがある。

祭りの夜の賭場《とば》でのもめ事で、三人の荒くれが大柄の鉱夫を痛めつけていた。通りかかった父が止めに入ると、荒くれたちはかえって因縁をつけてきた。

そうして三対一の喧嘩になったが、父の強さは圧倒的だった。

幼い頃から武道に励み、小野派一刀流の目録と先意流薙刀《なぎなた》の極意を伝授された武士の動きは、体の大きさや腕力に頼った荒くれたちの及ぶところではなかった。敵《かな》わぬと見た一人が短刀《どす》を抜いて突きかかったが、父は少しも動じることなく腕をねじり上げて取り押さえた。

そんなことが何度かあったのだろう。やがて父は荒くれぞろいの地回りから一目置かれるようになった。警察など屁《へ》とも思わぬ血の気の多い輩《やから》がおとなしく従うようになったし、夜間の学校に来て勉強する者まで現れた。

その頃ついた仇名《あだな》が「朝河天神《てんじん》」。怖い雷どもを天神様のように手なずけてくれるという意味である。

父がどれほど慕われていたかは、退職の祝いに村人たちから金時計を贈られていることからもうかがえる。有志が金時計を買うための募金をつのったところ、何と千人以上もの村民が賛同して拠出したのだった。

人としても教育者としても見事な生き様である。温厚で誠実な人柄で、常に人の手本となる人格者でもあった。

しかしそんな非の打ちどころのない男が、家庭において良き夫であり父親であったかと言えば、かならずしもそうではなかった。

少なくとも幼い頃の貫一にとっては、気むずかしく近寄りがたい存在だったのである。

突然、窓ガラスがガタガタと音を立てた。貫一は一瞬ぴくりと身をすくめ、護身用の木刀を持って窓際に行った。

酔っ払ったウィンチェスター社の工員が、またも嫌がらせに来たのかと思ったからだが、表に人影はない。どうやら夜の通りを吹き抜ける突風のせいらしかった。

(I am frightened like a coward dog.)（私は臆病《おくびょう》な犬のように怯《おび》えている）

貫一は心の内でつぶやき、言いようのない屈辱に身を震わせた。

日本が上海事変を起こして以来、アメリカ国内では激しい反日世論が巻き起こっている。在米の日本人に向けられる民衆の目は日に日に厳しくなり、身の危険を感じることも多かった。

こんな時こそ毅然《きぜん》とした態度を取り、日本人の精神性の高さを示したい。だが武道の心得も体力もない貫一には、むき出しの暴力に対処する術がない。その不安が怯えとなって表れたのだった。

（身を捨てよ。命を思うな。無心になれ）

貫一は己にそう言いきかせて心を落ち着けようとした。

父から教えられた武道の心得である。この年になってそうした教えが身にしみていると気付くとは妙なものだった。

貫一は本棚のファイルから、父が村人のために作った子守唄の歌詞《うた》を取り出した。

「人のつとめはさまざまあれど　親のつとめはその子女の　家庭教育おこたらず　年齢来たらば学校の　通学はげまし勉強させて　やがてあっぱれ忠良の　青年なりといはるるよう　こころをこめてしこむべし」

親が子供の教育に理解を示すように、こんな子守唄を作って教え込もうとした。この工夫には人を導こうとする温かさがあるし、歌詞もなかなか良くできている。

（気むずかしかったが、決して偏屈な人ではなかった）

今なら素直にそう思えるが、幼い頃には父の存在が重石《おもし》のように感じられ、息苦しくてたまらなかったのである。

父はほとんど家にいなかった。昼間は子供たちを、夜は夜学の青年たちを教え、村人の相談にも応じていた。だから家に腰を落ち着けて貫一たちと接する時間がなかったのである。

しかも家は立子山村小学校の中にあった。総二階の校舎の二階の東端に校長室と住宅が並んでいて、何かあるたびに出て行かなければならないので、気を抜いてくつろぐことができなかった。

家族で過ごすのは朝と夕方の食事の時だけだったが、これが貫一には苦痛で仕方がなかった。食事中は話をしないように躾《しつ》けられていたので、父と継母《ままはは》のエヒと異父姉のイクとキミと、銘々膳《ぜん》の前で正座して黙々と食べる。

父と話したいことがあっても何も言えないし、箸《はし》や茶碗《ちゃわん》の持ち方が悪かったり嫌いなものを残したりすれば、身も凍るような一瞥《いちべつ》をあびせられる。まるで苦行を強いられているようで、ますます父となじめなくなった。

厳しく勉強させられるのも苦痛だった。父は貫一を学者にしたかったらしく、五歳の頃から日本外史や四書五経を教え始めた。しかも常に過重なノルマを課し、それができなければ寝ることを許さなかった。

そのお陰で貫一の学力はぐんぐんと伸び、伊達郡内の小学校の試験でも抜群の成績をおさめるようになったが、心の中にはいつもうつうつとしたものを抱えていた。

いくらいい成績をとっても父は次のノルマを課すばかりだし、まわりの村人たちからは校長先生の息子だからできて当然だと見られていた。

そんな苛立《いらだ》ちとストレスのせいだろう。貫一は一度父に喰《く》ってかかったことがあった。

あれは高等小学三級の夏休みだから、十二歳の時である。母から使いを頼まれて出かけた時、村の悪童四人が溜池《ためいけ》で遊んでいるのを見かけた。

灌漑《かんがい》用水を確保するために村できずいたもので、中には鯉や鮒《ふな》を飼ってある。一年に一度、溜池をさらえる時に鯉や鮒をつかまえ、みんなで食べたり売ったりするためのもので、普通は捕ることを禁じられていた。

溜池のまわりには人の背丈ほどの柵《さく》をめぐらし、魚を捕らないようにという注意書きがしてあったが、悪童四人は柵を乗りこえて釣竿《つりざお》を出していた。

中の一人はもっといい場所を求めて、溜池の際の雑木林を伝って奥へ向かっていた。

（あんな所で……）

貫一は危ないと思った。

溜池は山のふもとにきずいたもので、山側の斜面は険しく切り立っている。しかも昨日の雨でぬれているので、足を滑らせて溜池に落ちれば溺《おぼ》れるおそれがある。

注意しなければと思ったが、相手は二つ三つ年上で体もひと回り大きい。ただでさえ貫一は、悪さの邪魔をされたことに腹を立て、どんな言いがかりをつけてくるか分らない。「校長先生のお坊っちゃん」と呼ばれて仲間はずれにされているのである。

それに母から頼まれた用事もある。こんな所で道草をくっている場合ではないと、何も言わないで通り過ぎた。注意するべきだったとかすかに良心の呵責《かしやく》を覚えたが、面倒なことに関わりたくない気持の方が強かった。

ところがその日の夕方、父に校長室に呼び付けられたのである。

父が呼んでいると母から聞いた時、貫一は反射的にあの溜池のことだろうと思った。

誰かがあの場にいて、悪さを止めなかったことを見ていたのだ。それを父に告げたにちがいない。すぐにそう察したのは、注意しなかったことがずっと気にかかっていたからだった。

こう問われたらこう答えよう、こう責められたらこんな風に反論しよう。頭の中であれこれと考えながら校長室をたずねると、父は応接用のソファに座るように言った。

「休みの日だが、今日はお前の考えをじっくり聞こうと思ってね」

言葉はやさしいが、表情はいつにも増して険しかった。

「昼間エヒの使いで出かけた時、権太郎堤《ごんたろうづつみ》の近くを通ったろう」

「はい。通りました」

そら来たと貫一は思った。

あの溜池は築堤した者の名にちなんで権太郎堤と呼ばれていた。

「その時、四人が釣りをしているのを見ただろう」

「見ましたが、母上の用事で先を急いでおりましたので」

注意ができなかったと、考えてきた通りのことを言った。

臆病だから注意ができなかったのではないかと追及されたら、自分の義務をはたすことが先決だと考えたと答えるつもりだったが、父はそんなことを問題にしているのではなかった。

「あのうち一人が堤に落ちて溺れた。幸い近くにいた者が駆けつけたので大事には至らなかったが、大量に水を飲んでいるので一時は危うかったそうだ」

「……」

「お前はあの四人を見た時、こんなことが起こるかもしれないと思ったはずだ」

「危ないとは思いましたが、本当にそんなことが起こるとは思いませんでした」

「それでも注意すべきではなかったのかね。四人の身を心から思っているのなら、危ないからやめるように言えたはずだ」

「あの人たちは年上です。僕が言わなくても、そんなことは分っているのではないでしょうか」

それを承知しながら禁止された魚釣りをしていたのだから、自業自得ではないか。貫一はそう反論した。

「危ないとは分っていただろう。それを乗りきれるという自信があったのかもしれない。ところが結果はこの通りだ。もしお前が危ないと注意していたなら、こんなことにはならなかったかもしれないのだ」

「注意しても、あの四人が釣りをやめたとは思えません。僕のことなど、勉強しかできない弱虫だと馬鹿にしているのですから」

「しかし、ひとつの言葉が人を動かすこともある。学問を積むのは、その言葉を発することのできる人間になって、人を正しく導くためではないのかね」

「父上は教育者だから、そのようにお考えになるのかもしれません。しかし僕は、すべての学問が人を導くためにあるとは考えていません」

「ほう。それならお前は何のために学問をしているのだ」

父は嫌になるほど冷静で、いつも理詰めで攻めてくる。その取り澄ました顔を見ると、貫一は言いようのない苛立ちに駆られた。

「真理や真実を探究したいからです」

「探究した結果が世の中の、ひいては人類の役に立つ。そう思うから困難を乗りこえて研究に打ち込めるのではないかね」

「そういう人もいるかもしれません。しかし僕は、ただ純粋に真理を探究したいと思っています。人のためなんかじゃありません」

貫一は意地になって言い張った。

「それなら聞くが、お前の探究心はいったいどこから生まれてくるのだ」

「それは……」

「ただ真理や真実を知ればいいというものではあるまい。世の中の役に立つと思うから、学問に夢を持てるのではないか」

「そうかもしれませんが、それは今度のこととは関係ないと思います」

「相手のことを思って危ないと注意するのは、慈愛や慈悲の心があるからだ。事にあたって善良な性《さが》が表に現れただけで、相手がどう反応するかは問題ではない。お前はいろいろと言い訳をしたが、注意もせずに堤から立ち去る時、どこか後ろめたさを覚えたのではないかね」

「……」

「それはお前の善良な性が、やるべきことをやっていないと告げていたからだ。その声に素直に従い、従って良かったという経験を積み重ねていくことが、そうした善性をいっそう大きく育てていく。それがやがて学問を極めようという志や探究心を支えてくれるのだ」

「それなら父上はどうですか。善良な性に従って新政府と戦い、何千人もの犠牲者を出されたのですか」

貫一は反論できないもどかしさのあまり、思わずそう口走っていた。

父が戊辰戦争でどんな体験をし、どれほど深い傷を負ったか貫一は知らない。ただ父も村人たちも、腫《は》れ物でも扱うようにその話を避けていることは日頃から感じていた。

それは明治維新に反対し、天皇の御心《みこころ》に逆らう罪を犯したことを隠したがっているからだ。そんな生き方をしていながら、取り澄まして善良な性を説くことに何の意味があるのだ。そんな不満が、自制の堰《せき》を切って口をついたのだった。

「私か……」

父はそう言いかけて口ごもり、そのまま何も言わなかった。辛《つら》そうな目で、じっと貫一を見つめたばかりである。

あの時の父の顔を思い出すと、今でも胸が痛む。腹立ちまぎれに父の心に土足で踏み込んだことが悔やまれてならない。

そうした後悔は口にした直後からあって、父との関係をいっそうよそよそしいものにした。貫一が翌年に川俣《かわまた》高等小学校へ転校したのは、父と顔を突き合わせている気詰りから解放されたかったからだ。

その後も福島県尋常中学校、東京専門学校（現早稲田《わせだ》大学）、ダートマス大学、そしてイェール大学と、父や故郷から遠ざかる道ばかりを選んできた。人を思いやることより、学問に打ち込みたい希《ねが》いばかりを優先してきたのである。

これまで意識したことはなかったが、自分も明治維新によってやさしさを失った者の一人かもしれなかった。


会津藩との交渉がまとまった日の午後、宗形幸八郎昌武は側用人の丹羽新十郎に声をかけられた。

「君のお陰で鬼の官兵衛どのが折れて下された。この通りだ」

二本松藩きっての切れ者が深々と頭を下げた。

新十郎らが状況の困難を説いて恭順するように迫っても、官兵衛は「不義に屈するより、武士の一分を貫くべきだ」と主張してゆずらなかった。ところが昌武の顔を見るなり、急に態度を軟化させたのである。

「君の出小手は鮮やかだったが、交渉においても天稟《てんぴん》があるのかもしれない。今後も力を貸してくれ」

「そのような才などありません。私はただ、町野彦五郎どのの消息を伝えに行っただけです」

「いや。戦には敗れても道理と覚悟において勝つ道があるとは、なかなか言える言葉ではないよ。日頃から士魂を練っているからこそだ」

「過分のお言葉、かたじけのうございます」

昌武は恐縮したが、確かに薩摩藩邸での戦に加わって以来、何かが変わっている。日常の諸々の雑念を断ち切って、武士の魂が研ぎすまされつつある感じだった。

「我々はこれから仙台に向かい、九条総督に会津藩の降伏を伝え、穏便に計らっていただくように嘆願しなければならぬ。君は二本松にもどり、ご家老にこのことを報告してくれたまえ」

「馬をお貸しいただけますか」

「官兵衛どのが手配して下さった。返さなくて結構とのことだ」

昌武の厚意にむくいるために、町野彦五郎の父親が用立てたものである。四肢たくましい連銭葦毛《あしげ》で、立派な鞍《くら》までつけてあった。

昌武は深々と頭を下げて鞍上《あんじょう》にのぼり、神明通りを北に向かった。会津から二本松までおよそ十五里（約六十キロ）。途中には中山峠《なかやまとうげ》の難所もあるが、わずか二刻（四時間）で駆け抜けた。

二本松城に着いたのは暮れ六ツ（午後六時頃）ちかくである。

下城の刻限はとうに過ぎているのに、大手道にはあわただしく人が行き交っている。中には鎧《よろい》を着込み槍《やり》や鉄砲を持った者もいて、殺気立った険しい目をしていた。

（これはいったいどうしたことだ。会津の降伏で危機は去ったはずではないか）

昌武は不審と不安に心を乱しながら、箕輪《みのわ》御門の前で馬を下りた。

「ご家老一学さまに。丹羽新十郎さまからの使いでございます」

役の者にそう告げると、すぐに門を通された。

家老丹羽一学は三ノ丸上段の表御殿にいた。御用部屋に重臣たちがあわただしく出入りしている。何か非常のことが起こったにちがいなかった。

「会津より、丹羽新十郎さまのご使者でございます」

取り次ぎの者が敷居際で告げ、昌武は顔を上げることを許された。

部屋には一学と三人の重職がいた。四人の中では四十六歳の一学がもっとも若いが、藩主丹羽長国の信任が厚く、藩政の全権をゆだねられていた。

「会津よりただ今戻りました。丹羽新十郎さまからお届けするようにと」

預かった書状を差し出した。

ただ一行「会津藩降伏の儀、相成り候」とだけ記されている。一学は一読すると折りたたんで懐に入れた。

「会津城下の様子はいかがであった」

「街道に柵《さく》をもうけて土嚢《どのう》を築き、敵の来攻にそなえております」

「それでも降伏を受け容《い》れる決断をしたのだな」

「はい。松平容保公の謹慎、責任ある重臣の切腹、所領の削減の三カ条を認めるとのことでございました」

「痛ましいことじゃ。そうした堪忍も、もはや水の泡となった」

「水の泡と申されますと」

「九条総督が当家と仙台、米沢藩に、会津攻めをお命じになったのだ」

「会津が降伏に応じるなら穏便に計らう。九条さまがそう約束されたと、新十郎さまからうかがいましたが」

「わしもそのように聞いていた。ところが参謀の世良修蔵と野村十郎が、会津を討伐せよと強硬に迫ったのだ。当家にも昨日、野村十郎の使者が来た。礼儀作法もわきまえぬ雑兵上がりの痴《し》れ者だ」

一学が悔しげに吐き捨てた。

猪《い》飼《かい》石見《いわみ》と名乗る三十ばかりの使者は、土足で表御殿に上がったばかりか、藩主長国を呼びつけて会津攻めの軍勢一千を明朝までに出すように命じた。

側に控えていた一学が、会津藩と降伏の交渉をしている最中のはずだと口をはさむと、猪飼は次のように言い放った。

「なんを寝ぼけたことを言いよるか。四月十一日に徳川は江戸城を明け渡し、新政府がこの日本を治むると定まったんじゃ。会津攻めは新政府の御前会議で決められたことじゃ。それに逆らうんやったら、二本松も会津と一緒に攻め滅ぼす。それでもええんか」

そう脅しつけたばかりか、平伏する長国の目の前に突っ立つと、「早く返事をせんか」と怒鳴りつけた。

長国はやむなく承知したと答えたのだった。

「それゆえ見ての通り、大急ぎで出陣の仕度にかかっている。殿のご心痛を思えば、申し上げる言葉もない」

一学は無念のあまり目を赤くし、こんな不義がまかり通るようではこの国も終わりだとつぶやいた。

「その方らは知るまいが、長州がしゃにむに会津を攻め滅ぼそうとするのは、訳あってのことなのだ」

「京都守護職をつとめられた容保公への私怨《しえん》でしょうか」

「それならまだ納得もできる。だが奴らは……」

一学は喉元《のどもと》までせり上がった言葉を歯を喰《く》いしばって呑《の》み込んだ。

涙が一筋、頬を伝って流れ落ちた。

翌十七日、二本松藩の軍勢が出陣していった。

藩の軍編制は一隊三百人で七隊まである。そのうち三番、六番隊が会津との国境《くにざかい》に近い十文字《じゅうもんじ》岳《だけ》温泉に、四番隊が後方支援のために永田《ながた》村に配されることになった。

隊士は藩士ばかりではない。藩では郷足軽の制度を作り、各郷村から二百石に一人の若党、百石に一人の小者を出すように命じていた。

藩の石高は十万石なので、この制度によって五百人の若党と千人の小者が集められる。その者たちを各番隊にふり分けて雑用をさせたり、若党、小者を中心とした足軽隊を編制していたのだった。

この日、昌武の兄昌成と朝河八太夫も出陣した。

昌武はそれを見送るために大手道に出た。側には両親と生後間もない太郎を抱いたトモ、そして朝河家の嫁のウタも二人の娘の手を引いて並んでいた。

各隊は鉄砲隊を先頭に、整然と二列縦隊になって進んでいく。だが江戸で洋式軍隊の調練にはげんできた昌武の目には、いかにも旧式で頼りなく見えた。

各隊の真ん中を、陣笠《じんがさ》をかぶり鎧を着込んだ隊長が馬に乗って進んでいる。緋色《ひいろ》や黒の陣羽織は美しく、家伝来の甲冑《かっちゅう》は勇ましげだが、実戦では何の役にも立たないことは目に見えていた。

「本当に会津と戦になるのでしょうか」

トモが不安そうにたずねた。

「各藩のご重職方が、そうならないように奥羽鎮撫《ちんぶ》総督に働きかけておられるそうです。それが聞き届けられるといいのですが」

昌武はそう答えた。長州はしゃにむに会津を滅ぼそうとしているという一学の言葉が脳裡《のうり》をよぎったが、乳呑み児《ちのご》を抱えたトモに不安を与えたくなかった。

「案ずるな。大樹も恭順を許されたのだ。容保公だけが許されぬという道理はあるまい」

治太夫がトモの手から太郎を抱き取った。

ちょうどその時、四斤臼砲《よんきんきゅうほう》を引いた朝河八太夫の一隊が目の前を通った。勇ましい出《い》で立《た》ちを見たイクとキミが、「おじいさま」と声をかけて盛んに手を振っている。ウタは深々と頭を下げて出陣の労をねぎらった。

「お前はまだ、番方に加わらぬのか」

治太夫がたずねた。

「まだ達しがありません。巡視隊は全員待機を命じられています」

藩では薩長ににらまれることを恐れて、巡視隊の面々をいまだに謹慎同然にしている。万一薩摩藩邸焼き打ちのことをとがめられたら、巡視隊が勝手にやったことだと言い抜けるつもりなのだった。

それから十日後、昌武は再び丹羽新十郎に呼び出された。

「二十九日に仙台、米沢藩と、今度の対応について協議する。君も同行してくれたまえ」

「承知いたしました」

「長州の世良修蔵は、仙台藩にも出兵せよと強硬に迫っておる。こうなったからには、会津藩に降伏してもらい、戦をさけなければなるまい」

「ひとつだけ、おうかがいしてもよろしいでしょうか」

「何かね」

「先にご家老のもとに使いをした時、一学さまは長州が会津を攻め滅ぼそうとしているのは理由があってのことだとおおせられました」

容保が京都守護職をつとめていた頃に多くの志士を弾圧したために、長州藩のうらみを買っているのだろう。昌武はそう思っていたが、一学はそれならまだ納得もできると悔し涙を流した。

つまりそれ以外に看過できない理由があるということだ。

「新十郎さまは、その理由をご存じでしょうか」

「知っておる。だが……」

新十郎は急に口ごもり、しばらく腕組みをして黙り込んだ。

「これは軽々に口にできることではない。確かなことかどうかも分らぬ。しかし私は佐川官兵衛どのから直に聞いたし、仙台、米沢両藩のご重職も間違いないことであろうと考えておられる」

「お教えいただけませぬか」

「知ったところで、このことを理由に長州を非難することはできないよ。また家族や仲間にも本心を語れなくなる。重く暗い秘密を抱え込むだけだ」

驚いたことに、日頃は冷静沈着な新十郎が辛《つら》そうに顔をゆがめて目を赤くした。

「それでも構いません。真実を知らないままでは、新十郎さまのお役に立つこともできぬものと存じます」

「ならば決して他言せぬこと、我らと生死を共にすることを、金打《きんちょう》して誓ってもらいたい」

昌武は即座に脇差《わきざし》の鯉口を切り、笄《こうがい》を抜いて刃と打ち合わせた。決して約束をたがえぬという証《あかし》だった。

第九章　交渉決裂

「それではこちらに移ってくれたまえ」

丹羽新十郎は宗形昌武（後の朝河正澄）を奥の書庫に招じ入れた。

四畳ばかりの土蔵造りの部屋である。重要な書類や書物を火事から守るためのものだが、ぶ厚い扉を閉ざすと外に音がもれないので、密談の場にもなるのだった。

鉄格子をはめた明かり取りの小窓がひとつあるばかりで、中は薄暗くひんやりとしている。

昌武は板張りに置かれた円座に座り、新十郎と向き合った。

「事は前《さき》の帝《みかど》の死因に及ぶ」

新十郎がおごそかに口を開いた。

前の帝とは二年前、慶応二年（一八六六）の十二月二十五日に三十六歳で急逝なされた孝明《こうめい》天皇のことだった。

「君も知っていると思うが、前の帝は公武合体によって政治的な混乱を収拾し、西欧列強の圧迫に対抗できる国を作るべきだと考えておられた。その方針を実行する上でもっとも頼りにしておられたのが、京都守護職であられた松平容保公だ」

だから容保は朝敵などではない。孝明天皇の意に添うために、会津藩の総力をあげて働きつづけた忠臣である。その証拠に孝明天皇は容保に全幅の信頼をよせておられ、ご宸翰《しんかん》（天皇自筆の文書）をくだされたことも何度かあった。

ところが天皇のお考えは、討幕をめざして動き出した長州や薩摩の方針と真っ向から対立する。もし孝明天皇の御世《みよ》がつづけば、彼らは尊王を大義名分としていながら天皇の方針に反するという矛盾を抱え込むことになる。

「こうした状況を打開するには、方法は二つしかない。ひとつは帝のご意志に従って公武合体派に転じることだ。ところが薩摩はともかく、長州はそれができないところまで突き進んでいた」

元治元年（一八六四）七月、長州藩は蛤御門《はまぐりごもん》の変を起こし、京都市中二万八千戸を焼失させる被害を出した。

これに激怒された孝明天皇は、幕府に長州藩の追討をお命じになった。こうして第一次長州征伐が始まり、長州藩の降伏によって事がおさまった。

それゆえ孝明天皇の主導で公武合体が進めば、長州藩は賊軍の汚名をこうむったままで、政治の表舞台に復帰することはできなくなる。

「だから彼らは倒幕派の公家《くげ》に働きかけ、前の帝を何度も説得しようとした。ところが帝は頑として応じようとなされなかった。そこで長州は第二の方法に打って出た。それが何か分るだろう」

「い、いえ。分りません」

おおよその想像はつくものの、口にするのはあまりに恐れ多かった。

「西洋兵学では、目前に障害がある時にはどうせよと教わった」

「排除するか迂回《うかい》するか、すみやかに決断せよと」

「そうだ。無念きわまりないが、長州の指導者たちは排除する道を選んだ。おそらく毒を用いたのだろうと言われている」

「病をわずらわれてのご崩御だと、その頃には報じられていましたが」

「疱瘡《ほうそう》だと触れているが、帝に近侍している者は数人しかおらぬ。口を封じることはたやすいし、そもそも帝が毒殺されたなどと公にできるものではあるまい」

「しかし、そんな……」

馬鹿なことがあってたまるかと、昌武は心の中で叫んでいた。

もしそれが事実なら、この国はいったいどうなっていくのか。その懸念に全身が鳥肌立った。

「実は長州がここまで踏み切らざるを得なかった理由はもうひとつある。イギリスとの密約だ」

「どういうことでしょうか」

「長州は攘夷《じょうい》を実行するために、文久三年に下関を通る外国艦船を攻撃した。これに対してイギリス、フランス、アメリカ、オランダの四カ国は、長州藩の処罰と損害賠償を幕府に求めた」

長州はこうした事態に対処するために、イギリスに滞在中だった伊藤博文《いとうひろぶみ》と井上馨《いのうえかおる》を帰国させ、イギリス人通訳オールコックと打開策を協議させた。

ところが交渉は決裂し、翌年八月の四カ国艦隊による下関《しものせき》攻撃がおこなわれる。長州は八月八日に高杉晋作《たかすぎしんさく》を正使とする降伏使を送って停戦協定を結ぶが、この時イギリスとの間で密約が交わされたのである。

「当時、イギリスとフランスは日本への進出をめぐって激しく争っていた。一歩先んじたフランスは幕府との関係を深め、軍事顧問団を送ったり資金援助をしていた。イギリスはこれに対抗するために、長州と薩摩を支援して幕府を倒す戦略を立てた。犬猿の仲だった薩長が、慶応二年に同盟を結んだのはイギリスの指示があったからだ」

薩長同盟の立て役者は土佐《とさ》の坂本龍馬《さかもとりょうま》だと言われているが、彼はグラバー商会に頼まれてイギリスの指示を伝えたにすぎないという。

「この時点でイギリスも薩長も討幕に向かって動き出した。薩長があれほど潤沢な資金を持ち、最新の兵器を装備することができたのは、イギリスの陰なる援助があったからなのだ」

「ですが、それでは……」

「他に漏れるおそれはない。思ったことを口にしたまえ」

「それでは薩長は、イギリスのために前の帝を弑《しい》したてまつったということになるではありませんか」

「いいや。彼らは己れの目的を遂げるためにイギリスを利用したのだ。責任はイギリスではなく、目的のためには手段を選ばなかった数人の指導者にある」

「お言葉を返すようですが、私にはとても信じられません。武士ならば、そんな卑劣なことをするはずがない」

昌武は思わず床を殴りつけた。

怒りと無念と悔しさがない交ぜになった激しい衝動が突き上げてきて、そうせずにはいられなかった。

「私もそう思う。だから武士ではない輩《やから》が企てたことだろう。そして真実を闇から闇へ葬り去るつもりだったのだろうが、下民は虐げやすいが上天はあざむき難しだ。この真実は思いもよらぬところから外に漏れることになった」

孝明天皇ご自身が、真実を伝える文を松平容保公に送られた。そのいきさつは次の通りだと新十郎は話をつづけた。

「帝の御身に異変が起きたのは十二月十二日のことだ。全身に発疹《ほっしん》を生じ高熱を発せられたというから、ご典医は疱瘡と診立てたようだが、実は何者かがそうした症状を引き起こすように調合した毒を用いたのだ」

それにお気付きになった帝はすぐに解毒剤を服用され、十九日には熱も下がり、二十一日からはお見舞いの方々とも面会なされるようになった。

「この時、容保公もひそかなお召しによって参内され、事のいきさつを記した書状をお受け取りになった。その時帝は、朕に万一のことがあったならこの書状を公にして長州を討てとお命じになったそうだ。今ならまだ長州の暴発を止め、平穏のうちに事をおさめられるとお考えだったのだろう」

ところがご憂慮なされていた「万一のこと」は、それからわずか三日後に襲ってきた。二十四日の昼には常と変わらぬ食事をなされるようになっていたが、夜になって容体が急変し、翌日にはご逝去なされたのである。

これもまた疱瘡によるものだと発表されたが、一回目の企てに失敗した者たちが、間髪入れずに二の矢を放ったことは明らかだった。

「こうした事態を受けて、容保公は帝の書状を将軍慶喜公に示して対応を協議なされた。ところが第二次長州征伐に大敗していた幕府には、もはや帝の遺命をはたす力はなかった。帝は疱瘡で亡くなられたという発表を鵜《う》呑《の》みにし、知らないふりを決め込む以外に道はなかったのだ」

孝明天皇の崩御から半月後、睦仁親王《むつひとしんのう》がご即位あって明治天皇となられた。そうして先帝によって閉門や謹慎に処されていた討幕派の公家を大量に赦免し、公武合体から討幕、王政復古へと方針を変更された。

まさに長州の思う壺《つぼ》だったのである。

「それから後のことは君も知っての通りだ。幕府は亡び、容保公は朝敵として追討されようとしておられる。しかしこのいきさつを知れば、なぜ長州が会津だけを許そうとしないのか君にも分るだろう」

「先帝の書状でしょうか」

「さよう。長州の指導者たちは、上天をあざむく己れの所業が公にされることを何より恐れている。それゆえその書状を取りもどし、容保公の口を封じようと、遮二無二会津に攻め入ろうとしているのだ」

「それならどうしてそのことを公にし、天下の公論に訴えて長州の非を鳴らそうとなされないのですか」

これほどの不正、卑怯《ひきょう》、卑劣を知りながら口に糊《のり》するのは、彼らの所業を黙認するのと同じではないか。昌武はそう思った。

「君の言い分はもっともだ。私もご家老も奥羽諸藩のご重職も、同じ思いに胸が張り裂けんばかりだが、公にできない理由がいくつもある」

新十郎は無念に声を震わせ、気持を落ち着けるために大きく息を吐いた。

「ひとつはすでに将軍慶喜公が、新政府に恭順しておられることだ。この事実を知りながら恭順されたことが天下に知れたなら、徳川家や旧幕府勢力は取り返しのつかない痛手をこうむる。だからこのことを公にしたなら、彼らは新政府側に加わって奥州に攻め寄せてくるおそれがある」

ふたつ目は戦をしても薩長に勝てる見込みがないことだった。イギリスの支援を受けて資金と最新兵器を潤沢に持った薩長と、財政が逼迫《ひっぱく》して装備の近代化をおこなえなかった旧幕府勢力では、軍事的な力に開きがありすぎる。

それは第二次長州征伐や鳥羽・伏見の戦いの敗戦ですでに証明されていることだ。今さらどんな努力をしようと、戦って勝てる見込みはないのである。

「勝てないから、相手の機嫌をそこねるわけにはいかないということですか」

「有体に言えば、その通りだ。もし会津藩が帝《みかど》の書状を公にし、容保公が陣頭に立って戦われたなら、長州は軍勢ばかりか領民まで皆殺しにする苛烈《かれつ》な戦を仕掛けてくるだろう。その時、奥羽諸藩はどうする」

会津と共に起てば、同じ被害をこうむることは目に見えている。ところがいったん長州の大罪を公にしたなら、それでも武士の義を貫くべきだと主張する者たちが諸藩で優勢を占め、戦に向かって突き進むことになる。

「それでもいいと考えておられる方々もいる。私も一概にそれを否定するつもりはない。しかし、領民までそんな災禍に巻き込むのは、為政者としての務めに反する。だからこの事実を封印し、奥羽鎮撫《ちんぶ》総督にひたすら嘆願して会津の赦免を勝ち取るほかに方法はないのだ」

「長州は本当にそんな戦を仕掛けてくるのでしょうか」

「先帝謀殺の事実を公にすれば必ずそうする。その惨状を他藩に見せつけて口を封じる以外に、この問題を解決する方法はないからだ」

「よく分りました。おおせを肝に銘じておきます」

「ならば私の力になってくれたまえ」

これから会津藩を説得するための話し合いが、仙台領関宿《せきやど》でおこなわれる。それに同行してほしいという。

「我らはこれから韓信《かんしん》になる。どんなに理不尽な言いがかりをつけられようと、耐えに耐えて新政府の股《また》をくぐらなければならぬ。その戦いに加わってほしい」

「承知いたしました。生死を共にするとお誓い申し上げましたから」

状況は絶望的である。だが新十郎がすべてを語ってくれたお陰で、昌武はこれからの戦いの本当の意味が分った気がしていた。

仙台領関宿は白石《しろいし》から米沢領高畠《たかはた》に通じる街道沿いにある。白石川ぞいの小さな宿場である。

四月二十九日、仙台藩はこの地に米沢藩、会津藩の重職を招き、事態の打開策について話し合うことにした。

その前日、昌武は新十郎の供をして関宿の旅籠《はたご》に着いた。すでに会津藩の佐川官兵衛と庄内藩の石原数右衛門が来ていて、八畳ばかりの座敷で待ち受けていた。

「ご存じの通り、明日我が藩の降伏について再協議がおこなわれ申す。その前に貴公らのご意見をうかがいたく、ご足労いただき申した」

参集を呼びかけた官兵衛が、真っ先に口を開いた。

以前の話し合いで、会津藩は三ヵ条の条件で降伏すると約束した。仙台、米沢、二本松藩はこの旨を奥羽鎮撫総督の九条道孝に伝えたが、参謀の世良修蔵と野村十郎は降伏を許さず、あくまで討伐する姿勢を崩さなかった。

　そこで明日、会津藩の家老を呼んで対応を協議することにしたのである。

「仙台、米沢両藩は、当家から謝罪の使者を出し、三ヵ条を実行するので降伏させてくれるように嘆願せよと求めておる。ところがこれでは、その場で無理難題を押し付けられた場合に拒むことができなくなると反対する者も多い」

「ご懸念されている無理難題とは、いかようなことかお聞かせいただきたい」

　新十郎がたずねた。

「口にするのも恐れ多きことながら、殿の御首《みしるし》をさし出せということでござる」

「尊藩としては、その条件には絶対に応じないということでしょうか」

「当然でござる。主君を見殺しにするくらいなら、家臣全員討死しても降伏などいたさぬ」

「ご心情、お察し申し上げる」

　新十郎は無理押しせずに引き下がった。

「ならば先にお約束いただいた三ヵ条で、降伏を認めてもらうしかありませんな」

　数右衛門の庄内藩も会津藩とよく似た立場にあり、薩摩の大山格之助《おおやまかくのすけ》を参謀とする新政府軍の脅威にさらされている。明日は我が身という思いは切実だった。

「さよう。それ以外に道はない。その道をどう切り開くか、そこが知恵の出しどころだ」

「会津藩から降伏の使者を出すことについては、了解が得られているのでしょうか」

「反対している方々もおられるが、すでに約束したことじゃ。何としてでも使者を出すように説得する所存でござる」

「ならばどんなに無理難題を持ちかけられようと、三ヵ条以外には認めない。その手立てを講じればいいということでござるな」

新十郎が念を押した。

「さよう。その方策さえ立てば、使者の派遣に反対している方々を説き伏せることができる」

官兵衛も同意したが、会津と長州はすでに不倶戴天《ふぐたいてん》の敵になっている。しかも世良や野村は初めから会津をつぶしにかかっているのだから、引き下がらせるのは容易ではなかった。

「宗形君、君ならどうする」

新十郎がうながした。

「佐川どの、おたずねしていいですか」

「うむ、何なりと」

「家中の方々は、容保公を犠牲にするくらいなら討死をすると意を決しておられるのですね」

「さよう。わしとて思いは同じじゃ」

「ならばそのお覚悟を、行動をもって示されたらいかがでしょうか」

降伏の条件が容《い》れられなかったら、総督の前で腹を切る。それが覚悟の示し方だと昌武は言った。

「しかし、わし一人が」

腹を切ったくらいではと言いかけ、官兵衛ははたと口を閉ざした。

「なるほど。一人また一人と使者を出して、次々と腹を切るということでござるな」

「そうです。最後の一人まで腹を切りつづければ、世の多くの武士たちは主家を思う志の見事さに目が覚める思いをいたしましょう。なぜそこまでするのかと、不審に思う方々も多いはずです。さすれば長州とて無理押しはできなくなると存じます」

「その通りじゃ。奴らは絶対に公にできない秘密を抱えているのだからな」

官兵衛は喜色を浮かべ、堺《さかい》での土佐藩士にならえばいいのだとつぶやいた。

二カ月ほど前、堺を警備していた土佐藩士は、市中で狼藉《ろうぜき》を働いたフランス水兵を取り押えようとして乱闘になり、反撃してきた十一名を射殺した。これに対してフランスは責任者二十名の処刑を新政府に求めた。

そこで二十名の藩士たちは堺の妙国寺《みょうこくじ》におもむき、検使であるフランス軍人の前で腹を切り始めた。一人一人が腹を切り、腸を引き出し、フランスの不当を大声で訴えながら死んでいった。

あまりの凄惨《せいさん》さに当惑したフランス軍艦長は、十一名が切腹した時点で処刑を中止し、九名を助命するように求めたのである。

この噂は風のように日本中に広まり、土佐藩士たちを賞賛せぬ者はいなかった。同時にフランスの圧力に屈して切腹を命じた新政府に対する非難もわき起こったのだった。

「宗形どの、よく教えて下された。それこそ道理と覚悟によって敵に勝つ道じゃ」

官兵衛は昌武の手を握り、これで重職たちを説き伏せられると席を立った。

ところがこの策が用いられることはなかった。

翌日協議にのぞんだ仙台藩家老但木土佐《ただきとさ》、米沢藩家老木滑要人《きなめりかなめ》は、会津藩家老梶原平馬《かじわらへいま》に迫って、三ヵ条の条件で降伏することには同意させたものの、会津から謝罪の使者を出させることはできなかった。

そのかわり世良と野村が総督府を留守にしている間に、仙台、米沢両藩主が総督府に出向き、九条道孝を説き伏せるという姑息《こそく》な手段で解決をはかろうとしたのだった。


二本松にもどった昌武は、身辺の整理を始めた。

新十郎に従って会津や仙台との交渉に当たるからには、いつ腹を切ることになるか分らない。その時に心残りがないようにしておきたかった。

荷物はわずかである。国許《くにもと》にもどって一月と十日ばかりにしかならないので、江戸から送った時のまま柳行李《やなぎごうり》に入れてある。衣服や書物、日誌などが主である。

万一のことがあったなら、父や母がこの行李の始末をするだろう。その時見つけてくれたらいいと、後事を託す文を入れておくことにした。

「主家の重恩に報いるために、一命を賭《と》して二本松藩のために働く覚悟である」

だからどんなことが起こっても、悲しまないでいただきたい。どんな窮地におちいろうとも、武士道にもとるおこないだけはしないとお誓い申し上げる。最後にそう記すと気持が急に楽になった。

現状が厳しければ厳しいほど、それに立ち向かう者の真価が表れる。これは自分にどれほどの力量と覚悟があるかを試す修練の場なのだ。そう思い定め、気力をふるい立たせた。

気がかりなのは巡視隊の隊長として預った六両の金だった。国許にもどって困窮した隊士たちを救うための預り金なので、このまま手許においていくわけにはいかない。どうしたものかと考えた末に、和田一之丞に託すことにした。

大手道に面した和田家をたずねるとすぐに奥に通された。五百石取りの大身《たいしん》だが、家臣の多くが出陣していて、屋敷の中は閑散としていた。

中庭にある桜の巨木が、今を盛りと花をつけている。一之丞は一月前に生まれた息子を抱いて、縁側で桜をながめていた。

「急にお伺いしてすみません。ちょっと相談したいことがあって」

「構いませんよ。私にも三番隊の組頭として出陣せよという下知がありました。この子と名残りの花見をしていたところです」

一之丞はここに座るようにと縁側に招いた。

昌武は乳呑《ちの》み児《ご》の匂いで返り血をあびた時のことを思い出すのではないかと案じたが、覚悟が定まったせいか吐き気を覚えることはなかった。

「小弥太《こやた》と名付けました。隊長のご幼名を勝手に拝借してすみません」

「それは光栄なことです。もう隊長ではありませんが」

「いいえ。巡視隊でのお働きは見事でした。私もこの子も、お力にあやかりたい」

申し訳ないが抱いてやってくれないかと、一之丞がおくるみに包んだ小弥太を差し出した。

昌武は首のすわらない赤児を抱き取り、満開の桜に向かって差し上げた。

未来につながる命がここにある。腕に伝わる重みと温《ぬく》もりを受け止めていると、二十五歳になりながら妻と子を持たなかったことが少し淋《さび》しく感じられた。

預り金は一之丞が集めて藩庫に納入してくれることになった。

「山田さんと斎藤さんにもその旨連絡しますが、納入に際しては書類が必要です。隊長のお名前で簡単ないきさつを記した書状を作りますので、ご署名と花押《かおう》をお願いします」

一之丞はすべてにそつがない。藩から五両、庄内藩から百両の報償をもらい、それを巡視隊員に分配したいきさつを手早く書き上げた。

昌武は大手道を引き返し、戒石銘の前で足を止めた。下民は虐げやすいが、上天はあざむき難し。その言葉がいつにも増して胸に迫ってくる。

背丈ほどの高さがある石に近付き、石に刻まれた碑文を指でなぞってみた。この戒石が寛延《かんえん》二年（一七四九）以来百二十年間、二本松藩の士魂をきずいてきたのである。

その流れの中に自分がいることを感じ、胸に熱いものがこみ上げてきた。

「幸八郎さんではありませんか」

遠慮がちな声にふり向くと、風呂敷《ふろしき》包みを抱えたウタが立っていた。

沈みかけた夕日に斜めから照らされている。色白の肌がかすかに朱色にそまり、迫りくる闇に溶け込んでいくようだった。

「ウタさん、どうしたのですか」

「キミが熱を出しましたので、お薬を買いに行くところです」

「それは大変だ。ご一緒しましょうか」

薬屋がある城下町に行くには、観音《かんのん》丘陵を越えなければならない。今からでは日が暮れるおそれがあった。

「ありがとうございます。でも、大丈夫ですから」

寡婦であるウタは、世間の目を必要以上に気にしていた。

「そうですか。それではお気をつけて」

「幸八郎さんも、お気をつけて」

昌武にはその言葉が、生きるのですよという励ましのように聞こえた。

翌日、丹羽新十郎が二本松にもどってきた。昌武はすぐに御用部屋をたずね、その後のなり行きをたずねた。

「会津降伏の目論《もくろ》みははずれた。由々しき事態だ」

この十日ばかりの厳しい交渉に、新十郎は憔悴《しょうすい》しきっていた。

四月二十九日の協議の後、仙台、米沢藩は三カ条の条件で会津藩の降伏を許すように総督府に嘆願した。

ところが長州の世良修蔵はこれを許さず、仙台藩に会津を攻めるように強要した。仙台藩兵はやむを得ず会津の御霊櫃口《ごれいびつぐち》に攻めかかり、閏《うるう》四月二日に会津兵との間で小規模な戦闘をおこなった。

新十郎らは全面戦争になるのを何とか阻止しようと、閏四月五日に仙台、米沢の家老たちと会って対応を協議した。そして同十一日に奥羽列藩の重臣たちを白石城に集め、あくまで会津藩の救済を求めていくと申し合わせた。

この盟約書に調印したのは、仙台、米沢、盛岡《もりおか》、二本松、守山《もりやま》、棚倉《たなぐら》、相馬《そうま》など二十五藩にのぼった。ここに奥羽列藩同盟が成ったのである。

翌十二日、仙台、米沢両藩主は、世良修蔵らが留守をしている間に総督府をたずね、会津藩救済の嘆願書を九条総督に受理させることに成功した。八時間にも及ぶ交渉の末に、強引に説き伏せたのである。

これを知った世良は、総督から下された嘆願書に「会津容保天地に容《い》るべからざる罪人につき、速やかに討入功を奏すべく候事」という意見書をつけて総督に突き返した。

この強硬な姿勢に恐れをなした九条総督は、前言をひるがえして仙台、米沢両藩に会津攻撃を命じた。

この動きを知った会津藩は態度を硬化させ、

「徳川家の家名がどうなるかを見届けないうちは、謝罪には応じない覚悟なので、しかるべき沙汰《さた》をしてほしい」

総督府にそう通告した。これは三カ条による降伏の申し入れを破棄し、宣戦布告するに等しい内容だった。

「会津は列藩同盟の動きを見て強気になったのだろうが、これでは長州の思う壺《つぼ》だ。何とか打開策を見つけなければ、取り返しのつかないことになる」

　列藩すべてが会津側に立って戦っても、勝てないことは明らかである。ところが他藩の重職の中には覚悟さえあれば何とかなると息巻く御仁がいるから困ると、新十郎は頭を抱えた。

　昌武は何と言っていいか分らず、ただ立ち尽くすばかりだった。


〈He just only remained standing.〉（ただ立ち尽くすばかりだった）

　今の自分もそうだと、朝河貫一は深いため息をついた。

　祖国日本は悪霊にでも取りつかれたように戦争を拡大し、世界の中で孤立を深めている。このままでは中国ばかりか、アメリカやイギリスとの戦争まで引き起こしかねないのに、目も耳も閉ざして狂暴さをつのらせるばかりである。

　これに対して貫一にできることは、日本の友人やマスコミに手紙を送り、冷静に現実を直視せよと訴えることだけだ。ところが多くの言論人は世論や軍部の圧力に抗しきれず、口を閉ざし身をひそめている。

　そして貫一自身も、アメリカ国内の反日世論におびやかされて、自由な発言ができなくなりつつあった。

（それにしても小説を書くということは）

何と不思議な営みだろうと、貫一は原稿を読み返して改めて思った。

孝明天皇毒殺のことを、自分がこれほど激しい調子で書くとは、ペンを取るまで想像さえしていなかった。ところが心の奥底からわき上がってくる何かが、貫一を衝《つ》き動かしてここまで踏み込ませたのである。

父が残してくれた書きつけには、毒殺については一行たりとも記されていないが、貫一はそうした黒い噂があることをいくつかの書物を読んで知っていた。

当時宮中に仕えていた女官が「この度の御痘、まったく実疱《じっそう》にはあらせられず、悪瘡発生の毒を献じ候」という手紙を残していることも、何かで読んだことがあった。

しかし歴史学者としては、そうした問題を正面から取り扱おうと思ったことはなかった。学問の世界では確実な証拠がなければ軽々しく論じることはできないし、いくら討幕派が窮地におちいっていたとしても、そこまではしないだろうという思い込みもあった。

ところが小説という方法を用いてみると、まるでイタコの口寄せのように戊辰戦争を戦った人々の思いが体に降りてくる。そしてこれを事実と受け止めてこそ、維新の本質も見えてくると分り始めたのだった。

第十章　縁　談

（私は今まで、何をしてきたのだろう）

自分が書いた原稿を前にして、朝河貫一は不思議な感慨に打たれた。

自己否定とか無力感といった感情ではない。すぐ側にあった真実に気付いた新鮮な驚きと、来るべき所にたどり着いた胸躍る喜びがあった。

（This is a new discovery!）（これは新たな発見だ！）

発見とは何か。西洋の実証主義的歴史学は、人間の感情を考慮に入れてこなかったということだ。本人の感情を書きつけた日記や手紙がある場合はともかく、そうした要因を研究の対象から極力排除しようとしてきた。

それは感情というものが、西洋的な合理性の枠組みの中でとらえきれないからである。

人の心の中には五感という無限の宇宙が広がっている。ひとつひとつの行動はその宇宙の発露と言うべきものだが、そこまで考慮に入れて歴史上の出来事を説明するのは不可能である。

それゆえそうした要素をすべて切り捨て、表に現れた現象ばかりをサンプルとして集め、研究の対象とするようになった。

貫一もそのことは以前から理解していたが、学問的な制約があるのだから仕方がないと考えてきた。ところが仕方がないですまされることではない。人間の感情を無視して歴史を語るのは、死体を見て人を語るのと同じことだと分ったのである。

西洋でこうした実証主義が生まれたのは、ルネッサンス以後の学問がキリスト教神学からの独立をめざして確立されたからだろう。

信仰という心の内奥の問題に関しては、長年蓄積されてきた神学の力にはとても及ばない。そこで実証主義者たちはそれをばっさりと切り捨て、証明できることだけに立脚する方法をとった。

これはひとつの見識であり、近代的な歴史学を確立する原動力となったが、切り捨てたものがあまりに大きすぎたのではないか。そしてその欠点を克服し、心の問題まで視野に入れた新しい歴史学を確立する道があるのではないか……。

貫一が新しい大陸でも発見したような喜びを覚えたのは、そんな考えがわき上がってきたからである。そして自分をここまで導いてくれたのが、父の小説を書き始めたことだとはっきりと意識していた。

(歴史の地下には、これまで生きてきた人々の声なき声が埋まっている。それを汲《く》み上げることこそ、歴史を語るということなのだ)

貫一は忘れ物でも思い出したように、父正澄が残した資料の前に立ってみた。

図書館学の分類法に従って仕分けしたファイルの中に、仙台藩主伊達《だて》慶邦《よしくに》が朝廷にあてて提出した奏聞書《そうもんしょ》があった。

日付は慶応四年（一八六八）七月。すでに新政府軍との戦端が開かれ、状況は悪化の一途をたどっていた頃のものだ。

その中に次の一文がある。

〈又、奥羽御鎮撫《ちんぶ》の義、当春九条殿下はじめはるばる御下向にあい成り、その節参謀ら狂暴跋《ばっ》扈《こ》の状、九条殿下親しく御見聞の通り、事実明白いささかも相違ござなく候間、今更申し上げ奉らず候〉

参謀の世良修蔵や野村十郎がいかに狂暴で我物顔にふるまったか、総督の九条道孝も知っているので、今さら申し上げはしないというのである。

それにつづけて伊達慶邦は、会津藩主松平容保への処分が公平至当ではないと訴え、参謀らが朝廷の命に背いて勝手な振る舞いに及ぶことを放置しないように嘆願している。

これは九条総督が松平容保の恭順を許すと約束しておきながら、世良修蔵らの強硬な反対にあって会津攻撃を命じざるを得ない立場に追い込まれたことを指している。

天皇から任命された総督が決定したことを、部下である参謀がひっくり返すようでは、勅命の神聖はどうして保たれようかというのである。

そして慶邦はかつてない強い調子で朝廷の非を訴えている。現代文に直せば、その主旨はおよそ次の通りである。

〈もし勅命の神聖が保たれないのなら、名は官軍といえども、その実は草賊（こそ泥）と同じです。名分もなく罪に問われることもなく、狂暴乱入して人の城を襲い、人の財を奪い、あまつさえ人の肉を干《おか》すような所業をしては、人心はいささかも服することなく、かえって奥羽御鎮静が遅れることにもなりましょう。これらのことについて聡明《そうめい》な天皇の御仁慮をもってよろしくご処置をいただき、万民の塗炭の苦しみを救うため、また臣ら東国諸藩の統治の任もまっとうできるよう、ひとえに懇願申し上げます〉

最初にこの奏聞書を読んだ時、貫一は伊達慶邦の心の声を聞くことができなかった。

それは明治維新は正しいと思い込み、それに反対した奥羽諸藩の大名たちは、己の立場を守るために戦を起こした反動勢力だと決めつけていたからだ。だから滅亡の淵《ふち》に立たされてこんな泣き言を並べるとは、何と無様だろうとしか思わなかったのである。

しかし、そうした思い込みを捨てて虚心坦懐《きょしんたんかい》に読めば、慶邦の訴えには胸に迫ってくるものがある。官軍の名を借りた草賊どもが何をしたのか、身をもって体験し、あます所なく訴えている。

(これはまさに関東軍のやり方と同じではないか)

貫一はそのことに気付き、言いようのないやる瀬なさにとらわれた。

関東軍はロシアの南下に対抗するためと言い立て、日本政府の方針を無視して満州事変《まんしゅうじへん》や上海《シャンハイ》事変を引き起こした。名分もなく罪に問われることもなく、狂暴乱入して他国を侵略している。

薩摩や長州が戊辰戦争においておこなった所業を、判で押したようにくり返しているのだ。

明治維新を美化し、彼らの自己正当化を許した史観や教育や世論が、こうした過ちを継続させる温床となったのである。

(It is so, or I see.)（そうか、なるほど）

貫一はこれまで、福島から東京、そしてアメリカと、ふるさとや日本と離れる道を選んできた。それは父から遠ざかるためだとばかり思ってきたが、本当の理由は維新後に日本を支配した者たちが持つ草賊の性根に耐えられなかったからだ。

いかに権力や権威やきらびやかな勲章でおおいかくしても、政治や経済、学問などあらゆる分野に張りめぐらされた彼らの既得権が社会をおおっていることを、無意識に感じ取っていたのである。

（しかし、それなら）

戊辰戦争に敗れながら政府に奉職して教育者となった父は、どんな思いで生き抜いてきたのだろう。その辛《つら》さや苦しさは自分の比ではあるまい。

貫一は初めてそのことに思い至り、父と打ち解けることができなかった少年時代を痛切に恥じた。自分は小賢《こざか》しく生意気なばかりで、父の立場で物事を考えてみたことは一度もなかったのである。

（ああ、私は……）

恥ずかしさに身悶《みもだ》えして頭を抱えた時、表でけたたましく犬が吠《ほ》えた。

卓上の時計は午前二時を回っている。こんな真夜中に何事だろうとカーテンを細目に開けてみると、暗い路上で犬と人がもみあっていた。

長いコートを着た男が、腕に嚙《か》みついた犬をふりほどこうとしている。ドーベルマンに似た精悍《せいかん》な犬が、体を激しく左右にふって男の腕を喰《く》いちぎろうとしている。

どこかの飼い犬が、不審者を捕えようとしているのか。それとも近くの森にたむろしている野犬が、通行人を襲ったのか。とっさに判断がつかず、貫一は窓際に立ちつくして様子をながめた。

人も犬も闇の中で影のように見えるばかりで、詳しいことが分らない。助けに飛び出したものかどうか、護身用の木刀をつかんで決めかねていると、雲間から現れた月が表を薄明るく照らした。

男はハンチングをかぶり濡《ぬ》れ羽色のコートを着ていた。その姿に見覚えがある。半月ほど前、並木の陰に立って貫一を見張っていた刑事とおぼしき男だった。

犬は通りの向かいに住むケリーという弁護士の飼い犬で、名前はプリンスという。時々主人の狩りに同行しているプリンスは、不審な男を発見して勇敢に取り押さえようとしていたのだった。

やがて向かいの家の二階に明かりがつき、夜着をまとったケリーが窓から顔を出した。

「Prince, What happened?」（プリンス、どうした？）

ケリーは異変に気付くと、猟銃を取りに階下に向かった。

ハンチングの男は内懐《うちぶところ》から取り出したナイフをプリンスの耳の下に突き刺し、馴《な》れた手付きで喉《のど》をかき切った。そうして取り乱した様子もなく、ケリーの家の横を通って背後の暗い森の中へ姿を消したのだった。

貫一はあわてて窓の側から離れた。事件を目撃していたことを知られれば、ケリーに事情を話さなければならない。しかし、なぜあの男がいまだに自分を見張っているのか分らないのである。

普通の時ならともかく、反日世論が巻き起こっている最中《さなか》なので、面倒なことに関わって妙な疑いを招きたくはない。卑怯《ひきょう》だと己を責めながらも、目と耳と口を閉ざすことにしたのだった。

「ワシントン・ポスト」から「デイリーニュース」まで、アメリカの新聞は連日、満州や上海における日本の横暴について報じていた。

日本は柳条湖で南満州鉄道の線路を爆破したのは中国側の仕業だと言い立て、満州全土の占領に乗り出しているが、これは満州に駐留している関東軍の自作自演だと証言する者が多いという。

また上海で起こった日蓮宗僧侶《そうりょ》五人の殺害や日系企業の襲撃は、上海駐在の陸軍武官田中隆吉が配下の中国人スパイにやらせたことだということが、白日のもとにさらされつつあった。

関東軍参謀の板垣征四郎が、満州国建国に対する国際世論の非難をかわすために、自国の僧侶を殺して中国人に罪をなすりつけようとしたのである。

現地の記者は二つの事件のやり口がまったく同じだと、卑劣な手段を用いて戦争を拡大している日本政府を厳しく非難していた。

また別の記者は、日蓮宗の僧侶が生贄《いけにえ》として標的にされたのは、日本の仏教宗派の中で日蓮宗がもっとも勇敢に戦争の拡大と軍部の横暴を批判しているからだと評していた。

こうした事態に対して、中国政府は国際連盟に対して調査団を派遣して真相を糾明するように求めている。日本も負けじと調査団の派遣を要請したが、記者たちの論調は一様に冷たかった。

日本が調査団の派遣を求めたのは、不正はしていないというポーズを取っているだけで、実際には悪事の証拠を消すためにあらゆる手段を用いている、というのである。

また調査団を買収するために巨額の費用を用意し、有名女優を中心とした接待団を組織して色仕掛けで籠絡《ろうらく》しようとしていると報じている記者もいた。

こうした反日一色の記事の中で、日本に好意的な論評をのせている新聞もあった。

日本が調査団の派遣を要請したのは、決して正義のポーズを取るためではない。今や関東軍の暴走と国内世論の右傾化を、日本政府は止められなくなっている。そこで戦争拡大に反対している有識者たちは、国際的な調査団の勧告によって関東軍に掣肘《せいちゅう》を加えようとしているというのである。

ともあれ日中両国から依頼を受けた国際連盟は、日支紛争調査委員会を設立して調査団の人選に入った。団長にはイギリスのリットン伯爵が任じられるという見方が有力で、アメリカからはマッコイ陸軍少将が参加する予定だという。

貫一は数紙の新聞に目を通すと、いつもより二時間遅く家を出た。今日は午前中の講義はない。昨夜の不気味な事件に打ちのめされているので、工場に通うウィンチェスター社の従業員と顔を合わせたくなかった。

あれは悪い夢だと思いたかったが、ケリーの家の前には赤黒い血が染みとなって残っている。それがプリンスを殺した男の手口をまざまざと思い出させた。

貫一は気力をふりしぼり、大学の管理棟をたずねた。あれから一睡もできなかったので、体がだるく頭が重い。それでも事の白黒をつけておこうと、警務担当主任のロバート・キムに面会を申し込んだ。

「朝河先生、毎日寒い日がつづきますね」

今朝は温度計が五度まで下がっていたと、キムは大げさに身震いしてみせた。

アメリカは華氏温度を用いている。五度は摂氏に直すとマイナス十五度にあたっていた。

「体調はいかがですか。お顔の色がすぐれないようですが」

「お気遣いをいただいてありがとう。今日はあなたにお聞きしたいことがあって参りました」

貫一はなるべく穏便に話をしようと努めた。

「どうぞ。何でもおたずね下さい。お役に立てれば幸いです」

「州警察は今でも、私をスパイ容疑で取り調べているのでしょうか」

「失礼。何の容疑とおっしゃいましたか」

「スパイ容疑です」

「先生にそんな容疑がかけられているとは、一度も聞いたことがありません」

キムは肉の薄い顔に笑みを浮かべ、何かの間違いではないかとたずねた。

「以前に総務課の主任に言われました。私にスパイ容疑がかけられているので、学生ホールの使用を許可できないと」

「主任というと、アルバートですか」

「そうです」

「彼はどこからそんな話を聞き込んだのでしょう」

そんな問題があるなら、真っ先に警務担当主任である自分のところに連絡があるはずだ。キムはそう言って顔をしかめた。

「大学の首脳部が決定を下したと言いましたが、あなたはご存じなかったのですか」

「知りません。首脳部とはどなたのことでしょうか」

「そこまでは聞いていませんが、州警察が捜査に乗り出していると言われました」

貫一はそれを聞いて、あのハンチングの男が刑事だと思い込んだのだった。

「ちょっと待って下さい。確かめてみますから」

キムはぶ厚い金のブレスレットをした腕を伸ばして電話を取った。

刑事部長をしていただけに、今も州警察に顔がきく。すぐに担当部署の知り合いを呼び出し、捜査情報を聞き出した。

「そんな容疑はかけていないし、捜査もしていないと言っています。ご不審なら直接おたずねになりますか」

キムが受話器をさし出したが、貫一はそれには及ばないと断わった。確かにあれが刑事なら、プリンスを殺すはずがないと思い当たった。

(それなら、あれはいったい……)

何者だろうと、今度は別の不安がせり上がってきた。

「何かお困りのことがあるようですね」

キムは貫一の変化を見逃さなかった。

「実はハンチングをかぶった不審な男が、私の家を見張っていたのです」

「昨夜ですか」

「以前からです。それで刑事だと思ったのですが、そうでないとすれば誰が何の目的でそんなことをするのか」

「その男の様子を詳しく話して下さい。その前に紅茶でもいかがですか」

キムはティーポットにお湯をそそぎ、イギリス製の紅茶をいれてくれた。妻のミリアムがいれてくれたような上等の茶葉だった。

貫一は落ち着きを取りもどし、見張っていた男の風体やプリンスを殺した時の様子を語った。

「なるほど。それはプロの仕業かもしれませんね」

「プロとは、何の」

「いろいろあります。盗みとか殺しとか」

「そんな物騒な男が、なぜ私を見張っているのでしょうか」

「お心当たりはありませんか」

「ありません。まったく」

貫一はプリンスの喉をかき切った男の手付きを思い出し、背筋にぞくりと寒気を覚えた。キムはしばらく貫一の様子をうかがってから、おもむろに口を開いた。

「先生は以前、学内の新聞にウィンチェスター社を批判する文章を書いておられますね」

「さぁ、何を書いたか覚えていませんが」

「四年前の夏です。明治維新から六十年が過ぎたのを記念して、東アジア図書館に関わっている学生たちが特集を組んだことがありました」

タイトルは「東アジアにおける明治維新の意味」だったと、キムは詳しく調べ上げていた。

「ああ、それなら覚えています。南北《なんぼく》戦争と明治維新の関係について述べた短いエッセイでした」

「その中で次のように述べておられます。南北戦争の終結によって不要になった大量の武器が、アメリカやイギリスの武器商人によって日本に持ち込まれた。それが維新勢力の手に渡り、明治政府発足の原動力となったと」

「確かにそう書きました。ていねいに読んでいただき、感謝いたします」

「ご主張はまったく正しいと思います。しかし先生は武器商人を死の商人と揶揄《やゆ》しておられる」

「それは一般的に使われているレトリックです。しかも使ったのは一カ所だったと思います」

「そればかりではありません。アメリカやイギリスは武器と資金を援助して明治政府の成立に力を貸したが、死の商人の跋扈《ばっこ》を許す援助の仕方をし、根本的な不正義を日本に植えつけた。そのために今日では、その不正義の矛先を自国に向けられるようになった。そう書いておられますね」

「それは少し意味がちがいます。私は外交というものは他国の進歩と平和に寄与すべきで、そうでない場合には禍《わざわい》はやがて自国にふりかかってくる。その一例として……」

六十年間の日本と米英の関係をのべただけだと言おうとして、貫一は口を閉ざした。確かに悪意のある読み方をすれば、そう解釈することができる内容だった。

「失礼ですが、先生はウィンチェスター社がいつ創設されたかご存じですか」

「いいえ。知りません」

「一八五〇年代の後半です。創設者のオリバー・ウィンチェスターも、日本への武器輸出によって財をなした一人だと噂されています。つまりあの短いエッセイで、先生はニューヘブン中の有力者を敵に回したのです」

「それでは、そうした者たちが私をつけ狙っていると?」

「それは分りませんが、対日強硬派が秘密結社を作って反日世論をあおっているのは事実です。その中には、日系人を攻撃しようと企む輩《やから》もいます」

それゆえくれぐれも用心してほしい。日本に帰るのがベストだが、それができないなら大学の構内に引っ越したらどうか。

キムは同情しているのか愉《たの》しんでいるのか分らない口調でそう勧めた。


台風のさなかにぴたりと風が止むことがある。台風の目と呼ばれる中心部が通過する時で、暴風がおさまるばかりか頭上にぽっかりと青空が広がる。

それに似た静かな日々を、宗形幸八郎昌武は過ごしていた。危機は刻々と迫っているが、さし当たってすることはない。そこで庭の一画を掘り返して畑にすることにした。

近頃は物価が高騰している上に、藩が相次いで扶持《ふち》を借り上げるので、野菜を買うお金にも困っている。そんな母の嘆きを聞いて、少しでも役に立てればと思ったのだった。

「武士たる者が、そのような真似ができるか」

普通ならそう言ってめくじらを立てる父治太夫も、進んで鍬《くわ》を振るっている。そうしなければ喰《く》いつないでいけないほど、二本松の藩士たちは窮状におちいっていた。

昌武は唐鍬《とうぐわ》を持ち、粘土質の固い地面に刃先を打ち込んでいく。重い木刀を斜め上段から振り下ろす要領で唐鍬を振るい、柄《つか》を引き上げて土を掘り起こす。

体力のいる単調な仕事をくり返しているうちに、世事の何もかも忘れて無心になっていた。

人はこうして生きる糧を産み出してきた。働くことがまわりの人々を支え、支えることが己を満ち足りた気持にさせる。そんな生き方が得難いものに思えた。

「お茶が入りましたよ。少しは休んだらどうですか」

母親のキクが縁側から声をかけた。

ふっと我に返ると、時鳥《ほととぎす》の鳴き声が聞こえた。城山の森に渡ってきたらしい。もうそんな季節になったのかと、昌武は時の流れの早さに改めて気付かされた。

「忍音《しのびね》を皆で聞くとは、縁起がいい」

歌の心得のある治太夫が風流なことを言った。

忍音とはその年初めて聞く時鳥の鳴き声のことで、めでたいものとして珍重された。人より早く聞くために、夜を徹して待ったという話が『枕草子』に記されているほどである。

「時鳥を詠んだ歌に、覚えはあるか」

「いえ、思い出せません」

「紀友則《きのとものり》の歌だ。五月雨《さみだれ》に物思ひをれば時鳥……」

治太夫は上の句を言ってしばらく待った。

このように日常の機会をとらえて教育するのが、子供の頃からの父のやり方だが、昌武は下の句をつづけることができなかった。

「夜深く鳴きていづちゆくらむ。時鳥は夜にも鳴くめずらしい鳥だ」

昌武は心の中でその歌を復唱してみた。五月雨の夜、友則は何について思い悩んでいたのだろう。愛《いと》しい人のことか、人生のことか、それともさし迫った生活のことか。

そんな時にどこかで時鳥が鳴き、飛び去ってゆく。その鳴き声は友則の孤独をいっそう深くしたのではないだろうか。

ホッホッピョピョピョ、ホッホッピョピョピョ。

城山の森で鳴く時鳥の声はつづいている。三人で茶を飲みながら耳を傾けていると、朝河八太夫が訪ねてきた。柄にもなく裃《かみしも》を着込み、思い詰めたような強張《こわば》った表情をしていた。

「八太夫、いつ戻った」

治太夫が気安く声をかけた。

八太夫とは竹馬の友である。しかも治太夫のほうが一つ上なので、子供の頃のように遠慮がなかった。

「昨日だ。夕方遅かった」

「お役目は？」

「御免になった。昌成どのも今日か明日には戻って来られよう」

二本松藩は会津との戦にそなえて、三番隊と六番隊を十文字岳温泉に配備していた。八太夫も治太夫の長男昌成も三番隊に所属していたが、引き上げ命令が出たのである。

「会津藩との戦はなくなったということだな」

「そうであろう。わしらには詳しいことは分らぬ」

「ともかく無事で何よりだ。ところで、その格好は何事だ。登城でも命じられたか」

「いや、今日は宗形家に願い上げたきことがあって参った」

「わしにか？」

「そちと幸八郎、いや、昌武どのにだ」

八太夫はすっかり硬くなり、額に脂汗を浮かべていた。

「どうぞ。ご用の向きは奥で」

キクが気を利かせて奥へ招じ入れた。

八太夫は座敷に入り、仏壇に長々と手を合わせてから二人と向き合った。その様子はただ事ではない。眉《まゆ》を吊《つ》り上げ肩をいからせ、切羽詰まった目をしていた。

「無理を承知で頼みにきた。それゆえ気に染まなければ遠慮なく断わってくれ。長年の好《よしみ》とか師弟の関係を斟酌《しんしゃく》する必要は一切ない。いや、斟酌などされては迷惑だ」

「だから何だ。頼みがあるなら早く言え」

「じ、実は……」

八太夫は噴き出す汗を懐紙でぬぐった。

「実は昌武どのに、うちのウタを娶《めと》っていただきたい」

「ウタさんを幸八郎に妻合《めあ》わせるだと」

治太夫が頓狂《とんきょう》な声を上げた。

そんなことを考えたことは一度もないようだった。

「だから無理を承知でと申しておる。人の話は最後まで聞け」

八太夫は親友の無遠慮に腹を立て、十文字岳温泉に出陣していた時の思いを語った。

「会津との戦になったなら、我ら鉄砲隊は真っ先に出撃しなければならぬ。銃撃戦になったなら、いつ死ぬとも知れぬ身だ。それは覚悟の上だが、ウタと孫娘たちのことを思うと不憫《ふびん》でならぬ。倅《せがれ》が戦死して以来、ウタはわしのために家に残り、本当によくしてくれた。その気持に報いてやれないまま辛《つら》い目にあわせるのかと思うと、ここのところがキリキリと痛んでな」

八太夫は我が胸を拳《こぶし》で叩《たた》き、死んでも死にきれぬと目を赤くした。

その思いの激しさに心を打たれ、治太夫も昌武も黙り込んだ。静まりかえった座敷で、時鳥の鳴き声だけが大きく聞こえた。

「そうか。そういうことも考えておかなければなるまいな」

治太夫が思いやり深い言い方をした。

「朝河家を継いでくれと言っているのではない。ウタと孫娘たちを守ってもらいたいのだ」

「幸八郎、お前はどうだ」

「ウタさんはこのことをご存じなのですか」

昌武は冷静だった。

「知っているとも。本人の了解を得て、こうして頼みに来ているのだ」

「それなら私に異存はありません。立派な方だと、常々尊敬申し上げておりました」

戒石銘の前で会った時の、迫りくる闇に溶け込んでいくようなウタの姿が脳裡《のうり》をよぎった。

「さようか。治太夫、そなたはどうじゃ」

「わしに異存があるはずがあるまい。二人に子供が生まれたなら、わしとそなたの血を分けた孫じゃ」

「かたじけない。この通りじゃ」

八太夫が深々と頭を下げた。

「かたじけないのはこちらも同じだ。そんなに改まるな」

治太夫が肩を抱くようにして体を起こそうとした。

しばらく抗《あらが》ってから顔を上げた八太夫は、嬉《うれ》しさのあまり滂沱《ぼうだ》の涙を流していた。

「お話はあちらで聞かせていただきました」

キクが台所から酒と肴《さかな》を運んできた。

「朝河さま、幸八郎のような者を見込んでいただき、ありがとうございます」

「それではキクどのもご承知下さるか」

「そうなればいいと、ひそかに願っていたのですよ。ウタさんはあんなにいい方ですもの」

「ありがとうござる。先々まで何とぞよろしくお願い申す」

「それならここにウタさんを呼んだらどうだ」

治太夫が酒を勧めながら気の早いことを言った。

「駄目ですよ。何事にも手順というものがあるのですから。ねえ幸八郎」

「そうですね。話を進めていただくのは、今度の騒ぎがおさまってからにしていただきとうございます」

「会津との戦が沙汰《さた》やみになったのなら、事は丸く治まるであろう。忍音がこんなに良いことをもたらしてくれたのじゃ」

酒は二本の徳利《とっくり》に四合ばかりしか入っていない。それを三人で大事に飲み交わすのも、祝いの席にふさわしい心温まるものだった。

正午ちかくなり、御飯がわりの芋を食べていると、編笠《あみがさ》をかぶり黒い小袖《こそで》を着流した武士がふらりとたずねてきた。

「幸八郎どのはご在宅か。側用人の丹羽と申しまするが」

その声はまぎれもなく丹羽新十郎である。いったい何事だろうと、昌武は席を立って出迎えた。

第十一章　運命の歯車

丹羽新十郎は青ざめていた。役者絵にしたいと言われた端正な顔は紙のように白く、目にはうっすらと涙を浮かべている。こんなに切羽詰まった姿を見るのは初めてだった。

「何か起こったのでしょうか」

宗形幸八郎昌武（後の朝河正澄）はすぐに異変を察した。余程のことがなければ、新十郎ほどの男がこんなに取り乱すはずがなかった。

「ちょっと話がしたかったのだが、取り込み中のようだな」

新十郎は編笠を上げて奥の気配をうかがった。

「ええ。内々のことですが」

「それならいいのだ。散歩のついでに立ち寄ったばかりだから」

「これは丹羽さまではございませぬか」

話し声を聞きつけた治太夫が、酔いに顔を赤くして出てきた。

「治太夫どの、ご無沙汰しております。お変わりございませんか」

「いやもう、この通りの老骨でござってな。槍《やり》を持つ手を鍬《くわ》に替えて、畑作りなどやっております」

「そうですか。お元気そうで何よりです」

「ところで今日は、倅の祝いに」

わざわざ駆けつけて下されたのかと、治太夫が的はずれのことを言った。

「祝いとは、何のことでしょうか」

「これはご無礼しました。今決まったことを、丹羽さまがご存じのはずがありませんな」

「実は朝河八太夫どのが参られ、私とウタどのの縁組を決めて下されたのです」

昌武は父の体たらくを見かねて口をはさんだ。

「そうか。それは目出たい」

「こんな時に、私事で恐縮ですが」

「そんなことがあるか。こんな時だからひときわ喜ばしいのだ」

新十郎はとたんに明るさを取りもどし、私も祝いの席に加えていただけないかとたずねた。

「それは有難い。丹羽さまに立ち会っていただけるなら、これ以上の誉はござらん」

治太夫がどうぞどうぞと招き入れた。

裃姿の八太夫もすぐさま現れ、

「丹羽さま、このようなあばら家にご足労いただき、恐悦至極に存じます」

城中でのようにかしこまって平伏した。

「いやいや、今日は私的な用事で来たのですから、無礼講でお願いします」

「そうじゃ。人の家をあばら家などと言いおって」

言葉の使い方も忘れたかと、治太夫が機嫌良く親友の非を鳴らした。

座敷に入ると、新十郎は改まって婚約の祝いをのべた。その口上も所作も見事で、昌武の幸せを願う真心に満ちたものだった。

それでは一献と治太夫が徳利を取ったが、すでに四合の酒は飲み干している。そのことに今さらながら気付き、どうしたものかと昌武を見やった。

「しばらくお待ち下さい」

昌武は台所に下がってキクにたずねたが、今では城下の酒屋でも売ってくれないという。

「それぞれの家で月に一升までと決められているのです。うちはもうその権利を使ってしまいました」

キクは仕方なげに言って肴の用意をつづけた。

「それならうちから持ってきてくれ」

まだ八合くらいは残っているはずだと八太夫が申し出た。

「それには及びません。私が城の厨《くりや》からもらって参りましょう」

新十郎には役目柄それが許されていた。

「とんでもない。私用の時にそんなことをしていただくわけには参りません」

「八太夫の申す通りでござる。ここは我らにお任せ下され」

治太夫が酒をもらいに行くようにキクに申し付けた。

「それならウタさんにも来ていただいていいですか」

「そうだな。御前で仮りの盃《さかずき》を交わさせていただこう。丹羽さま、よろしゅうございますか」

「結構です。私で良ければ喜んで」

話はとんとん拍子に進んでいく。

「待って下さい。私がウタさんを呼んできます」

昌武はそう申し出た。

いきなり皆の前で対面させられては、ウタが可哀想だと思ったのだった。

昌武は朝河家に向かった。

子供の頃から通いなれたわずかな距離である。だが今日のこの道のりには特別な意味がある。これから人生が変わるのだと、緊張して歩を進めた。

こんなことになるとは思ったこともなかったが、ウタと夫婦になることには何の抵抗もなかった。どちらかと言えば嬉しいし、こうなることを前から望んでいた気もする。

ただひとつ気がかりなのは、この先事態がどう動くか分らないことである。もし新政府軍との戦になれば、生きていられる保証はまったくないのだった。

朝河家の玄関先に立った昌武は、ひとつ大きく呼吸《いき》をしてから声をかけた。

「ご免下さい。ウタさんはおられますか」

「はい、ただいま」

戸を開けたウタは、藤の花の着物に萌黄《もえぎ》色の帯という装いをしていた。髪もきちんと結っている。藤の色が肌の白さをきわだたせていた。

「師範、いえ、八太夫どのから話をうけたまわりました」

「急なことで、驚かれたでしょう」

「驚きはしません。有難くお受けすると、返答させていただきました」

「ありがとうございます。わたくしのような者でよろしいのでしょうか」

ウタは案外落ち着いている。こうなることを予測して、身仕度をしていたのかもしれなかった。

「ウタさんは立派です。私の方こそ至らないことばかりで、照成《てるなり》さんにはとても及びません」

口にした瞬間、あっと思った。他意はないが、こんな時に口にすべき言葉ではなかった。

「すみません。その、妙な意味ではなく、子供の頃から照成さんを尊敬していたものですから」

「ありがとう。昌武さんはおやさしいですね」

ウタが晴れやかに笑った。慎ましやかだが、心根の良さが表われた笑顔だった。

「実は今、側用人の丹羽新十郎さまがお出《い》でになりました。祝いの酒宴にも加わっていただくことになったのですが、当家の酒はすでに飲んでしまいましたので」

「承知しました。しばらくお待ち下さい」

ウタは台所から大徳利に入れた酒を持ってきた。

「どうぞ。お持ちになって下さい」

「それとウタどのにも、来ていただきたいのです」

「それは、少し……」

「丹羽さまに立ち会っていただきたいと、父と師範が望んでおりますので」

「でも、家のこともありますので」

「お子さんたちなら、一緒に連れて来て下さればいい。やがて家族になるのですから」

「すみません。お気持は有難いのですが」

今は行くことができないと、ウタは意外なほどきっぱりと断わった。

昌武は暗がりで壁にぶつかったような気がしたが、理由を問い詰めるわけにはいかなかった。

その時、奥から娘のイクとキミが手をつないで出てきた。髪をおかっぱに切りそろえ、同じ模様の着物を着ていた。

「母上さま、おばあさまが呼んでおられます」

「幸八郎さんもご一緒にって」

幼い二人が分担して告げた。

そうか。この家には師範の奥方がいたのだと、昌武は今さらながら思い出した。

名前はマサという。子供の頃にはお菓子をもらったり、悪さをして叱られたりしたが、帰藩してから誰も何も言わないので忘れていたのである。

マサは通りに面した日当たりのいい部屋で横になっていた。

長い間病の床に伏しているらしく、顔はやせて髪は白くなっている。昔の面影が残っているのは、額と目のあたりだけだった。

マサは体を起こしてくれるように頼んだ。ウタが肩に手を回して抱き起こし、冷えないように綿入れをかけた。

「幸八郎さん、お久しぶりですね」

「ご無沙汰をいたしました」

昌武は十四の時に父に従って江戸へ出た。会うのはそれ以来だった。

「ご立派になられて。イクくらいの歳に前の道を走り回っておられたのが、昨日のことのようです」

「その頃にはお世話になりました。お菓子をいただいたり、ご飯を食べさせていただいたのを覚えています」

「夫から聞いています。来てくれたのは話がまとまったということですね」

「お陰さまで、ウタさんと夫婦《めおと》にさせていただくことになりました」

「ありがとう。わたくしが寝付いたばかりに、ウタには苦労をかけています。実家にもどらなかったのは、看病をするためなのです」

昌武が初めて知ることである。八太夫やウタばかりか、父や母もそんなことは一度も口にしなかった。

「ウタにすまない。気の毒だとずっと思っていたのですが、これで心おきなく照成のもとへ行くことができます」

「お義母《かあ》さま、そのようにお気の弱いことを」

「本当ですよ。あなたには迷惑ばかりかけてしまって」

「迷惑だなんて、わたくしは一度も」

「イクとキミのこともあります。これからは新しく生まれ変わったつもりで、幸八郎さんに幸せにしていただきなさい」

マサは手文庫から守り札を入れた紙袋を取り出し、これをキクさんに渡してきてほしいと頼んだ。

玄関先での二人の話が聞こえたらしい。ウタが昌武の家へ行かないのは、自分に遠慮してのことだと察していたのである。

昌武は三人を連れて家に戻った。座敷に入ると、新十郎の前でウタを娶《めと》りイクとキミを養女にすることにしたと報告した。

「未熟な家族ではありますが、今後ともご指導をたまわりますよう、よろしくお願い申し上げます」

昌武とウタはそろって頭を下げ、息の合ったところを見せた。幼い娘二人も、見よう見真似でおかっぱ頭をちょこんと下げた。

「幸八郎、ウタさん。確かに見届け申した」

これは心ばかりの祝いの品だと、新十郎は脇差《わきざし》を差し出した。

「このような大切な品を」

「私もこのような場に立ち会わせてもらって嬉《うれ》しいのだ。一家の守り刀にしていただけたら有難い」

新十郎の酌で二人は固めの盃を交わした。正式に婚約が成った瞬間を、治太夫も八太夫も感無量の面持ちで見守っていた。

「先程マサ小母《おば》さんにお目にかかりました。長く患っておられるとは知りませんでした」

昌武は改まって八太夫に向き合った。

「そうか。会ってくれたか」

八太夫も姿勢を正して礼を言った。

「四年前に照成が戦死したのが堪《こた》えたのであろう。気持の張りを失って食事にも箸《はし》をつけなくなった。そんな時に風邪をひいて、そのまま寝付いてしまったのだ」

「ご病名は？」

「医者は肺の病だと申しておる。事前に話しておけば良かったが」

今になって申し訳ないと八太夫が頭を下げた。

「実はな、幸八郎」

これには訳があると治太夫が庇《かば》った。

「十五年前にペリーが来航した頃から、わが藩は軍事力の強化につとめてきた。その中心をになったのは鉄砲や大砲であり、砲術師範である八太夫の役割と責任は大きくなった。ところがそれ以後、わが藩は富津の港や江戸、京都の警固役を相次いで命じられ、財政が逼迫《ひっぱく》するようになった」

それゆえ装備の革新の必要性は分っていたが、藩はそれを実行できなかったのである。

「ご執政の丹羽さまの前でかような話をするのは、はなはだ礼を欠くと存じますが」

治太夫は新十郎に一礼して話をつづけた。

「八太夫は銃器の充実をはかるように何度も藩に進言した。ミニエーやエンフィールドではなく、元込め式のスペンサー銃でなければこれからの戦には勝てぬ。臼砲《きゅうほう》ではなくアームストロング砲を装備してほしい。そう訴えたが、藩は財政難を理由に応じようとしなかった」

「治太夫、もういい。場所柄をわきまえろ」

八太夫はその頃の無念を思い出して涙目になっていた。

「止めるな。かくなる上は丹羽さまにも幸八郎にも、ありのままを知ってもらった方がいい。お前が一人で辛《つら》さを背負い込むことはないのだ」

「宗形どののおおせられる通りです。装備の革新をできなかったことが、今の窮状を招いています」

新十郎は謙虚に耳を傾けようとした。

「四年前、水戸で天狗《てんぐ》党《とう》の乱が起こった。わが藩も鎮圧を命じられ、一千余の兵を出した。他藩の兵を合わせれば一万余の大軍になったが、わずか八百人ばかりの天狗党に局地戦では惨敗した。彼らの銃器の方がはるかに性能が良かったからだ」

この戦争に朝河照成も砲兵隊をひきいて出陣したが、天狗党に押しまくられ、陣地を死守しようとして討死した。

やがて天狗党は水戸藩内でも孤立し、帝《みかど》に直訴すべく都に向かって西上を開始したので、戦は勝利のうちに終わったということにされた。

照成の働きも賞され、藩主から感状と褒美をいただいたし、藩内でも名誉の戦死ともてはやされた。照成の働きは砲術師範である八太夫の指導の賜物《たまもの》であるとも称賛された。

「だからこいつは照成を失った哀しみを誰にも見せなかった。いや、見せられなくなった。ところが腹を痛めた母親の哀しみは、父親の何倍も大きい。マサさんはその哀しみに耐えきれずに病み付き、病床に伏されるようになった。しかしそのことを公にすればマサさんの弱さが非難され、戦死の手柄に泥をぬるものだと言われかねない。そこで八太夫もウタさんも、このことを誰にも明かさず今日まで看病をつづけてきたのだ」

「我らが体面にこだわったばかりに、ウタには余計に負担をかけた。そのことが不憫《ふびん》でな」

八太夫が懐紙を取り出して涙をぬぐった。

「いいえ。わたくしはお義母さまのお世話をさせていただくことで救われたのですよ」

「救われたとは、何ゆえじゃ」

「皆さまは照成さんを誉めそやして下さいましたが、それは上辺だけのことです。お義母さまだけが、わたくしと哀しみを分ち合って下さいました」

「そうか。そう言ってくれるか」

三人の話を聞き、昌武はウタがなぜあれほど世間の目を気にしていたのかようやく分った。そして妻にするからには、全力を尽くして守ってやらなければと改めて思った。

「父上、お許しいただきたいことがございます」

ウタと夫婦になったなら、朝河家に入りたい。昌武は意を決して申し出た。

「養子になるということか」

「お許しいただけるなら、そうさせていただきます。そうすればマサ小母さんの看病もつづけられますし、この子たちも安心して暮らせると思いますので」

「いや。マサのことはわしが面倒をみるゆえ、案じてくれるには及ばぬ」

八太夫が口をはさんだ。

「幸八郎がそれでいいと言っているのだ。望む通りにさせてやればいいではないか」

「気持は有難く頂戴《ちょうだい》するが、それではわしらが幸せすぎる。それを当てにして、縁組を頼みに来たようではないか」

「馬鹿を言うな。わしが一度たりとも、お前をそんな風に見たことがあるか。何年付き合っていると思っているのだ」

「そうか。そうだったな」

「当たり前だ。人を見くびるにも程がある」

「すまん。治太夫……」

八太夫は嗚咽《おえつ》をこらえかね、厠《かわや》に行くふりをして席を立った。

「それでは私は、これにて退散させていただきます」

新十郎が美しい手付きで最後の一杯を飲み干した。

「せっかくお出《い》でいただいたのに、見苦しい所をお目にかけ申しました」

「とんでもない。久々に胸のすく思いがいたしました」

新十郎は深々と頭を下げて席を立った。

昌武は表門まで見送り、

「何かお話があったのではありませんか」

そうたずねた。

「祝いの日にふさわしい話ではない。明日の巳《み》の刻（午前十時）、御用部屋に来てくれ」

新十郎は涼やかに笑い、お前は見込んだ通りの漢《おとこ》だと肩を叩《たた》いた。思いやり深い、温かい手だった。

翌日巳の刻、昌武は御用部屋をたずねた。新十郎は文机《ふづくえ》に向かい、何かをしたためていた。

「昨日は数々のご配慮をいただき、かたじけのうございました」

「私の方こそ、思いがけない祝いに列席させていただき礼を言う。いいものを見せてもらったよ」

「お仕事の最中《さなか》でしょうか」

「これか。これは殿への嘆願書だ」

「何か火急のことでも」

「うむ。残念だが戦はさけられなくなった」

「……」

「会津と仙台の激派にやられた。我らの努力は水の泡だ」

新十郎は淋《さび》しく笑っていきさつを語った。

閏《うるう》四月十二日、仙台藩主伊達慶邦と米沢藩主上杉斉憲《うえすぎなりのり》は、奥羽鎮撫《ちんぶ》総督の九条道孝を説き伏せ、会津の謝罪と降伏を認めるという言質を得た。

ところが白河にいた世良修蔵がこれを認めず、伊達慶邦らの嘆願書を突き返したために、九条総督は前言をひるがえして仙台、米沢両藩に会津攻撃の厳命を下した。

これに対して両藩の藩士たちは激高した。

天皇の名代である九条総督の意向を参謀の世良修蔵がくつがえすとは、朝廷をないがしろにするもはなはだしい。彼らが私利私欲のために朝廷を利用していることがこれではっきりしたというのである。

〈彼ら王師と自称すといえども、昨今の事素より朝旨に出ずるにあらざるなり。王政復古の実を挙げんには、よろしく先《ま》ずこれらの偽官軍を掃蕩《そうとう》し、東方諸侯の力によって勤王の大義をまっとうせざるべからず〉

そんな強硬論が出たと史書は伝えている。

このために両藩の世論は徹底抗戦を主張する激派に有利に傾き、総督府に解兵届を出すに到った。

九条総督の意見が二転三転するようでは、朝廷の真意が分らない。それゆえもう一度京都に使者を送り、朝廷の意向を確かめてほしい。それまでは会津攻撃のために集めた兵を解散すると申し入れたのである。

「この状勢に勢いを得た激派は、世良修蔵を討ち果たすことで後戻りができない状況に奥羽を引きずり込もうとした。そしてその目論《もくろ》みは、まんまと成功したのだ」

「世良は討たれたのですか」

「昨日の明け方のことだ。仙台藩の瀬上主膳《せがみしゆぜん》らがやったことだが、会津の激派と共謀していたことは明らかだ」

事件は次のようにして起こった。

仙台藩は福島の長楽寺《ちようらくじ》に軍事局をおいて事態の急変にそなえていた。ここに派遣された瀬上主膳らは、かくなる上は世良を討ち果たして奥羽列藩を主戦論でまとめるしかないと、ひそかに機会をうかがっていた。

すると世良修蔵が単身白河を発し、閏四月十九日の午後二時頃に福島の旅館金沢屋《かなざわや》に入ったという報が入った。世良は九条総督に会って今後のことを話し合おうと、早駕籠《はやかご》で総督府のある岩沼《いわぬま》に向かっていたのだった。

主膳は福島藩の接待役である鈴木《すずき》六太郎《ろくたろう》を金沢屋につかわし、世良の様子をさぐらせることにした。そうとは知らない世良は、庄内攻めの参謀である大山格之助にあてた密書を六太郎に託し、配下の者を使って庄内まで届けるように命じた。

これはまことにうかつなことで、世良の傲慢《ごうまん》が招いた油断としか思えない。六太郎はその密書を主膳に届け、激派一同の前で開封することにした。

密書は仙台、米沢両藩の動きをつぶさに報じるものだった。しかも、このままでは埒《らち》があかないので自分が上洛《じょうらく》して新政府首脳を説得し、奥羽皆敵と見て挽回《ばんかい》の策をねり上げるつもりだと記されていた。

この策が採用された時には、庄内の酒田《さかた》沖に軍艦を派遣し、軍勢も増強して、奥羽を前後からはさみ撃ちするしか策はないとも書き付けてあった。

中でも主膳らを激怒させたのは、「仙台、米沢の弱国二藩は恐るるに足らず。ただ会津と合体した時には大勢になって鎮圧はむずかしくなる」とか、「両藩の中にも賊徒の魁《さきがけ》（主謀者）は二、三人しかいない。藩主は好人物のようだ」という文言だった。

これを読んだ主膳らは、「これで薩長が何としてでも会津を潰《つぶ》そうとたくらんでいることは明らかになった。もはや恭順の嘆願など無用だ」と主張し、世良を襲撃すると一決したのである。

一同は福島城下の旅館客自軒《かくじけん》に入って機会をうかがい、二十日の午前二時に金沢屋に押し入って世良修蔵と従者の勝見善太郎《かつみぜんたろう》を捕えた。襲撃者の中に鈴木六太郎がいたのだから、世良は自分の甘さを痛感したにちがいない。

主膳らは二人を客自軒に連行し、庭先に引き据えて訊問《じんもん》した。薩長の謀略をすべて白状せよと迫ったが、世良は口を閉ざしたまま何も答えない。そこで長楽寺に近い新川端《しんかわばた》（阿武隈川の河原）に引き出して明け方に首をはねたのだった。

「私が許せないのは、主膳らが世良を長楽寺のすぐ側まで引き出して首をはねたことだ。これは仙台藩主の命令でおこなったことではない。激派が自分らの主張を通すためにおこなった暗殺だ。それを藩の命令であるかのように見せかけるために、軍事局がある長楽寺の側を処刑場にしたのだ。卑怯《ひきょう》とも愚劣とも、何とも言いようがないではないか」

新十郎はそう吐き捨て、哀しげな笑みを浮かべた。

「会津も共謀しているとは、どういうことでしょうか」

「昨日のうちに会津藩は兵を出し、旧幕臣と共謀して白河城に攻め寄せた。主膳らと示し合わせていなければできることではあるまい」

「それではわが藩の兵は」

白河城を守備しているのは二本松藩の一隊だった。

「戦うことなく城を明け渡した。この状況ではやむを得ぬことだ」

「佐川官兵衛どのは、このことをご存じだったのでしょうか」

「分らぬ。あの御仁が盟約に背かれるとは思えぬが、激派に引きずられたのかもしれぬ」

「主膳どのや激派の方々は、長州の真意を知っておられるのですか」

長州は孝明天皇の暗殺にまつわる証拠を消すために、会津を何としてでも潰そうとしている。

真意とはそのことだった。

「それも分らぬ。知っているから強硬に決戦を主張するのか、知らないからこそ暴発することができたのか。そこまで腹を割って話ができる知り合いが、彼らの中にはいないのだ」

「これからどうなるのでしょうか」

「新政府との戦をさける方法は二つしかない。ひとつは仙台藩や福島藩が、ただちに世良暗殺に関わった者共を捕え、全員切腹させた上で九条総督に陳謝することだ。もうひとつは本宮《もとみや》におられる醍醐《だいご》少将を総大将として大軍を送り、ただちに白河城を奪い返すことだ」

「会津と戦うということですか」

「それ以外に奥羽を救う道はない。このまま激派を放置すれば、奥羽列藩すべてが新政府に敵対していると見なされる」

事件の報告を受けた新十郎は、すぐに藩主の丹羽長国や家老の丹羽一学にこの旨を進言した。しかし二人とも、他藩と協議した上でと即答をさけた。

思いあまった新十郎は、役を辞する覚悟をしてふらり昌武をたずねたのだった。

「それであのように青ざめておられたのですね」

「面には出さなかったつもりだが、私もまだまだ修行が足りぬらしい」

「そのような苦しみを抱えておられるのに、立会人などをお願いして、お詫《わ》びの申しようもございません」

「いやいや。酒宴に加えてもらったお陰で、もう一度戦う気力を取りもどした。あのように善良な人たちのために、二本松藩を守り抜かなければならぬと決意したのだ」

そこで辞表を破りすて、藩主にあてた嘆願書をしたためていたのである。

「政の要諦《ようてい》は戒石銘の通りだ。まず第一に領民の暮らしを守り抜かねばならぬ。それが政を預かる者の責任であり使命なのだ。ところが激派の者たちはこのことが分っておらぬ。大義のため忠義のためと声高にとなえているが、その実は己れの信念や生き様を守ろうとしているだけだ。独善という酒をくらった酔漢も同じで、領民を守ることが武士道の第一義だということを忘れている。幸八郎は殿《しんがり》という言葉を知っているか」

「軍勢の最後尾にあって、敵の追撃から身方を守る役目と聞いております」

「それでは主君に殿という同じ字を当てるのはなぜだ」

「分りません。不勉強にて」

「もともと武士は領民を守るために戦の矢面に立った。逃げる時にも常に殿をつとめた。それゆえ領民から信頼され尊敬され、殿と称されるようになった」

その身命を捨てた働きによって、領民を守るという役割を託されるようになった。やがてそれが地域の主権者へと変わっていったのである。

「ところが長年の間に、上に立つ者としての意識しかなくなった。自分たちの面子や都合、大義や忠義を優先し、領民を戦の渦中に叩《たた》き落とすのは、人民の汗や脂をむさぼるのと同じことだ。決してあのような軽薄な主張にまどわされてはならぬ」

このことを長国公に進言申し上げるために嘆願書をしたためた。新十郎がそう言った時、近《きん》習《じゅう》が急を告げた。

「ただ今、福島城下から早馬が参りました。仙台藩士が醍醐少将の一行を襲い、随行していた野村十郎、中村小治郎《こじろう》の両名を斬殺した由にございます」

「して、醍醐少将は」

「福島藩士に守られ、仙台まで逃れられたとのことでございます」

奥羽鎮撫《ちんぶ》副総督である醍醐少将忠敬《ただたか》は、本宮から白河に向かおうとしていたが、郡山《こおりやま》まで来た時に白河城が会津藩に占領されたと聞き、仙台にもどろうとした。

その途中、福島城下で瀬上主膳の配下に襲われ、同行していた野村十郎らが斬り殺された。

野村は世良とともに官軍参謀をつとめ、奥羽諸藩に目の仇《かたき》にされていたのである。

主膳の配下は醍醐少将まで斬ろうとしたが、福島藩士の高橋純蔵《たかはしじゅんぞう》が「勅使に手をかけるとは何事か」と体を張って制止したために、九死に一生を得たのだった。

「そうか。どうやらこれも遅かったようだな」

新十郎は書き終えたばかりの書状を文机《ふづくえ》に仕舞い込んだ。

運命の歯車は、破滅に向かって急速に回り始めたのだった。

第十二章　反日世論

東アジア図書館が設けられたイェール大学の建物には、朝河貫一の研究室があった。三階の三〇三号室で、中庭に面したガラス窓に浮世絵の装飾をほどこしている。他の教授や学生たちは日本室と呼んで親しみ、東アジア図書館に来た時などに顔を出してくれたものだ。

ところが近頃ではたずねて来る者がめっきり少なくなっていた。日本が起こした満州事変や上海事変に対してアメリカ国内での批判や非難が高まるにつれて、貫一と距離をおこうとする者が増えている。

日本室をたずねなくなったばかりか、廊下で会っても挨拶《あいさつ》もしない者がいるのだった。

そんな嫌な空気をふり払おうと、貫一は論文の執筆に没頭していた。チェコのプラハ大学から依頼されて、「源頼朝による幕府の創設」と題した論文に取り組んでいる。

これは日本封建制史の成立の原点を解明しようとするもので、『入来文書』の成果に立脚して新たな研究へ踏み出す第一歩である。すでに前半部分は書き終えて発送したので、残る後半の完成に向けて草稿を記していた。

父の小説はしばらく中断していた。論文の〆切《しめき》りが迫っていることもあるが、これから戊辰《ぼしん》戦争に巻き込まれていく父や二本松藩士たちを描くのは気が重い。あの惨憺《さんたん》たる敗北をどう書けばいいか考えがまとまらないし、その中で戦いつづけた父の気持がいまひとつつかみきれなかった。

「戦になれば、我も人も敵も身方も人間ではなくなる。そうしなければ生き抜くことができぬのだ」

父はいつかぽつりとそう言ったことがある。

そんな戦場をどんな気持でくぐり抜けたのか。実父である宗形治太夫や義父となった朝河八太夫の戦死、そして心の師とあおぐ丹羽新十郎の自決にどう対処したのか。

その思いと覚悟をしっかりとつかまないうちは、創造力が立ち上がらないのだった。

「教授、ご機嫌はいかが」

ノックの音とともに秘書のジャニスが入ってきた。

近頃ボーイフレンドができたらしく、陽気で機嫌がいい。服装に気をつかうようになり、化粧も濃くなっていた。

「君ほどではないよ。いろいろと心配事も多くてね」

「お察しします。今日もあまりいいニュースはお届けできませんよ」

机の上に「ニューヨーク・タイムズ」をそっと置き、自分の部屋にもどって行った。

貫一は執筆の手を休め、冷めた紅茶と新聞に手を伸ばした。

第一面では日本の海軍が上海港に結集し、中国軍への攻撃を開始したと報じていた。巡洋艦四隻、駆逐艦四隻、航空母艦二隻から成る第三艦隊で、司令長官は野村吉三郎《のむらきちさぶろう》中将である。

空母から発した飛行機は、市民の居住区を爆撃して多くの犠牲者を出したという。

記事の横には編隊を組んで飛ぶ日本の飛行機と、爆撃によって破壊された町の様子を撮った写真が掲載されていた。

貫一は冷めきって渋くなった紅茶をすすってから第二面に目を移した。そこには日本の行動に対する容赦のない批判が並んでいた。

日本海軍は突然、理由もなく攻撃を開始したこと、市民の死者は数千にのぼること、外国人居留地にも日本軍が侵入したこと、在留日本人が爆撃の成功に拍手喝采《かっさい》したこと、等々である。

いずれも事実かどうかは分らない。だが日本軍が上海に大軍を派遣し、中国軍と本格的な戦闘を開始したことだけは事実である。その結果、中国人の憎悪をかき立て、上海に居留する欧米諸国の反感を招くのはさけられないことだった。

この事件に対処するために、国際連盟は総会を開いて日本の行為に対する非難決議をするとともに、リットン調査団を派遣して事の真相を糾明することにしたという。

それはここ数日の報道とおおむね同じだが、貫一が驚いたのはハーバード大学の国際法や政治学の教授たちが連名で日本を非難する声明を発表したことだった。

またプリンストン大学の神学の教授たちも、国際連盟の決議いかんにかかわらず、すみやかに日本と絶交するべきだと大統領に提言したという。

この名門大学の教授たちの行動は、アメリカの世論形成にはかり知れない影響力を持っている。事の真相がよく分らない一般市民は、彼らの発言や行動を拠《よ》り所にして、日本は中国侵略を開始したばかりかアメリカにも敵対していると判断するだろう。

これまで日本に同情的だった市民は沈黙を余儀なくされ、中立的だった人々もことごとく日本批判の側に回ることになりかねなかった。

それなのに日本国内では反中国の世論をあおり、対決姿勢を強めるばかりである。

数日前に届いた「東京朝日新聞」一月二十九日付の第二号外は、「見よ、飛行機の威力　敵軍の本據《ほんきょ》を粉砕《ふんさい》す」と大見出しを打って開戦を伝えている。

また「責任は支那《しな》側」と題して陸軍の発表を報じていた。

その主旨は「我が軍が在留邦人保護やその他の必要から警備区域に入った時、敵が突然何の予告もなしに攻撃してきた。そのためにやむを得ずこれに応戦したもので、今回の事件の責任はすべて支那側が負うべきである」という一方的なものだった。

貫一は新聞をていねいにたたみ、新しく紅茶をいれてくれるようにジャニスに頼んだ。悪い予感に寒気が走り、部屋が急に冷え込んだように感じられた。

「明後日のティーパーティですが、今のところ八人の参加申し込みがあります」

「何人だって」

「エイト、八人です」

ジャニスは子供にでも教えるような言い方をし、どうしますかとたずねた。

二週間前にやろうとした時は百人以上の参加申し込みがあったが、大学からの一方的な通告によって中止せざるを得なくなった。

それを明後日やることにしていたが、今度は参加者が集まらない。これも反日世論の高まりのせいだった。

「学生たちと約束したのだ。予定通りやるよ」

明日や当日になれば、もっと参加者は増えるはずだ。貫一はそう信じていた。

マンスフィールド通りの自宅にもどっても、悪い予感と胸ふたぐ不安は去らなかった。

〈The gear of fate has been quickly turned around for ruin.〉（運命の歯車は、破滅に向かって急速に回り始めたのだった）

小説の最後に書いた文章が、頭にこびりついてくり返し浮かんでくる。それはまるで今の自分の状況を指し示しているような気がした。

（What a stupid country!）（何と愚かな国だ）

このままでは日本は本当に中国との全面戦争に突入し、欧米諸国の支持を失って世界の孤児になりかねない。それなのに軍部は、日本が欧米の影響を排除してアジアの盟主になるなどと言い出している。

これに政治家や言論人までが追従し、国内の批判の声を圧殺しているばかりか、海外の非難にも耳をかさなくなっているのだった。

貫一はしばらく机に向かい、丹田に力を込めて気持を落ち着けようとした。

大事なことは正しいと信じることのために行動することだ。行動をともなわない正義は、自分の誇りと良心を保つための言い訳にすぎない。そんな父の教えが頭をよぎった。

（またしても、父上か）

貫一はためらっていた背中を押された気持になり、日本にいる大久保利武にあてて手紙を書くことにした。

利武は明治の元勲である大久保利通の息子で、明治二十年にアメリカに留学し、イェール大学を卒業している。

さらにドイツに留学し、ベルリン大学などで学んだ国際派で、貴族院議員の長老として日本の政界に大きな影響力を持っていた。

日本イェール大学会会長も長年つとめていたので、貫一も何度か会って親しく話をしたことがある。この正月にも年賀状をいただいたばかりだった。

「拝復、新年の賀詞相後れ候へども、御壮健御越年あそばされ候御事と存じ慶賀つかまつり候」

目上の要人という意識があるせいか、いつになく改まった文章になった。

これでは埒《らち》があかぬと形式的な挨拶《あいさつ》は早めに切り上げ、満州、上海事変に対するアメリカ国内の反応や自分の懸念を伝えることに専念した。

第一点は、日本の軍事行動が拡大するにつれて、在住日本人の保護のためという日本の主張は信用を失い、多くの人々が日本が満州を地域的に併合しようとしていると考えるようになったことである。

日本はこれを否定するための説明を充分にしていないし、時々外務省が発表する声明も説得性がなく、単なる言い訳としか取られていない。この傾向は日本が上海事変を起こしたことによってますます顕著になった。

第二点は、日本の当局は今度の行動は戦闘ではなく防御であり警備であると主張しているが、これは満州事変の頃から信用されていなかったことだ。

あまりに浅はか、あまりに強面《こわもて》、あまりに拙劣で、法理をよそおった自己弁護としか受け取られていない。しかも上海事変が起こるに及んでは、こんな主張が通るとは日本の当局でさえ思っていないはずである。

たとえ日本に領土欲がなく、既得権益の保障だけを求めているとしても、なお問うべきは、この口実、この理由によって、他人の国で兵力を行使して流血、殺傷をおこない、財産を破壊して多くの人々を追い払うことは、そのこと自体が最大の罪業ではないか、ということである。もし各国が己れのみが正当と称する理由を立て、自分の苦痛を取りのぞくために、このように勝手に他国に侵入して破壊流血を引き起こすなら、国際的な秩序は一日たりとも保たれなくなる。世は暗黒になり、暴力が世界を支配するようになるだろう。

第三点は、軍事力をもって目前の問題を解決できたとしても、その後、さらに多くの困難な問題に直面することである。

いったん軍事力を用いたなら、相手と交渉して紛争を終わらせることは難しくなる。また獲得した権利を諸外国に認めさせることも、それを保持しつづけることも容易ではない。

こうしたことを考えるなら軍事力を用いる前より困難はいっそう深刻になるし、日本は中国を敵国にするばかりか、数十年の間に国際社会できずき上げてきた信用と美名を失い、疑惑、不信、憎悪を招くことになるだろう。

しかも軍事力によってかち得た所を維持しようとすれば、さらに軍事力に頼るようになり、ますます忌むべき軍国と化し、農民が窮地におちいり、国内には危険思想がはびこり、中国や列国を敵とする孤立した我儘者《わがままもの》になっていくにちがいない。

もしこのような憂慮が、貴殿のお考えに添わないものであるなら、どうかお許しいただきたい。

ただ私はこの数ヵ月来、日本国内において雷同する人たちを見るばかりで、正直な論をのべる勇気のある人がいると聞いたことがない。日本の将来のためには、このような強制的な沈黙こそがもっとも危険だと信じるゆえ、率直な意見を披瀝《ひれき》させていただいたのである――。

そんな内容を草稿にまとめたが、今の窮地と孤立を知ってもらわなければ、大久保利武も真剣に対処してくれないのではないかと思い、次のように書き加えることにした。

「猶々《なおなお》小生は新聞、雑誌、および諸団体よりこの度の事件の説明を引続き請はれ候へども、一切謝絶いたしおり候。同僚は何《いず》れも遠慮して会話にもこの事を小生に問はず候。また親友に対しても、小生は思ふまま申すことは致さず候」

そんな孤立した状態におかれているのは、危機がそれほどさし迫っているからだと伝えたかった。

翌日は講義の予定がなかった。それでも貫一はティーパーティで話をするための資料をまとめておくために、大学へ向かうことにした。

家を出る時、郵便ポストに何かが入れられているのに気付いた。ウィンチェスター社の工員に嫌がらせをされてからは、盗難の危険をさけるために郵便物はすべて大学に届けてもらうようにしている。

ところが確かに縦長の封筒が入れられ、端のほうがかすかにのぞいていた。

貫一は妙だなと思って引き出してみた。茶色の封筒には宛名が記されていない。中に入れた便せんには、「We give sanctions to a Japanese」（我々は日本人に制裁を加える）と、子供のように拙《つたな》い字で記されていた。

しかも「ティーパーティを中止しなければ、身の安全は保障しない」とも書き添えてあった。

（いったいこれは何事だ）

貫一は怒りに顔を強張《こわば》らせた。

またあの工員たちの嫌がらせかと思ったが、彼らがティーパーティのことを知っているはずがない。すると犯人は大学の内情に詳しい者としか考えられなかった。

（しかし、何のために）

こんなことをするのか理由が分らない。過激な反日主義者なのか、それとも個人的に恨みを持っている者なのか、判断もつかなければ心当たりもなかった。

腹立ちまぎれに破り捨てたい衝動が突き上げてきたが、今後脅迫がエスカレートすることも考えられる。証拠として手元に残し、機会を見て警務担当主任のロバート・キムに相談することにした。

日本室に行くとジャニスが待ち受けていた。

「来ていただいて良かった。総務課のアルバート主任が至急お話がしたいそうです」

「私に？　何の話だろう」

「聞いていませんが、急いでいるようでした」

「分った。ティーパーティの申し込みはどうなった」

「四十五人になりました。やはり学生たちは教授を信頼しているのですね」

「それは良かった。明日会場の入口に貼るポスターを作っておいてくれたまえ」

貫一はさすがにほっとした。やはりイェール大学の学生はたいしたものだと生き返った心地がした。

「お話のタイトルはどうしますか」

「そうだな。『日中問題と国際正義』にしてくれ」

総務課に行くと、アルバートが憂うつそうに出迎えた。頰のたるんだ太った顔に、またあんたと関わるのかと言いたげな表情を浮かべていた。

「どうぞ、こちらに」

声をひそめて隣の応接室に案内した。

「急な御用と聞きましたが、何でしょうか」

「どうぞお座り下さい。少し厄介な話ですから」

貫一が腑《ふ》に落ちないままソファに腰を下ろすと、アルバートは内ポケットから一通の封筒を取り出した。

「実は今朝、総務課の郵便受けに入っていました」

貫一が受け取ったのと同じ茶封筒で、便せんに書かれていることも拙い字体も同じだった。

「何か心当たりがありますか」

「私の家にも同じものが届けられていましたが、心当たりはありません」

「そうですか。では、なぜこんな事が起こると思いますか」

「反日世論に影響されてのことではないでしょうか」

「しかしこの犯人は、教授のティーパーティを中止せよと求めているのですよ」

「ええ、そうですね」

「教授に個人的な恨みや怒りを持っていると、お考えにはなりませんか」

「そうかもしれませんが、個人的に攻撃を受ける理由があるとは思っておりません」

お前にも責任がある。そう言いたげなアルバートの態度に腹が立ったが、貫一はつとめて冷静に対応した。

「そうですか。心当たりがないのなら、犯人をつきとめることも難しくなりますね」

「それは私の責任でしょうか」

「とんでもない。教授は被害者です。何の責任もありませんよ」

アルバートはずり落ちた銀縁のメガネを指で押し上げ、ただしそうなると我々の対応も難しくなるとつぶやいた。

「それはどういう意味でしょうか」

「この脅迫状には、ティーパーティを中止しなければ身の安全は保障しないと書かれています。今のような状況でそんな危険をおかすことは、大学としてはできないのです」

「明日の予定を中止するということですか」

「そうです。この犯人が捕まるか今の状況が改善するまで、延期していただきたい」

「そんな……、そんな馬鹿な話がありますか」

どこの誰が書いたか分らない脅迫状のために、学生との約束がはたせないようでは、教育者の立場はどうなるのだ。こんなことがまかり通るようでは、大学を維持することさえできなくなるではないか。貫一はそう反論した。

「では万一何かが起こった時、教授は責任を取ることができますか」

「それは別の問題でしょう。大学を維持運営するのは、総務課や警務課の仕事だ」

「ですから総務主任としては、ティーパーティを中止せざるを得ないと判断しました。これに従っていただきたい」

「ミスター・アルバート。あなたはこの間、私に嘘をつきましたね」

「いいえ。嘘なんかついていません」

「あなたは私にスパイ容疑がかけられているから、ティーパーティを中止すると言った」

ところがロバート・キムに調べてもらったところ、そんな容疑がかけられている事実はなかったのである。

「私は大学の首脳部の意向だと申し上げたはずです。その方から聞いたことを、指示された通りに伝えたばかりです」

「いいえ。あなたは確かに州警察から通告があったと言いました」

「そんなことは言ってませんよ。教授はご多忙だから勘違いなされたのでしょう」

「そんな大事なことを、私が聞き違えるはずがない」

アルバートがそう言ったという確信があったが、これ以上は水かけ論になるばかりである。

貫一は議論の矛先を変えざるを得なかった。

「では、あなたに指示をした理事は誰か教えて下さい」

「それは内部情報ですから、教えるわけにはいきません」

「それはおかしい。私は本当かどうかも分らない理由で、学生に講義をする権利を侵害されているのですよ」

「ならば申し上げますが、その方はS&Bの有力メンバーです。お分りでしょう」

アルバートはそう言って話を打ち切り、応接室のドアを開けて出て行けという仕草をした。

貫一は打ちのめされて総務課を出た。

そのまま日本室にもどる気にはなれず、大学の構内を歩き回って気持を鎮めようとした。

まわりを二階建ての赤レンガの棟に囲まれた広々とした中庭には、芝生が植え込んである。春には萌黄《もえぎ》色の芽をふいて赤レンガとのコントラストが美しいが、冬の間は枯れたままだった。

欧米の大学は神学校から出発したものが多い。神の意志を読み解くための学問が、やがてこの世の摂理全般を解き明かすための大学に変わっていった。

それゆえイェール大学にも教会が併設されていて、学内に厳粛な雰囲気をかもし出している。それは学問の神聖さを保障しているようで、貫一はこうして学内を散歩するのが好きだった。

ところが今日は、いくら歩いても気が晴れなかった。

アルバートの横柄な態度が腹にすえかね、気持のおさまりがつかない。それにS&Bが関与しているということもショックだった。

S&Bとは「Skull and Bones」。頭蓋骨《ずがいこつ》と骨というおどろおどろしい名前と、髑髏《どくろ》のエンブレムを持つイェール大学の秘密結社だった。「The Brotherhood of Death」（死を誓い合った兄弟）というマフィアのような異名もある。

有力で優秀な卒業生のみが加われる組織で、互いに協力しあって経済的、社会的に成功することを目的としている。

成功者はやがて政財界の要職につき、S&Bの支援と協力によってアメリカを動かしていくようになる。歴代の大統領やCIA長官にS&Bの会員が多いのは公然たる秘密だった。

彼らは当然イェール大学内においても絶大な力を持っていて、教授どころか学長の首さえ飛ばすことができるが、その実態を知るのは一部の者に限られていた。

他の者にはうかがい知ることができないブラックボックスなのだから、「S&Bの有力メンバーの意向」と言われれば反論も抗弁もできないのである。

貫一はイェール大学に来て何年目かにこのことを聞かされ、悪い冗談だろうと思った。信仰と学問の殿堂である大学で、そんな理不尽なことがまかり通るはずがないと信じていたからだ。

ところが今ではそれが嘘でも冗談でもなく、まごうかたなき真実だと思い知らされている。

そしてS&Bが反日、排日で動き出したのなら、やがてアメリカもその方針で動くと見なければならなかった。

(しかし、それは本当だろうか)

そんな疑念も捨てきれなかった。

いかに反日世論が高まっているとはいえ、S&Bがティーパーティくらいのことに関与してくるとは思えないのである。

アルバートはこの間も、「州警察から通告があった」と言ってティーパーティを中止させた。今度もS&Bの意向だと嘘をついているのではないだろうか。

(だとしたら、何のために……)

考えられるのは、貫一の信用を落として大学にいられなくすることである。しかしアルバートの恨みを買うようなことはしていないので、そうだと決めつけることもできなかった。

貫一は煩悶《はんもん》に追い立てられるように歩き回り、いつしかエルム通りまで来ていた。

この先には大学が開設された頃のオールドキャンパスと、ニューヘブングリーンと名付けられた公園がある。その向こうには市街地が広がっていて、以前によく通っていた日本料理店もあった。

幾何学的な文様に道を配した公園を通り、貫一は市街地に向かった。

すでに午後四時を過ぎていて、日本料理店ものれんをかけている頃である。久々に旨《うま》い寿司《すし》をつまみながら、店の主人と話がしたかった。

消防署の前の道を南に下がると、めざす店が入っているビルがある。東南の角の立地のいい所で、寿司や天ぷらはアメリカ人たちにも人気があったが、表のシャッターは閉ったままだった。

どうしたのだろうと横に回ってみて、あまりのことに息を呑《の》んだ。

ガラス窓は投石によって何カ所も割られ、中の障子戸が雨ざらしになっている。窓の下に植えていたバラも踏み荒らされ、壁には「日本人は出ていけ」と赤いペンキで書かれていた。

過激な反日団体がやったのか、大恐慌のあおりを受けて失業にあえぐ労働者の仕業なのか。いずれにしても反日世論の標的にされたことは明らかだった。

路地には子供用の木馬が放置されて雨ざらしになっている。北浜《きたはま》という店の主人が、孫のために作ったものだった。

「私にもようやく孫ができましてね。アメリカに渡って三十年。何とかここまでたどり着くことができました」

北浜が嬉《うれ》しそうに話してくれたことがある。

その幸せが一挙に奪い去られたと思うと、言いようのない怒りが突き上げてきた。

貫一は力ない足取りで公園まで引き返し、ベンチに腰を下ろした。ショックのあまり気持の張りを失い、疲れがどっと出たのだった。

冬の公園は寒々として、北風が落ち葉を巻き上げて吹きすぎてゆく。貫一はコートの襟を立てて寒さをしのぎながら、通りの向こうのオールドキャンパスをながめていた。

三百年ちかく前に作られた教会風の赤レンガの建物である。風雪に耐えてレンガは赤黒く変色しているが、どっしりと重量感のある堂々たる姿が、当時の人々の信仰と学問に寄せる信頼と期待を物語っている。

それは新天地に渡って来た人々の、立派な国と社会を作ろうとする意気込みの表われでもあったはずだが、必ずしも理想通りにはいかなかった。アメリカは大恐慌後の不況にあえいでいるし、大学は秘密結社の見えざる力によって支配されている。

それを思うと人間の無力を痛感し、あらゆる努力が無駄なような気がして、頭を抱えずにはいられなかった。

「おい、お前は日本人か」

その声に我に返ると、三人の若者が目の前に突っ立っていた。白人が二人、黒人が一人で、いずれも百八十センチ以上の巨漢である。薄汚れたジャンパーを着て酒の臭いをさせているので、失業して街にたむろしている不良だとすぐに分った。

貫一は一瞬迷ったがそうだと答えた。反日感情を恐れて嘘をつくわけにはいかなかった。

「我々は博愛協会の者だ。上海での戦争で難民となった中国人を救うために、義援金を集めている」

だから金を出せというのである。罪に問われることを逃れるための口実で、巧妙なたかりだった。

「日本の爆撃のせいで多くの中国人が犠牲となり、住宅が破壊された。そのことは知っているだろう」

「もちろん知っている」

「そのことについてお前はどう思っているか」

「日本のやり方は間違っていて、非難されるべきだと考えている」

恐怖に体が震えたが、貫一は気力をふり絞って冷静さを保とうとした。

「それなら中国人のために義援金を出すのは当然だろう。是非とも協力してもらいたい」

「しかし私は、博愛協会がどんな団体で、どこに本部があるかも知らない。このような募金活動をする時には、主催団体の身分証明書を提示するように義務付けられているはずだ」

「あいにく証明書は持っていないが、博愛協会の募金だということは俺たちが神に誓って約束する」

一人が話している間、残りの二人は素早くあたりを見回して人がいないことを確かめた。

「私はイェール大学の朝河という者だ。募金には応じるので、身分証明書を持って訪ねて来てくれ」

「お前は日本人だと言ったよな」

「生まれはそうだが、今はアメリカ市民だ。居住権も得ている」

「それでも日本人じゃねえか」

「それは、その通りだ」

「日本がしたことは間違っているとも言った。それなら義援金を出すのは当然だろう」

「だから身分証明書を見せてくれと言っている」

「俺たちが嘘つきだと言うのか」

「そうは言っていない。募金のルールに従ってくれと求めているだけだ」

貫一は腹をすえて言い張った。

こんな理不尽な脅しに屈したなら、父から受け継いだ武士の魂を汚すことになると思った。

「そうか。それなら協会の本部に案内する。そこに身分証明書もあるし役員たちもいる」

だからついて来いと、男が腕を取って立たせようとした。従ったならどこに連れ込まれるか分らなかった。

第十三章　白河口の戦い

「待て。私は君たちに同意しているわけではない」

朝河貫一は男の腕をふり払おうとしたが、赤毛の男は薄笑いを浮かべて腕を後ろにねじり上げた。

「何をする。君たちは博愛協会の者じゃないのか」

「うるせぇ、爺《じじ》い」

男にいきなり足を払われ、貫一はあっけなくあお向けに倒れた。

「日本人は我らの敵だ。これ以上痛い目にあいたくなければ、さっさと金を出せ」

下劣な本性をむき出しにして、貫一のカバンを引ったくろうとした。他の二人もかがみ込んで、まわりから見られるのを避けようとした。

「ノー、私は理不尽な暴力には屈しない。君たちのしていることは犯罪だ」

貫一はあお向けのままカバンを抱きしめて抵抗した。

「めんどう臭え。さっさとやっちまおうぜ」

青い目の若者が二つ折りのナイフの刃を立てた。

「まあ待て。なあ爺さん。俺の仲間は薬が切れて苛立《いらだ》っている。早く金を出さねえと、変死体ということになるぜ」

赤毛の男がカバンをつかんだ腕をねじり上げた。

手首を万力でしめ上げられたようで、貫一はこれ以上抗《あらが》うことができなくなった。

(ああ、神さま……)

悔し涙をにじませてカバンから手を放した時、

「Hey! What are you doing, boy?」(お前たち、何をしている)

三人の背後から叱りつける者がいた。

鳥打ち帽を目深にかぶり、長いコートを着た日本人である。その顔に見覚えがある。グローヴ通りの墓地で出会った黒川慶次郎だった。

「黒川君、私だ。こいつらは強盗だ」

押さえつけられたまま叫ぶと、黒川は先生でしたかと言いたげな顔をした。

「お前も日本人か」

黒人の巨漢が慶次郎の前に立ちはだかった。

「そうだ。その人は私の先生だ。手を放せ」

「ヒーローの真似事か。それなら俺を倒してみろ」

巨漢はボクシングの構えをして二、三度ジャブをくり出した。体の構えがしっかりとできている。相当トレーニングを積んでいるようだった。

その間に赤毛の男は貫一のカバンを奪い取り、中のサイフを抜き出した。青い目の男はナイフを背中に隠し、慶次郎の後ろに回り込んだ。

「慶次郎君、後ろの奴はナイフを持っているぞ」

貫一がそう叫んだ瞬間、赤毛の男が腰を蹴《け》り上げた。痛みと衝撃に息がつまり、気を失いそうだった。

「卑怯《ひきょう》な真似はやめろ。お前たちの相手はこの私だ」

慶次郎は空手の構えを大きく取って相手の注意を引きつけた。

「ふざけるな。チビの日本人めが」

黒人の巨漢がフットワークをたくみに使って切れのいいパンチをくり出した。

慶次郎は余裕をもってパンチをかわしながら、背後の男に襲われない位置に回り込み、誘うようにジャブをくり出した。

わき腹を鋭く打たれた巨漢は怒りに顔を引きつらせ、一発で仕止めてやろうと前のめりにパンチをふるった。

その瞬間、慶次郎は体を沈めて相手の内懐《うちぶところ》に入り、肩にかつぎ上げて投げ飛ばした。巨漢は背中からあお向けに地面に落ち、しばらく立ち上がることができなかった。

赤毛の男も青い目の若者も、神技でも見たように呆然《ぼうぜん》としている。どうやら巨漢は二人の用心棒のようだった。

「先生から奪ったサイフを返せ。そうすれば見逃してやる」

慶次郎が一喝すると、赤毛の男はサイフをほうり投げて逃げ出した。青い目の若者もようやく立ち上がった巨漢も、別々の方向へ走り去った。

「先生、お怪我はありませんか」

慶次郎が貫一を抱き起こしてベンチに座らせた。そうしてもらわなければ、腰がしびれて立てなかった。

「大丈夫だ。どうやら骨には異常がないらしい」

「あれはダウンタウンにたむろしている不良どもです。麻薬を買う金欲しさに手当たり次第に人を襲っているのですよ」

「危ないところだった。君は命の恩人だ」

「警察に届けますか」

「いや。盗《と》られたものはないし、幸い軽い怪我ですんだ」

それに大学内の雲行きがあやしいので、事を荒立てて注目の的になりたくなかった。

「お宅までお送りしましょう。歩けますか」

「これくらい、何ともないよ」

貫一は強がりを言って歩こうとしたが、足を前に踏み出せない。蹴られたところの神経がしびれて、意思が伝わらなくなっていた。

「背負わせていただきます。どうぞ」

腰をかがめてさし出した背中に、貫一は照れながら身をゆだねた。慶次郎の肩や背中は頑丈な筋肉におおわれている。服をへだてていても、肉の盛り上がりが分るほどだった。

「君は会津若松の出身だと言っていたね」

「ええ、祖父は会津藩士でした」

「柔術か何か学んだのかね」

「父が柔術の道場を開いていましたので、子供の頃から叩《たた》き込まれました」

父から道場を継ぐように言われたが、郷里の先輩である山川健次郎を慕って東大理学部に入ったという。

「それではお爺さんも、戊辰《ぼしん》戦争に従軍なされただろう」

「白河口の戦いで戦死したと聞きました。その頃、父はまだ生まれたばかりだったそうです」

「そうか。私の父もその戦いに出陣していた」

「ご無事だったのですか」

「五月一日の激戦には加わらなかったからね。生き残ったものの、無残な負け戦だったそうだ」

「勝ち負けは時の勢いですから仕方がありません。大切なのはその時々に武士の道、人の道にはずれない身の処し方ができたかどうかではないでしょうか」

「武士の道、人の道か」

確かにその通りかもしれないと思い当たり、貫一は久々に父の物語を書きつづける気力を取りもどしていた。

出陣は閏《うるう》四月二十五日と定められていた。

この日、宗形幸八郎昌武（後の朝河正澄）は早朝卯《う》の刻に目をさました。昨夜入念にねじを巻いたセコンド（時計）で時間を確認する。西洋時で午前六時。

戦闘の現場では時間を正確に合わせて行動することが重要だが、二本松藩士の中でセコンドを持っている者は限られていた。

昌武は小袖《こそで》を着て仏壇に手を合わせた。先祖の霊に藩の安泰と家族の無事を祈り、今日から戦に出ることになったと報告した。

家族は寝静まったままである。昌武は裸足《はだし》で庭に出ると、土の感触を楽しみながら畑の草取りをした。

畑は父と昌武が耕し、母が種を植えたものだ。ナスやキュウリが実をつけ、食卓をにぎわせてくれるようになっている。

根本にはびこる草を、腰をかがめて一本一本抜いているうちに、木刀の素振りをしている時のように無心になり、大地とひとつになっている安らぎを覚えた。

「幸八郎、朝餉《あさげ》の仕度ができましたよ」

母に呼ばれて居間に行くと、父と兄が待っていた。食卓には久々に米の飯が上がっている。出陣を祝う赤飯だった。

「朝から畑仕事とは、ご苦労だったな」

治太夫がねぎらった。

「早く目が覚めたものですから」

「そうか。昨夜はよく眠れたか」

「疲れていたせいか、夢を見る間もありませんでした」

「それは重畳《ちょうじょう》。心気が澄んでいる証拠じゃ」

「幸八郎は江戸で戦を経験しているので、肚《はら》が据わっているのでしょう」

兄の昌成が、自分はとてもそんな風にはできなかったと正直なことを言った。

皿には勝ち栗とよろ昆布が盛ってある。これも出陣の作法だった。

「あいにく酒はないが祝いの席だ。腹一杯食べてくれ」

昌武は勧められるまま赤飯のお代わりをし、みそ汁をすすった。子供の頃から慣れ親しんだ母の味だった。

服は巡視隊の頃の戎服《じゅうふく》である。七つボタンの上着を着込み、革の靴をはいて軍帽をかぶる。二本松ではまだ珍しい洋式の軍装で、外を出歩くのは何となく気がひけた。

「師範に挨拶《あいさつ》をして参ります」

そう告げて朝河八太夫の家をたずねた。

玄関口で訪《おとな》いを入れると、ウタが声を上げて迎えに出た。この間と同じ藤の花の着物を着て、髪をきれいに結い上げていた。

「まあ、ご立派なこと」

ウタが軍服姿に目をみはった。その言い方には許婚者《いいなずけ》になった親しみが込められていた。

「巡視隊にいた頃に支給されたものです。出陣のご挨拶にうかがいました」

「どうぞ、お上がり下さい」

奥の座敷で八太夫とマサが待っていた。二人とも紋付きを着て、祝言の席のようにかしこまっていた。

「昌武どの、お役目ご苦労に存ずる」

八太夫が深々と頭を下げた。

「白河口の守備をするために、七番隊に加わって出陣することになりました」

「すでに西賊は野州宇都宮《やしゅううつのみや》に入っているそうじゃ。四、五日のうちには白河に迫って来よう」

「会津の兵一千がすでに白河城に入り、白河口の守備についているそうです」

「くれぐれも用心してくれ。高地の要所に陣を敷き、敵の接近を待って撃退することじゃ」

八太夫が砲術師範らしい助言をした。

「幸八郎さん、どうぞご無事で」

「ありがとうございます。義母上《ははうえ》さまもお元気で」

昌武は身内になった呼び方をして、マサの気づかいに応《こた》えようとした。病弱の身にはこうして座っているだけで辛《つら》いはずだった。

「イクとキミはどうした。早くこちらに来て挨拶をさせなさい」

八太夫が居間に向かって呼びかけると、ウタが子供たちの手をひいて座敷に入ってきた。

三人は昌武の前に座り、

「お役目ご苦労さまでございます」

声をそろえて頭を下げた。

その拍子にイクとキミのおかっぱの髪がふわりと揺れ、畳にふれてかすかな音をたてた。

昌武はあどけない姿に胸を衝《つ》かれ、この子たちを不幸にしてはならぬと己れに言い聞かせていた。

家にもどると来客があった。巡視隊で共に苦労した山田慶蔵が、戎服姿で待っていた。

「慶蔵、お前も出陣か」

「いや、そうではない」

「では、どうして」

そんな格好をしているのか解せなかった。

「七番隊に加わり、お前と共に出陣したい。丹羽新十郎さまにそう頼んでくれ」

「自ら志願するのか」

「どうせもうすぐ出陣のご下知がある。それなら気心の知れたお前と戦いたいのだ」

父と母にもそう告げてきたと、慶蔵はいつでも登城できる仕度をととのえていた。

集合は正午と定められていたが、昌武と慶蔵はそれより一刻《いっとき》（二時間）も早く登城し、丹羽新十郎の御用部屋をたずねた。

新十郎は昨夜から泊まり込みで七番隊の出陣の手配をしていた。士分の者は三百人だが、足軽、人足を合わせれば六百人ちかい。兵糧弾薬の支給や宿営地の確保など、やらなければならないことは山ほどあった。

「ご覧の通りの有様でね。顔を洗う暇もない」

新十郎が文机《ふづくえ》の上の帳簿を示して苦笑した。端正な顔に無精髭《ぶしょうひげ》が青く伸びていた。

「ご多忙のさなかに申し訳ございません。至急お願いしたいことがあって推参いたしました」

昌武は慶蔵の希望を伝え、取り計らってもらえないかとたずねた。

「そうか。君たちは巡視隊で一緒だったんだね」

「私のもとで組頭をしていました。薩摩藩邸攻めの時も共に戦いました」

「七番隊に入れることは簡単だが、どの組に入れるかは隊長の権限だからね」

同じ組にしてくれとまでは言えないと、新十郎が腕を組んで考え込んだ。

「宗形は私の命の恩人です。こいつとならお役に立つ働きができると存じます」

慶蔵が額を床にすりつけて頼み込んだ。

「あばら骨の負傷はもう治ったのかね」

「もう大丈夫です。何ともありません」

「足腰にも心配はないんだね」

「一昼夜でも歩きつづけられます」

「ならば方法がないわけではない」

七番隊には斥候をつとめる部隊がない。そこで昌武の巡視隊での経験を生かし、七番隊斥候部隊の長に任じる。その下に慶蔵を配属することにすれば、話が通りやすいという。

「それで結構です。よろしくお願い申し上げます」

「分った。しばらくここで待っていてくれ」

新十郎は席を立ち、四半刻もしないうちにもどってきた。七番隊の隊長である高根《たかね》三右衛門《さんえもん》に話をし、斥候部隊のことを認めさせたのである。

「君たちの江戸での働きは、高根どのも存じておられる。大いに期待しているとおおせだ」

七番隊は未《ひつじ》の刻（午後二時）に三の丸下段に勢揃いし、新規徴収の者を新しい組にふり分けてから出陣した。

隊長の高根三右衛門は六百石の大身だが、まだ三十二歳の若さである。新十郎の進言によって昌武を斥候部隊長、慶蔵を部隊長補佐にしたものの、隊士も足軽もつけていない。人員が必要かどうかは現地に着いて判断するというのだから悠長なものだが、新参の身で強いことは言えなかった。

昌武はセコンドで現在の時刻を確かめ、慶蔵と肩を並べて箕輪《みのわ》御門を出た。

観音丘陵へつづく大手道を歩いていると、藩士たちの家族が見送りに出ていた。戦の勝利と無事の帰国を祈って、両手を打ち振り声を張り上げて励ましている。

藩士の多くは初めて戦に出る者たちなので、戦国武者にでもなったように気持を高揚させているが、昌武と慶蔵は厳しい表情のままおし黙っていた。

敵の主力である薩摩藩四番隊は、全員スペンサー銃を装備している。後装式の七連発銃で、そのすさまじい威力は江戸での戦いで骨身にしみて分っている。

前装式単発のゲベールやエンフィールド銃しか持たない二本松藩が、この強敵とどう戦うかと思うと、心配の方が先に立つのだった。

その日は南に二里半（約十キロ）ほど離れた本宮《もとみや》宿に泊まった。大人数で宿営しては迷惑だろうと、隊士の大半はひとつ手前の八丁目宿で足を止めた。

翌朝、卯《う》の刻に出発し、南方四里の篠川《ききがわ》宿に宿営した。

本来なら須賀川《すかがわ》宿まで足を延ばせるところだが、瀬上主膳がひきいる仙台藩の軍勢一千と、会津家老一柳四郎左衛門《いちやなぎしろうざえもん》の手勢百人ばかりが白河城に急行していたので、道をあけたのだった。

瀬上主膳は官軍参謀の世良修蔵らを斬り、奥州を新政府軍との決戦に踏み込ませた張本人なので鼻息が荒い。会津家老の一行と合流し、恭順派だった二本松など頼むに足りぬと言わんばかりに追い越していった。

余談だが、本宮宿で薬屋をいとなむ糠沢直之允《ぬかざわなおのじょう》がこの時の様子を日記（『閑窓私記《かんそうしき》』）に書き止めている。

〈今は奥羽の諸侯心を一致連合して、都の官軍を白川に拒み、彰義隊《しょうぎたい》に力を添えて関八州に居たる上方勢を追いやらんとするものならんか。きのうまでは会津の物と見受けたらんには猫犬たりとも切殺し申すべしと詈《ののし》りたりしに、今日（は）心解けて兄弟の如く敬い親しかりし醍醐《だいご》

殿はじめ薩長筑州とたちまち鉾《ほこ》を交ゆるに至る。実に人情反復須臾《しゅゆ》にあるとはこの事ならん〉

江戸では彰義隊が上野の山に立て籠《こも》って新政府軍との対決姿勢を強めている。白河口の戦いはこれに呼応したものと一般庶民には見られていた。

篠川宿の宿所で旅装を解いていると、軍事奉行の成田弥格《なりたやかく》から呼び出しを受けた。弥格は高根の参謀役で四十一歳になる。二百五十石取りの上級藩士だった。

「そなたのことは丹羽新十郎どのから聞いておる。斥候部隊の件を取り計らったのも、このわしじゃ」

いきなり恩に着せるような言い方をした。

「むろんそなたの才覚を見込んでのことだ。そこでさっそくひと働きしてもらいたい」

「偵察でございましょうか」

「昨日白河口で西賊との初めての激戦があった。幸い会津藩や旧幕府兵の働きによって大勝したそうだが、城下の様子がどうなっているか分らぬ。そこで先発して偵察せよとのご下命じゃ」

隊士五人をひきいて、明日の夜明けとともに出発せよという。

「わしも同行して指揮を執る。これが隊士となる者たちだ。これから訪ねて仕度を命じておけ」

弥格が名簿をさし出した。一人は慶蔵。残り四人とは面識がないが、これから配下として働いてもらわなければならなかった。

翌朝、昌武らの一行は夜明けとともに篠川宿を出発した。

同行したのは成田弥格と隊士五人、足軽五人、従者八人である。足軽は弥格の配下、従者は村々から集めた者たちだった。

篠川から須賀川、矢吹《やぶき》、泉崎《いずみざき》と奥州街道を急ぎ足で下っていく。白河が近づくにつれて村や宿場が閑散としているのは、新政府軍の侵攻を恐れて避難しているからだった。

西賊に襲われたなら財産は没収され、男は戦場人足としてこき使われる。戦場で弾よけにされる者もいるそうだ。そんな噂が飛び交い、親類縁者を頼って疎開しているのだった。

阿武隈川を渡って白河城下に入ると、目をおおいたくなる光景が広がっていた。二日前の戦いで町の半分ちかくが焼け、全焼や半焼の無残な姿をさらしている。

住民のほとんどは戦を避けて逃げ散り、残っているのは行く当てのない者か、逃げる力のない老人や病人だけだった。

昌武らは年貢《ねんぐ》町の龍蔵寺《りゅうぞうじ》に泊めてもらうことにした。寺の住職は二本松藩ゆかりの僧で、便宜をはかってくれたのである。

「小僧も寺男も逃げてしもうた。庫裡《くり》でも本堂でも広々と使って下され」

剛毅《ごうき》な住職はそう言って笑い飛ばした。

昌武は隊士五人と本堂に泊まることにし、城下の絵図を広げて打ち合わせをした。慶蔵以外はまだ二十歳前後の若者で、実戦の経験はまったくなかった。

「よいか。偵察に出る前に、城下の地形を頭に叩《たた》き込んでおけ」

昌武は五人に絵図を書き写させた。

白河は北を流れる阿武隈川と、南を流れる谷津田川《やんたがわ》にはさまれている。両川の間はおよそ四半里。城下町はこの狭い土地に、東西に細長く広がっている。

敵が攻め込むとすれば、奥州街道を北上して三番町から谷津田川を渡るか、棚倉《たなぐら》街道を西に進んで桜町《さくら》口に迫るかである。龍蔵寺のある年貢町は、桜町と境を接しているので、敵が攻め込んできたなら激戦地となるおそれがあった。

白河城は町の北部に位置し、阿武隈川を外堀として守りを固めている。しかしこの構えは戦国時代に北方からの脅威にそなえて縄張り（設計）したもので、南からの攻撃に対してはきわめて脆弱《ぜいじゃく》だった。

「これから城下の偵察に出る。全員当家の袖標《そでじるし》をつけ、銃を携行せよ。万一敵に遭遇したなら、かならず弾よけとなる陣地を確保してから撃ち合うのだ」

「部隊長、なぜその場で撃ち合ってはならないのでしょうか」

小林彦之丞《こばやしひこのじょう》という青年がたずねた。

朝河八太夫の門下で砲術を学んでいるので、銃の扱いは心得ている。敵を発見したなら先に撃った方が有利だと考えていた。

「敵が少人数で、最初の銃撃で殲滅《せんめつ》できるならそれでもいい。だが平地の銃撃戦になったなら、我々に勝ち目はない」

「どうして勝てないのでしょうか」

「敵の多くはスナイドル銃かスペンサー銃を装備している。これらは後装式で地に伏せたまま弾を装填《そうてん》できる。だが我々のエンフィールド銃は前装式で、立ったままでしか装填できない」

昌武は銃を取り出して装塡の動作をしてみせた。立ったまま筒先から弾を入れ槊杖《さくじょう》を使っていては、地に伏せた敵の格好の標的にされるのである。

「しかもスペンサー銃は七連発だ。我々六人を一人で倒すことができる」

「分りました。ありがとうございました」

彦之丞と他の三人は自分たちがおかれている状況が初めて分ったらしく、にわかに緊張した顔をして偵察の準備にかかった。

昌武は明るいうちに白河城に向かった。

二日前に攻め寄せてきた新政府軍は大砲五門を装備していたという。新式のアームストロング砲がどれだけの威力と命中率があるか、城の被弾状況を見て確かめたかった。

ところが大手門は固く閉ざされていて、来意を告げても開けてもらえない。会津、仙台以外は頼むに足らずと言わんばかりの対応である。やむなく外堀のまわりを歩いてみたが、被弾の跡はまったくなかった。

後で分ったことだが、奥羽勢は北上する新政府軍を谷津田川の南の小丸山《こまるやま》で待ち伏せ、敵に大砲を使わせる暇《いとま》を与えずに撃退した。城下に火を放ったのは、背後の攪乱《かくらん》をねらった新政府軍の別働隊だったのである。

外堀ぞいから中町《なか》、天神町《てんじん》を通り、白坂口《しらさか》（三番町口）に向かった。

ここは城下の目抜き通りで、大きな旅籠《はたご》や商家が軒を並べている。だが店の戸はぴたりと閉ざされ、戸板や窓の格子には木や竹が打ちつけてあった。

略奪を防ぐために中に入れないようにしているのだが、こんな貧弱なそなえでは役に立ちそうもない。それに戦が激しくなったなら、戦火にかかるのはさけられそうもなかった。

白坂口では会津兵が谷津田川ぞいに土嚢《どのう》で陣地をきずき、屯所をもうけていた。棚倉街道の桜町口も同じである。

谷津田川を第一防御線として死守するつもりなら、二つの橋を切り落として敵に踏み込ませないようにするべきだろうに、いったい何を考えているのか分らなかった。

「二日前の勝ち戦に慢心しているのかもしれないな」

慶蔵が鋭いことを言った。

「敵はわずか八百ばかりだったというから、小手調べに来たのかもしれぬ」

「城下に後方攪乱の兵を入れたんだろう。それなら小丸山の敵はおとりで、本当の狙いは城下の偵察と攪乱にあったかもしれないじゃないか」

「そうだな。成田どのに報告して、城中に伝えてもらった方がいいかもしれぬ」

昌武は龍蔵寺にもどってそのことを進言したが、すでに酉《とり》の刻（午後六時）をすぎている。

弥格は明朝伝えればいいと、夕餉《ゆうげ》の膳《ぜん》から離れようとしなかった。

翌朝、昌武は銃撃戦の音で目がさめた。

一瞬、薩摩藩邸で戦った時の夢を見ていたのかと思ったが、そうではない。連続して銃を撃ち合う音が、桜町口の方から聞こえてきた。

「慶蔵、起きろ」

大声で叩き起こし、二人して本堂を飛び出して様子を見に行った。

あたりはまだ薄暗い。年貢町の桝形《ますがた》を抜けて五町（約五百四十五メートル）ほど走ると、谷津田川ぞいの陣地に拠《よ》った身方が、橋を渡って攻め込もうとする新政府軍を必死に防いでいた。

棚倉藩兵二百人、会津藩兵百人ばかりである。敵の人数は分らない。川ぞいの土手を楯《たて》にして横に散開し、橋を渡って突撃しようとする身方を援護している。

いずれもスペンサー銃を持ち、幅半町（約五十五メートル）ばかりの川をものともせずに陣地に銃撃を加えている。

「大変だ。このままでは攻め破られる」

昌武と慶蔵はすぐに寺にとって返し、成田弥格に状況を報告した。

「分った。これからすぐに須賀川宿にもどり、高根隊長にこのことを知らせる」

すでに出発の準備をととのえ、靴まではいていた。

「しかし、身方は窮地におちいっています。共に防戦するべきではないでしょうか」

「我らの任務は城下の偵察だ。戦えとは命じられておらぬ」

「桜町口を破られたら、白河城下は敵の手に落ちるのですよ。それに苦戦中の身方を見捨てるのは、武士にあるまじきおこないではないでしょうか」

「ならば斥候部隊はこの場に残り、桜町口の身方に合流せよ」

弥格は一刻を惜しむように、足軽五人、従者八人をひきつれて寺を出ていった。

昌武は配下の五人を集め、これから桜町口に向かうと告げた。

「これから何があろうと指示に従ってもらう。万一私が倒れたなら、山田慶蔵が指揮を執る」

腰の胴乱には弾と火薬をハトロン紙で包んだ銃弾が二十発入れてある。そのことを皆に確認させてから、桜町口の陣地に駆けつけた。

「二本松藩の斥候部隊長、宗形昌武以下六名、合力《ごうりき》に参じました」

会津藩の陣地に駆け込んで名乗りを上げた。

「おう、それは有難い。わしは会津藩の番頭《ばんがしら》、鈴木多門《すずきたもん》と申す」

土嚢にへばりついて銃を撃っていた多門が、ふり返って笑いかけた。あごひげを生やした顔が、銃撃のせいで黒くすすけていた。

「敵は薩摩の四番隊じゃ。へたに顔を出すと額を打ち抜かれるぞ」

「承知いたしました。陣地をお借りいたします」

昌武は慶蔵と二人で射撃を受け持ち、残り四人には弾込めをさせた。

敵の弾は空気を切る鋭い音をたてて頭上を飛んでいく。土嚢に突き立って不気味な音をたてる。昌武らは土手に伏せた敵は相手にせず、楯を押し立てて橋を渡ろうとする敵を集中的に銃撃した。

銃の数と性能では圧倒的に不利だが、橋の正面に土嚢をつらねているので、何とか敵を喰《く》い止めることができたが、時間がたつにつれて弾が残り少なくなってきた。

中でも棚倉藩士の装備は貧弱で、旧式のゲベール銃しかもっていない上に弾の数も少ない。陣地からは散発的にしか銃声が聞こえなくなり、これ以上持ちこたえるのは無理だと傍目《はため》にも分った。

「申し訳ござらぬ。我らは今朝持ち場についたばかりで、弾薬の用意がととのっておりません」

棚倉藩の番頭が多門をたずね、これ以上は持ちこたえられないので、余力があるうちに撤退したいと申し入れた。

「宗形どの、そちらはどうじゃ」

多門がたずねた。

「あと四十発ほどしか残っておりません」

「いずれも貧乏可憐《かれん》な藩ばかりじゃの。やむを得まい」

だが敵は桜町口だけでなく、白坂口にも迫っている。ここを突破されたなら、白坂口を守っている身方の背後をつかれることになりかねなかった。

第十四章　脱　出

「お待ち下さい。このまま敗走したなら敵は城下に乱入し、白坂口の身方に背後から攻めかかりましょう。ここは何としてでも時間をかせぎ、白坂口に急を知らせるまで持ちこたえるべきです」

宗形幸八郎昌武は何とか犠牲を最小限に喰い止めようとした。

「おおせの通りじゃ。だが弾が切れては防ぎようがない」

会津藩の鈴木多門は、そう言いながらも悠然と敵を狙い撃っていた。

「正面の土嚢を前に運び、橋の道を閉ざすのです。その間、左右の陣地から援護射撃をしてもらいます」

「そんなことができるものか。運んでいる間に狙い撃たれるだけじゃ」

「土嚢を縦に持てば、体を守る楯になります。二人一組で橋まで走り、縦に積み上げれば身をひそめられる高さになります」

昌武は山田慶蔵をうながし、二人で手本を示した。確かに土嚢を縦に積めば、幅はぎりぎりだが身を守る楯になった。

「この楯を八人が四組となって作れば、後の者は銃撃の心配なく土嚢を移すことができます。そして土嚢に火薬をまいて火をつければ、俵がくずれて敵はすぐには土を取りのぞくことができなくなります」

「なるほど。それは名案でござる」

多門は部下の中から屈強の八人を選び、宗形どのの話の通りにせよと命じた。

だが八人はさすがに尻込《しりご》みした。土嚢を運んでいる間に足を狙い撃たれるおそれがあるからである。

「よほど戦になれた者でなければ、足を撃とうなどとは思いません。それにこれだけの距離があれば、狙ったところで当たることはないでしょう」

「そうですよ。口で言ってもお分りにならないなら」

我らが先にやってみると慶蔵が申し出た。

「いや、敵にこちらの意図が分らないように、いっせいにやらなければ駄目だ」

昌武は慶蔵と真っ先に駆け出すことにし、三組六人に後につづくように頼んだ。

「我らが楯を作ったなら、残りの土嚢も間髪入れずに運んで下さい。その間に銃隊は左右の陣地から援護をお願いします」

「それなら我らが土嚢を運びます。会津の銃隊を左右の陣地に配して下さい」

棚倉藩の番頭が申し出た。

弾のそなえも充分でないまま出陣した不手際を、危険な役目をになうことで償おうとしたのである。

「これは重畳。皆の心がひとつになれば恐るるものなどありはせぬ」

多門が豪快に笑って全員仕度にかかるように命じた。

「合図は三つじゃ。それ、一、二、三」

その声に合わせて、昌武と慶蔵は土嚢《どのう》を縦に抱えて橋のたもとに向かって走った。わずか半町ばかりだが、走っている間に銃弾が空気を切る音を立てて左右を飛んでいく。

一発二発、土嚢に命中したものもあり、衝撃で後ろに突き倒されそうになったが、何とか無事に橋までたどりついた。

小柄な慶蔵が下、昌武が上に土嚢を積み、二人で折り重なるようにして支えた。

他の六人も全員無事にこれにならい、百人ばかりの棚倉藩士が次々に土嚢を運んで脇に積み上げる。わずか五分ばかりで、見事に橋をふさぐことができた。

これにハトロン紙で包んだ銃弾を破って火薬をふりかけ、火を放った。一間（約一・八メートル）ほどの高さに積んだ土嚢の俵が、白い煙を上げて燃え始めた。

「多門どのは早く白坂口の身方に急を知らせて下さい。我らが殿軍《しんがり》をつとめます」

昌武は会津藩、棚倉藩の兵が城下に走り去るのを見届けてから、五人の配下にかがり籠《かご》の松明《たいまつ》を持つように命じた。

城下の通りには敵の侵入を防ぐために桝形をもうけてある。ここの家並みに火を放てば、敵はしばらく炎にさえぎられて通ることができなくなるはずだった。

「気の毒だがやむを得ぬ。放て」

昌武は真っ先に連子格子の家の窓に松明をさし込んだ。

べんがらを塗った格子は火がつきにくいが、やがて黒い煙を上げはじめた。他の五人も左右の家に火を放ち、燃え上がるのを待ってその場を後にした。

まず龍蔵寺にもどり、荷物をまとめて篠川宿の本陣に向かおうとした。

だが阿武隈川にかかる橋は、すでに、新政府軍が押さえているという。どうしようかと迷っている間に、敵は思いがけない速さで城下に乱入してきた。

「戎服《じゅうふく》をぬらしております。谷津田川を渡ってきたものと思われます」

小林彦之丞が、境内の鐘楼に上がって敵の様子をうかがってきた。

「我らがこの寺にいることに気付いているようです。表門と東門に兵を配しております」

その数は五十人ちかい。六人は袋のねずみにされたのだった。

「敵の旗印は？」

「丸に十の字。薩摩の四番隊でございます」

「隊長、どうしますか」

慶蔵が鋭い目をしてたずねた。

スペンサー銃の威力は、三田の薩摩藩邸改めの時に身にしみて知っていた。

「戦うしかあるまい」

昌武は境内を見回し、どこに陣地を取るかさぐった。寺の表門は北側にあり、東側にも通用門が開けられている。

本堂は表門から真っすぐ南に下がった所に東向きに建てられていて、その裏の小高い山が墓地になっていた。

墓地には墓石が立っている。楯《たて》にするには充分の数と高さがあった。

「和尚、裏の墓地を使わせていただきます。お許し下さい」

「構わんよ。わしは何の力にもなれんが」

和尚はそう言ったものの、すでに表門と東門に閂《かんぬき》をさして閉ざしていた。

「我らはこれより西賊との戦闘に入る。敵は塀ごしに我らを銃撃し、突入をはかるだろう。墓石を楯にして迎撃せよ」

昌武らは墓地に上がり、墓石の陰で丸い陣形をとった。なるべく姿を隠し、無勢だということを悟られないようにしなければならなかった。

「隊長、あそこにくぐり戸がある」

慶蔵が小声で言って、南側の路地に面した塀を指した。

墓参りや墓地の掃除の時に出入りするもので、腰をかがめてくぐれるほどの狭さだった。

「分った。万一の時には脱出口になるかもしれぬ」

「それから銃を撃つのは、我ら二人にした方がいい」

残りの弾は四十発ばかり。六人で撃てば一人七発にも足りない。実戦の経験のない四人が無駄弾を撃っては、すぐに尽きてしまうだろう。

「そうだな。そうしよう」

昌武は四人に弾込めと敵の発見に専念するように命じた。

塀は人の背丈ほどの高さがある。薩摩の四番隊は手近なものを足場にして境内をのぞき込んだ。まず軍帽の頭が見えて、日焼けした剽悍《ひょうかん》な顔をした兵士が姿を現した。

やがて表門と東門の横から兵が下り立ち、門をはずして門を開けようとした。昌武は表門の二人を、慶蔵は東門の二人を狙い、過たず撃ち倒した。

これで昌武らの位置を知った敵は、北側と西側の塀に回り込んで銃撃してきた。小手調べのつもりなのか、七、八人が塀ごしに筒先を出して撃ってくる。

スペンサー銃は墓石を削《そ》ぎ落とすほどの威力だが、身をひそめていれば当たることはない。

昌武は北側を、慶蔵は西側を受け持ち、敵が塀をこえようとして身を乗り出すのを待った。

相手も慎重である。威嚇するように撃ってくるだけで、境内にひそんでいる兵力を見極めるまでは突入しようとしない。塀と墓石を楯にしたさぐり合いがしばらくつづいた。

四人の若い部下は不安と緊張に青ざめ、体を硬くしている。恐怖に耐えきれずに今にも叫び出しそうだった。

やがて北側から十人ばかりがいっせいに銃を撃ちかけた。七連発の強みを生かし、切れ目なく撃ってくる。その援護の間に五人が塀を乗りこえようとした。

「慶蔵、こっちだ」

　昌武は一人を撃ち倒し、すぐに銃をかえてもう一人を撃った。慶蔵も一人を倒している。残る二人は正確な射撃に恐れをなして、塀の陰に身をひそめた。

　塀の側にスペンサー銃が落ちている。撃たれた兵士が取り落としたものだった。

「慶蔵、見ろ」

　昌武はあれを拾えないかと思った。あれさえあれば互角に戦えると、喉《のど》から手が出そうだった。

「無理だ。やめておけ」

　墓石の陰から出たなら、こちらの姿は丸見えになる。いっせいに狙い撃たれるのはさけられなかった。

　再びにらみ合いがつづいた。

（敵はこちらの兵力がよほど多いと思っているのか、それともどうせ勝てるとのんびり構えているのか……）

　昌武はめまぐるしく考えをめぐらして相手の出方を読もうとしたが、そのどちらでもなかった。

　やがて凄《すさ》まじい砲撃の音がして、表門が撃ち破られた。敵は本隊の到着を待ち、アームストロング砲を撃ちかけてきたのである。門扉ばかりか屋根までが吹き飛び、敵が続々と境内になだれ込んできた。

「脱出だ。その前にあれをもらう」

昌武は慶蔵に援護を頼み、スペンサー銃を拾いに行った。

幸い敵は表門に回っている。一発も撃たれることなく銃をつかみ、墓地を抜けてくぐり戸に向かった。境内は南に行くほど低くなっているので、敵から発見されにくい。六人とも怪我ひとつなく外の路地に出ることができた。

東側の桜町口では、先程放った火が燃え広がっている。だが西側に出れば敵に行き合うおそれがあった。

「東だ。商家の土蔵に入れば何とかなる」

桝形《ますがた》の南には大きな呉服屋があり、土蔵が二つ建っていた。そこに向かって突っ走ると、有難いことに戸が開いたままである。

新政府軍が攻めて来る前に家財を持って避難したので、戸を閉める余裕さえ失っていたのだった。

土蔵は二十畳ほどの広さがあった。半分は板張りで半分は土間である。荷物はきれいに持ち去られ、空家と同じだった。

火は桝形のある北側から迫っている。そちらには庭があるので類焼は防げるが、路地をへだてた東側には家が建ち並んでいるので、ここが燃え始めたらどうなるか分らなかった。

「しばらく休め。どうするかはこれから決める」

昌武はセコンド（時計）を見た。午前八時三十二分である。ずいぶん長く戦っている気がしたが、桜町口の応援に駆けつけてから、まだ三時間ほどしかたっていなかった。

昌武は板の間にあぐらをかき、スペンサー銃を改めた。筒先に銃剣をつけているせいかずしりと重い。一貫五百(約五・六キロ)はありそうである。

エンフィールド銃は前装式なので銃剣をつけることができないが、後装式だと銃剣をつけられるので、弾が尽きたなら銃を槍《やり》や刀の代わりにして戦うことができる。

その分大小を腰につける必要がないので、身軽に動くことができるのだった。

「七連発の弾倉は銃床の中か」

慶蔵がのぞき込んでたずねた。

いつの間にか他の四人も輪になり、真剣な目でスペンサー銃を見つめていた。

「銃床に入れた管に縦一列につまっている。だから銃床がこんなに長いんだ」

昌武は管状の弾倉をネジのように回し、銃床から取り出してみせた。弾はまだ五発、ひしめくように並んでいた。

「こんな銃など見たこともないのに、どうして扱える」

「三田の本屋で説明書だけ買った。薩摩藩士向けに売っていたものだ」

「そうか。だから命がけで拾いに行ったんだな」

弾は管の底に取りつけたバネで自動的に送られるが、撃った後に薬莢《やっきょう》を出さなければ次の弾が送れない。そこで引鉄《ひきがね》の上につけたレバーを操作し、薬莢を排出する。英語でレバーアクションライフルと呼ばれるのはそのためである。

昌武たちは若い隊士たちに銃を見せながら説明し、後装式が前装式より優れている点を三つ上げよと命じた。

「伏せて装塡《そうてん》できること、弾込めの手順が早いこと、銃剣を装着できることです」

彦之丞がただちに答えた。

「そうだ。だが銃剣以上に重要なことがある。それが何か分るか」

「いえ、分りません」

彦之丞が面目なさそうに黙り込み、他の三人も口をつぐんでうつむいている。

「隊長、教えて下さい。私にも分りません」

慶蔵が重い空気をふり払おうとおどけた口調で言った。

「雨の日でも使えることだ。この弾倉だと弾が雨にぬれる心配はない。だが前装式の銃は、装塡している間に銃弾のハトロン紙がぬれて不発弾になる可能性が高いのだ」

これから奥州も梅雨に入る。この性能の差は、奥羽越列藩同盟軍にとって致命的になるかもしれなかった。

突然、土蔵の外で何かがくずれ落ちる音がした。東側の家に火が回り、屋根が傾いたために瓦《かわら》がなだれをうってすべり落ちたのである。

そういえば土蔵の中もずいぶん暑くなっている。だが銃談義に夢中になって、そのことに気付かなかったのだった。

「どうしますか。このままでは蒸し鳥になりそうですが」

慶蔵が改まって指示をあおいだ。

「我らは城下を脱出して、篠川の本隊に合流しなければならぬ」

目的はそこにあるが、どうすればできるか分らない。外では敵が待ち構えているだろうし、それを突破できたとしても阿武隈川を渡る手立てがないのである。

「それなら白河城に駆け込んだらどうですか」

「城はやがて敵に包囲される。いったん入城したなら、外に出ることはできないだろう」

「それなら蒸し焼きになるのを覚悟で、ここで日が暮れるのを待ちますか」

慶蔵が自嘲《じちょう》気味に笑った時、

「誰かがこちらにやって来ます」

部下の一人が、そう言って表の扉を閉めようとした。

「待て」

昌武は扉を細目に開けて外を見た。

庭の植え込みの向こうで十人ばかりの兵が何かを捜している。指揮を執っているのは会津藩の鈴木多門だった。

「ひげ隊長、こちらです」

昌武は逃げ場を失っているのかと思って声をかけた。

「おお宗形どの、無事であったか」

多門は勇んで土蔵に入ってきた。

「いったいどうなされたのです。白坂口に向かわれたのではありませんか」

「身方に急を知らせてきた。お陰ではさみ討ちにされる前に退却することができたよ」

多門らも会津街道に向かって退却することになったが、市中に配している斥候から昌武らが龍蔵寺で敵に包囲されているという報が入った。

そこで救援に駆けつけたのだった。

「申し訳ありません。敵の追撃が早くて」

「どうする。急がなければ白坂口の西賊が城下に入り、退路は完全に断たれるぞ」

「我々は篠川の本隊にもどらなければなりません。どうしたらいいか、考えていたところです」

「それなら会津街道の方に橋がある。城下を西に突っ切り、そこを渡るしかあるまい」

今度は我らが殿軍をつとめるので先に行けと、多門の決断は早かった。

「分りました。よろしくお願いします」

昌武はスペンサー銃を持ち、皆の先頭に立った。

「ほう、珍しい物を持っておられるな」

「敵の四番隊からぶん捕りました」

「これは一挺《いっちょう》五十両はする。わしの給金の三年分じゃ」

多門がひげ面から白い歯をのぞかせて笑った。

多門たちは本町通り沿いの路地を、敵の目をさけながらやって来た。城下を突っ切る時もその方法で行こうと言ったが、昌武は反対だった。

「すでに桜町口の本隊が城下に入っております。警戒は格段に厳しくなっているはずです」

「では、どうなされる」

「谷津田川沿いの道は城下より一間半（約二・七メートル）ほど低くなっています。ここを行けば敵に発見されにくいのではないでしょうか」

「しかし、それでは見つかった時に上から撃たれることになる。楯《たて》にするものもあるまい」

「川沿いには桜の並木があります。それを楯にできるはずです。それに見つかっても怪しまれない方法があります」

敵兵になりすまし、川沿いを巡察しているように装うことだ。敵は各藩の寄せ集めなので、旗さえ立てていれば身方の藩だと信じるはずだった。

「なるほど。どこの藩兵になりすますつもりかな」

「武蔵《むさし》の忍藩《おし》がいいと思います。近頃新政府側についたばかりですから」

「旗は」

「私が作ります。方々は袴《はかま》の裾《すそ》をしばってグンブクロのように見せかけて下さい」

昌武の隊は動きやすいように全員洋式の戎服《じゅうふく》を着ている。だが会津藩士は羽織袴姿に胴丸をつけているので、旧幕府勢と疑われやすかった。

旗は白布に矢立ての筆で忍の一字を書き、土蔵にあった竹に結びつけた。それをかかげて昌武らが二列縦隊で歩き、後ろから多門ら十人がつづいた。

谷津田川沿いの道に出ると、城下の争乱が嘘のように静かだった。土手に植えた桜並木は青葉におおわれ、川はせせらぎの音を立てながら清らかに流れている。

麦わら帽子をかぶって土手に座り、釣り糸をたれている老人もいた。

「釣れますか」

そう語りかけたい風情である。だが言葉の訛《なま》りで正体に気付かれるので、全員黙ったまま素っ気なく通りすぎた。

面惑通り川沿いの道を通り過ぎることができたが、白坂口に通じる江戸口本道には長州藩が陣所をきずき、厳重に武装して取締りにあたっていた。

「どうする。三十人はいるぞ」

慶蔵と昌武は先頭を歩いている。道をそれるなら今のうちだった。

「今から進路を変えてはかえって怪しまれる。私に任せておけ」

昌武は肩にかついでいたスペンサー銃を、縦に捧《ささ》げて相手に見えやすいようにした。奥州勢はこの銃を装備していないと、新政府軍は思い込んでいた。

長州の陣地前にさしかかると、

「忍藩巡視隊、柘植《つげ》隊長以下十六名。谷津田川沿いの巡視を終え、下新田《しもしんでん》の本隊の陣所へ向かいます」

昌武は考えた通りの口上をのべた。

「ご苦労です。私は長州の警備隊長岡村《おかむら》と申します」

岡村は昌武と同じくらいの年で、赤筋の入った軍帽をかぶっていた。

「桜町口の身方はすでに敵の陣地を突破し、城下に攻め入っております」

昌武は視察の報告を装った。

「白坂口も同様です。ところで旗はどうなされた。間に合わせのように見受けるが」

「今朝の戦闘で旗手が撃たれ、川の中に取り落としました。面目ないことです」

「袖標《そでじるし》もつけておられぬが」

岡村が切れ長の鋭い目を向けた。

「我が隊はご藩主の恩情により、三《み》つ葉葵《ばあおい》の袖標を用いることを許されております。しかしこれでは旧幕府勢と間違われるおそれがあるので、はずすように命じたのです」

「そうか。忍藩は親藩でしたね」

「そうです」

「ご藩主は何とおおせられますか」

「松平下総守忠誠《しもうさのかみただざね》ですが」

「先代もご健在と聞きましたが、お名前は」

「忠国《ただくに》とおおせられます」

「ご隠居名があられると思いますが」

「我らのような弱輩は、そこまで存じ上げませぬ。お知りになりたくば、下新田の本隊まで同行なされるがよい」

昌武は腹をすえて強気に出た。付いてくると言われれば万事休すだった。

「ご高名な方ゆえたずねたばかりです。お通り下さい」

昌武らはほっとした顔を悟られないよう、仏頂面をして本通りを横切った。


全員が無事に通り過ぎた時、年嵩《としかさ》の長州藩兵が、

「晴れちょったそに、もうちぃとしたら降りそうじゃのぅ」

親しげに声をかけた。

これに最後尾の会津藩士が、

「いんや。今夜までは降んねーべなぁー」

無意識に土地の言葉で応じた。

一瞬、空気が凍りついた。

「その者、待て」

岡村が鋭く呼び止めた。

先を急いでいた者たち全員がふり返った。しまったという顔付きが、無残なばかりに正体をさらけ出していた。

「走れ。路地に走り込め」

多門が命じたが、路地までは一町（約百九メートル）ばかりあった。

二列縦隊になったまま必死で走る会津兵を、長州の銃隊は容赦なく撃った。最後尾の二人と次の二人が、背中を撃たれて前のめりに倒れた。

昌武は土手に上がり、桜の幹を楯にして反撃に出た。スペンサー銃の照準を合わせて引鉄《ひきがね》を引くと、敵兵がおもちゃの的のようにパタリと倒れた。

冷静にレバーを引いて薬莢《やっきょう》を排出し、二発目を撃った。これも過たず敵をなぎ倒した。

相手は死ぬか重傷を負ったはずである。だが遠く離れているので、人を殺したという実感はまったくなかった。

正確な射撃に怖気《おじけ》づいた長州兵は、いったん土嚢《どのう》の陰に走り込んで様子をうかがった。そして撃っているのが昌武だけだと分ると、五、六人が腕競べでもするように仕止めにかかった。

桜の幹はひと抱えほどの大きさがあり、楯に取るには充分である。反撃している間に身方は安全な路地に走り込むことができたが、昌武は完全に孤立していた。

路地に走り込もうとすれば、確実に撃ち殺される。かといっていつまでもここにいては、敵に包囲されるばかりである。

（川を渡るか）

今のうちに浅瀬を渡ればと思ったが、敵もスペンサー銃を装備している。射程が二町（約二百十八メートル）ちかくあるので、逃げきるのは難しかった。

弾はあと三発残っている。こうなったら桜の陰にじっと身をひそめ、敵が接近してくるのを待って戦うだけだと意を決していると、突然長州兵の陣地に動揺が起こった。

北側から敵が迫ったらしく、全員が北に筒先を向けている。

「隊長、早く。今のうちに」

慶蔵が路地の口で手招きした。四人の部下も地に伏せて援護射撃の構えを取っている。

昌武は敵の様子を確かめ、道をつっ切って路地に走り込んだ。

「多門どのが敵の後ろに回って攪乱《かくらん》して下されたのです。立石山《たていしやま》に向かえとのことでした」

立石山は四町ばかり西にある小高い山である。下新田から攻めてくる敵を扼《やく》する要地だし、会津街道の守りの要なので、会津藩兵が踏みとどまっていた。

山頂に立てられた三つ葉葵の旗を目印に歩いていると、多門らが追いついてきた。敵の注意を引きつけるために威嚇射撃をしただけなので、一人も傷ついた者はいなかった。

「かたじけない。お陰で助かりました」

昌武は皆に向かって頭を下げた。

「礼を言うのは我らの方じゃ。宗形どのが援護してくれなければ、全員生きてはいられなかった」

「あの四人の方々は、気の毒なことでした」

「嫁を娶《めと》ったばかりの者や、幼子の父親もいる。せめて遺髪を持ち帰ってやりたいが、どうすることもできぬ」

多門が悔しげに胸を叩《たた》き、この仇《かたき》は必ず討つとつぶやいた。

立石山に登るとあたりを一望に見渡すことができた。

東側に広がる城下は、桜町口の方面が炎に包まれている。だが西風が吹いていることと、火除《ひよ》け地を広く取っていることが幸いして、中心部に燃え広がってはいなかった。

阿武隈川は町の北側をゆったりと流れ、川沿いには白河城の三層の天守閣がそびえている。小ぶりながらも千鳥破風をたくみに配した美しい城である。

城には会津、仙台の藩兵の他に、旧幕臣や新撰組など二千人ちかくが立てこもっている。

目を西に転じると、下新田宿に薩長を中心とした新政府軍八百ばかりが布陣していた。車つきのアームストロング砲三門を、立石山に向けているのがはっきりと分る。

南の長州兵は、追撃しようとはしていない。やがて白坂口の本隊が城下に進攻するので、それを待ってゆっくりと制圧にかかるつもりなのだ。

その先陣部隊がかかげる錦《にしき》の御旗《みはた》が、小丸山のふもとまで進んでいた。

桜町口を突破した敵も、龍蔵寺のあたりに布陣したまま動こうとしない。三方から整然と城を取り囲む布陣をしているのは、しっかりと統制が取れているからだ。

各隊の大将はセコンドで時間を確かめながら、指示された場所まで時間通りに進んで、白河城を包囲する強固な陣をきずいているのである。

対する会津藩の装備は旧式のものだった。大砲三門をすえているが、青銅製の臼砲《きゆうほう》で射程が短い。藩兵が持っている銃もほとんど前装式のミニエー銃だった。

「それでは我々は、このまま篠川の本隊にもどります」

昌武は多門に告げた。

北側にはまだ敵が進攻していないので、橋を渡って行くことができた。

「待たれよ。腹ごしらえなどしていかれるがよい」

多門が陣所から握り飯を持ってくるように部下に命じた。

セコンドの針は午後二時半を指している。早朝に桜町口の救援に駆けつけた時から何も食べていないが、空腹を感じる余裕などなかったのだった。

掌《てのひら》に入るほどの大きさの握り飯を、六人は黙っていただいた。塩気をきかした飯は嚙《か》んでいるうちに甘味がまし、空腹だったことを思い出させる。その味は平穏な日々の食卓につながっていた。

若い部下四人が、飯を頬張りながらポロポロと涙を流した。家族と過ごした光景を思い出し、修羅場に身をおいていることがひときわ切なくなったのである。

「馬鹿者、泣く奴があるか」

厳しく叱りつけた慶蔵も、銃撃ですすけた顔を涙でぬらしていた。

「泣いてもよい。初めて戦場に出た時は、我々も同じだったではないか」

昌武はもっと喰《く》えと握り飯の箱を部下たちに回した。

これからどれほど惨《むご》い戦が待っているか、六人はまだ知らなかった。

第十五章　雨の中

立石山を下り、阿武隈川を渡った宗形幸八郎昌武（後の朝河正澄）ら六人は、その日の夕方に上小屋《かみごや》宿に着いた。

白河と会津を結ぶ街道の一番目の宿場で、道の両側には四十戸ばかりが整然と軒をつらねている。そのうちの半数が旅籠《はたご》だった。

昌武は前に泊まったことのある宿に泊めてくれるように頼んだ。銭の持ち合わせもあまりないが、早朝からの激戦で隊士たちが疲れはてているので、一晩ゆっくりと休ませてやりたかった。

「あいにく部屋がみんなふさがっておりまして」

顔見知りの番頭が気の毒そうに断わった。

「大部屋でもいいのだ。あるいは一部屋に六人でも構わない」

「申し訳ございません。よそを当たって下さいまし」

けんもほろろに戸を閉めた。

やむなくほかの宿に頼んでみたが、どこも似たようなものである。満員という割にはにぎわっている風でもないが、厄介者が来たとでも言いたげな顔をして断わるのだった。

「我らを泊めたなら、後で処罰されると思っているのかもしれんな」

山田慶蔵が悔しげに吐き捨てた。

「幕府が倒れたとはいえ、そこまで薄情ではあるまい」

「分らんよ。我らに勝ち目はないと見切っているのかもしれん」

日は容赦なく暮れていく。やむなく宿場のはずれのお堂で一夜をすごすことにした。貧しい旅人や行商人が泊まれるようにしたお救い堂で、板屋根を四本の柱で支え、三方に板を張っただけの粗末な作りだった。

「仏さまのお慈悲だ。雨露をしのげるだけで有難いではないか」

棚に安置された阿弥陀如来像《あみだにょらいぞう》に手を合わせ、靴をぬいで上がり込んだ。

若い部下四人はさすがに疲れはてている。洋式の重い軍靴をぬいでほっとしたのか、板壁によりかかったまま寝息をたてはじめた。

「晩飯はどうする」

慶蔵がたずねた。

「まだ飯屋が開いている。にぎり飯でも作ってもらおう」

「こいつら靴をはいたこともなかったろうに、よく頑張ったよ」

「ああ、あの銃弾の中をよく付いてきてくれた」

まだ少年の丸みが残る四人の顔を見ると、昌武は一人の死傷者も出さずに良かったと心《しん》から思った。

それぞれの家に、無事の帰りを待っている父や母がいる。その命を預かる責任はとてつもなく重いと改めて感じていた。

宿場の常夜灯に火がともった頃、旅籠の手代らしい三人が飯櫃《めしびつ》とみそ汁の入った鍋《なべ》、いわしの煮物を盛った大皿を抱えてきた。温かいみそ汁と煮魚の匂いが、空《すき》っ腹にしみわたった。

「こちらの甲州屋《こうしゅうや》さんからの差し入れでございます」

手代が後ろに立っている四十がらみの商人を紹介した。

「お城下で木綿問屋をしております甲州屋と申します。お役目ご苦労さまでございます」

「ご丁重にかたじけない」

昌武と慶蔵はあわてて姿勢を正した。

「先ほどお立ち寄りになられた旅籠に泊まっておりましてな。こちらにおられると聞きましたので」

城下の様子を聞かせてもらおうと思ってたずねてきたと、甲州屋は率直なことを言った。

「部屋はみんなふさがっていると言われましたが、本当でしょうか」

昌武は気になっていたことを先にたずねた。

「白河から避難してきた者たちが、伝《つて》を頼って身を寄せています。だからどこも一杯なのです」

「そうですか。それで」

目立たないように息をひそめているのだろう。旅籠としても身内に部屋を貸しているとは言いたくないにちがいなかった。

「ご城下では戦が始まっていると聞きましたが」

「ええ。敵は白坂口と桜町口から攻め入っております」

「戦の様子はいかがでしょうか。うちは桜町口に店を構えているのですが」

「桜町口のどのあたりですか」

「通りにある桝形《ますがた》の西側です。べんがら格子の二階屋ですが」

「ああ、それなら……」

昌武らが敵の侵入を遅らせるために火を放ったあたりである。だがそれをそのまま伝えるのはためらわれた。

「残念ながら戦火に巻かれて炎上していました。我々はあの近くの龍蔵寺で戦っていましたが、敵を防ぎきることができなかったのです」

「そうですか。それをうかがって腹がすわりました。どうかゆっくりとお休み下さい」

甲州屋は三人の手代に給仕をするように申し付け、夜の道を一人で旅籠にもどっていった。

翌日の明け方、昌武は悪夢にうなされていた。

二本松の城下がおびただしい新政府軍に包囲され、銃撃を受けている。敵は百連発の最新式銃を装備していて、数千発、数万発の弾を休みなく撃ちかけてくる。

その威力はすさまじく、家も城も何もかも撃ち崩され、人々は無防備のまま廃墟《はいきょ》となった城下に立ちつくしている。すると最後の銃撃の命令が下り、立ちつくした者たちが次々に撃ち殺されていった。

父が撃たれ母が撃たれ、兄夫婦が撃たれ、生まれて間もない赤子まで撃たれてゆく。隣でも朝河八太夫が撃たれ、長患いのマサが撃たれ、許嫁者《いいなずけ》のウタが撃たれ、養女となるはずのイクとキミが撃たれ、大地を血に染めて息絶えていく。

昌武は絶望に気も狂わんばかりだが、どうする術《すべ》もない。ふとふり返ると城の箕輪《みのわ》御門も天守閣も撃ち崩され、素っ裸になった藩主の丹羽長国や家老の丹羽一学、丹羽新十郎らが山頂へ向かって逃げていく。

だが敵は百連発の銃を自在にあやつり、遊びでも楽しむように容赦なく撃ち殺していく。最後に長国が足を撃たれ腕を撃たれ、それでも倒れることなく山頂へ走っていく。

次に頭を撃たれるのは確実だった。

「やめろ、撃つな。撃ってはならぬ」

昌武は大声で叫び、自分の声に驚いて目をさました。

外はどしゃ降りの雨である。風がないのでお堂の中に降り込んではこないが、大粒の雨が板屋根を叩《たた》いている。銃の連射を連想させるその音が、悪夢を呼び寄せたのだった。

(夢か……)

昌武はほっと安堵《あんど》の息をついてあたりを見回した。

いったいこの先どうなるのだろう。勝ち目のない戦を始めておいて、領土や領民を守る手立てはあるのだろうか。そう考えると昌武は暗澹《あんたん》たる思いにとらわれ、溺《おぼ》れかけたような焦燥をおぼえた。

気にかかっていることがもうひとつある。甲州屋の店に火をかけたのは自分たちなのに、正直にそう言えなかった。そのことが土道にそむいたようで後ろ暗いのだった。

夜が明け、宿場の木戸が開くのを待ち、篠川に向かって出発した。幕府が倒れ奥羽諸藩の存続も危うくなっているのに、夜の間は木戸を閉ざす習慣は宿場の者たちによって律儀に守られていた。

雨は激しく降りつづいている。昌武らはずぶ濡《ぬ》れになりながらも、銃だけは使えるようにしておこうと、筒先に布を詰め、撃鉄や引鉄《ひきがね》のまわりを油紙で包んでいた。

「今朝から元気がないが、気にかかることでもあるのか」

慶蔵が気づかった。

「ああ、いろいろな」

「甲州屋のことだろう」

「それもある。まさか火をかけた家の主人に会うとは思わなかった」

「あれは正しい判断だった。もしあのまま追撃されていたら、我々は全滅していただろう」

それは分っているが、甲州屋に正直に話してわびることができなかった。そのことがトゲのように心に引っかかっていた。

「隊長、雨中戦にそなえて、射撃訓練をやらせていただきます」

慶蔵は昌武の気分を変えようと思ったのか、

「前方の岩陰に敵がひそんでいる。ただちに応戦せよ」

若い部下に命じた。

突然のことに戸惑う四人を連れて道端の杉林に入り、幹を楯《たて》にして銃に弾を装塡《そうてん》した。ハトロン紙で巻いた銃弾を筒先から落とし、槊杖《さくじょう》で軽く押し込む。

四人の仕度がととのうのを待って、

「撃て」

声高に命じたが、火を噴いたのは小林彦之丞の銃だけだった。慶蔵も部下の三人も、弾込めの時に筒先から雨が降り込み、火薬をしめらせてしまったのである。

「私も初めてだが、案外難しいものだな」

慶蔵はバツが悪そうに頭をかき、スペンサー銃の威力を見せてくれと昌武に頼んだ。

「この銃は雨の中でも撃てる」

昌武は即座に射撃の構えを取ったが、引鉄は引かなかった。

銃床に仕込んだカートリッジには、あと二発しか弾が残っていない。それを撃てば後の補給ができないので、無駄に撃つのをためらったのだった。

篠川宿に着いた時には雨はいっそう激しくなっていた。車軸を流すとはこのことで、二本松藩の本隊六百は雨に降り込められて動きが取れなくなっていた。

昌武と慶蔵は軍事奉行の成田弥格をたずね、白河城下の状況を報告した。

「さようか。分った」

先に引き上げてきた弥格は、商家の一室で小袖《こそで》姿でくつろいでいた。

「そなたらの働きは、高根三右衛門どのに報告しておく。ただし、城下の戦闘に加わったことは他言無用にいたせ」

偵察隊の任務から逸脱しているので、命令違反の罪に問われるおそれがある。弥格はもっともらしいことを言ったが、本当は自分たちが敵に後ろをみせて引き上げたと知られるのを恐れているのだった。


翌日も雨だった。

慶応四年五月一日。西暦では一八六八年六月二十日にあたる。すでに梅雨のさなかだった。しのつく雨をついて二本松藩兵六百は奥州街道を南に向かった。白河城下に侵攻した新政府軍を追い払うためだが、装備は旧式で将兵の訓練も未熟だった。

兵制改革の必要性は早くから叫ばれていたが、財政難にはばまれて装備の近代化も将兵の訓練もできていない。それでも藩主の命とあらば、旧式の軍勢で戦わざるを得ないのだった。

その頃江戸では、彰義隊を中心とした旧幕府の将兵が上野のお山に立てこもり、新政府に抵抗する構えを見せていた。その数は三千とも四千とも言われるが、新政府はそんなことは取るに足らぬと言わんばかりに次々と新しい施策を打ち出していた。

去る三月十四日、明治天皇は今後の政治の方針を五箇条の御誓文によってお示しになった。

一、広く会議を興し万機公論に決すべし。
一、上下《しょうか》心を一にして盛に経綸《けいりん》を行ふべし。
一、官武一途庶民に至る迄各其志を遂げ、人心をして倦《う》まざらしめんことを要す。
一、旧来の陋習《ろうしゅう》を破り、天地の公道に基くべし。
一、智識を世界に求め、大に皇基を振起すべし。

この大方針を実際の政策に生かすべく、新政府は閏《うるう》四月二十一日に「政体書」を布告して統治機構を定めた。

また閏四月二十三日には下野《しもつけ》の宇都宮で抵抗していた大鳥圭介《おおとりけいすけ》や土方歳三らの旧幕府勢を下し、その二日後には新撰組局長の近藤勇を斬首にしている。

閏四月二十七日には西郷隆盛に代えて大村益次郎《おおむらますじろう》を軍事担当の最高責任者にし、彰義隊などの抵抗を力で押さえ込む方針を明らかにしていた。

世の中がこのように動き始めていることを、宗形昌武らは知らされていない。ただ成田弥格に命じられるまま、偵察の任にあたっていた。

鏡石《かがみいし》を過ぎて矢吹宿に入ると、仙台藩の使い番と行き合った。馬の足を休めて水を入れているが、若い武士の険しく引き締まった表情からただならぬ気配がただよっていた。

「私は二本松藩の宗形昌武と申します」

名前と身分を告げてから、何か変事が起こったのかとたずねた。

「これから白河城へ参られるところですか」

若い武士はどうしたものかと迷いながら、昌武と偵察隊の五人を見回した。

「さよう。道中の様子を確かめるために、斥候に出ているのです」

「それなら申し上げますが、白河城は先ほど落城いたしました。私はそのことを国許《くにもと》に伝えるように命じられたのです」

「すると城中の将兵は」

「阿武隈川を渡って敗走しました。その先のことは分りません」

そう言うなり、一刻を惜しむように馬に飛び乗った。

「ご無礼ですが、お名前と所属を教えていただきたい」

「お小姓組、片倉新之助《かたくらしんのすけ》と申します。御免」

一礼すると鐙《あぶみ》を蹴《け》って走り去った。急使を任されるだけあって見事な騎乗ぶりだった。

昌武は急いで本隊まで引き返し、このことを成田弥格に伝えた。

「仙台藩の急使だと。間違いはあるまいな」

「名前も所属も名乗られましたし、鞍《くら》の前輪に竹《たけ》に雀《すずめ》の紋が描かれていました。確かだと思います」

竹に雀は伊達家の家紋である。それなりの身分でなければ、使うことが許されないものだった。

「分った。高根どのに報告するゆえ同行せよ」

昌武は高根三右衛門にも同じことを話した。三右衛門は弥格と相談した上で、ひとまず篠川まで引き返して状況の把握につとめることにした。

この雨の中で六百もの将兵をとどめておける場所は他になかったのである。

「事は急を用する。宗形以下偵察隊六名は白河城下に向かい、落城の実否を確かめて参れ」

弥格が命じた。

「これからでございますか」

「そうだ。それが偵察隊の役目であろう」

「分りました。しかし若い隊士は昨日の移動で疲れています」

偵察にはかえって足手まといになるので、慶蔵と二人で行かせてほしい。昌武は強くそう申し入れた。

「さようか。ならば二人で行くがよい。明後日の午《うま》の刻までに様子を報告せよ」

弥格は平然と命じた。それがどれほど大変なことか、少しも分っていないようだった。

矢吹から白河までは四里（約十六キロ）ばかりである。奥州街道を道なりに進むと、阿武隈川の北側で三叉路《さんさろ》になっている。そこを南に折れると、女石《おんないし》、向寺《むかいでら》の集落をへて城下へとつづいている。

白河城から敗走した仙台藩の軍勢は、橋の北詰めに陣地を作り、敵を迎え討つ構えを取っていた。総大将の瀬上主膳らは三柱《みはしら》神社に陣を敷き、五百ばかりの兵が向寺や薄葉《うすば》の民家の軒先を借りて雨をよけていた。

後方の女石には多くの負傷兵がかつぎ込まれ、応急の手当てを受けている。

白河城には仙台、会津、旧幕府など三千の兵が陣取っていたが、わずか八百の新政府軍に城を攻め落とされ、なす術《すべ》もなく敗走してきたのである。かなりの死傷者が出ているようだが、誰もが殺気立っていて話を聞かせてもらえる状況ではなかった。

「金勝寺《きんしょうじ》の方に回ってみよう。あるいは顔を見知った方がおられるかもしれぬ」

会津街道ぞいの金勝寺には、会津藩の将兵一千ばかりが陣を敷いていた。こちらも敗走してきた者たちだが、仙台藩のような悲愴《ひそう》感はない。初めから命を捨ててかかっているような不思議な明るさがあった。

「二本松藩の宗形と申します。鈴木多門どのはおられませんか」

警備にあたっている者にたずねると、ほどなく多門が現れた。ひげにおおわれた顔は相変わらず活気に満ちているが、左腕に血染めの包帯を巻き、だらりと垂らしていた。

「おお宗形どの。無事で何よりじゃ」

「腕の傷は大事ありませんか」

「立石山を守り抜こうとしたが無理であった。城中に退却しようとして、後ろから一発くらったのじゃ」

「城下の偵察に参りました。様子を聞かせていただけませんか」

「面目ない話じゃが、三千の兵が八百の西賊に追い出された。城を攻める時には敵の三倍の兵力を要すると学んだものじゃが」

あれは戦国時代の兵法じゃ。すぐれた大砲さえあれば、何倍の敵が立てこもっていようと攻め落とせる。我らがそれを証明してみせたようなものだと、多門が秘密めいた顔をして打ち明けた。

「アームストロング砲の威力は、それほどのものですか」

「落雁《らくがん》をご存じかな」

「お菓子の落雁でしょうか」

「そうじゃ。城の塀や壁があまりに易々と撃ち抜かれるので、わしは落雁でできているのかと思ったほどじゃ」

「それでは身方の被害も」

「正確には分らぬが、三百人か四百人が犠牲になったであろう」

負傷した者はその倍はいると、多門が初めて気落ちした表情をした。満足な治療もしていないのだから、傷は間断なく痛んでいるはずだった。

雨は降りつづき、頭の天辺《てっぺん》から足の爪先《つまさき》までびしょ濡《ぬ》れである。阿武隈川の北側一帯は敗走兵が屯《たむろ》していて、一夜を過ごせる場所をさがせる見込みはなかった。

「どうする。このまま篠川にもどるか」

慶蔵はそうしたいようだった。

「城の様子を見てみたい。上流まで行って渡れる橋を捜そう」

「どうせ城には近付けないんだ。見たところで仕方があるまい」

「ここが落とされたら、次は二本松が狙われる。どうしたら城を守れるか知りたいんだ」

橋は川を一里ほどさかのぼった西郷村《にしごうむら》にあった。そこから南への道をたどり、支流の堀川《ほりかわ》を渡って白河城下に入った。

まだ夕暮れ時だが、雨が激しいせいか警固の兵を出していない。昌武らは谷津田川ぞいの道をたどり、ひとまず龍蔵寺に身を寄せることにした。

桜町口の町家は焼けていたが、幸い寺までは被害が及んでいない。北側の表門と東側の通用門は開けられたままだが、新政府軍が駐留している様子はなかった。

二人はしばらく様子をうかがってから境内に入った。本堂の戸も開け放ってある。中では大勢が座り込んで粥《かゆ》を食べている。寺に避難してきた者たちのために、住職が粥の炊き出しをしていたのである。

「お二人とも、雨の中に立っていないでここに来なされ」

住職はそう言って招き寄せたが、薄暗いので相手が誰だか分っていない。二人が本堂の間近まで寄ると、ようやく顔の見分けがついたようだった。

「あなた方でしたか。ご無事で何よりです」

「先日はお世話になりました。お陰さまで何とか脱出することができました」

「今度も偵察ですか」

「城が落ちたと聞きましたので」

状況を確かめてくるように命じられたのだと言った。

「生まれた時からあの城をあおぎ見ておりましたが、落ちるとなるとあっけないものですな。しかしそのお陰で、町の衆がもどって参りましたが」

城を占領した新政府軍は、その日のうちに住民に帰住するように触れを出した。それに応じて多くの者がもどって来たが、家を焼かれたので、こうして身を寄せているという。

「濡れたままでは風邪をひきましょう。小僧の古着ですが着替えがありますので」

住職がそう言って庫裏に案内した。

部屋には三人の先客がいて、薄墨色の僧衣に着替えていた。中の一人に見覚えがある。上小屋宿で会った甲州屋だった。

「ご縁でございますな。こんな所でお目にかかるとは」

甲州屋がそつなく声をかけてきた。

「その節は食事を差し入れていただき、ありがとうございました」

「いやいや。店が焼けたと聞いて、こうしていち早くもどる決心がつきました」

「あの火事のことですが……」

敵の侵入を防ぐために、自分たちが火を放ったのだ。昌武はそのことをわびようと姿勢を改めた。

「さっき見て参りましたが、運良く蔵だけは焼け残っておりました。あれがあればまた商いをすることができます」

「確か木綿問屋とおおせでしたね」

「そうですが、しばらくは米や野菜を仕入れますよ。官軍はこれからも続々とやって参りましょうから、出入りを許していただければ大きな商いになります」

他店《よそ》より早くそのことをお願いに行こうと、こうして雨の中をもどって来たのだ。明日から忙しくなると、甲州屋は腹巻きに入れた財布を叩《たた》いた。

昌武は啞然《あぜん》として慶蔵と顔を見合わせた。

甲州屋の生き様がたのもしくも腹立たしくもある。謝らなければという気持は、いつの間にか消え失《う》せていた。


〈The feeling that I must apologize for disappeared all too soon.〉（謝らなければという思いは早くも消え失せていた）

ベッドに横たわり天井を見上げたまま、朝河貫一は頭の中で小説を書いていた。

ニューヘブングリーンで暴漢に蹴《け》られた腰は思いのほか重傷で、もう三日も寝込んだままである。その間何もできないので、夢想でもするようにストーリーをつむぎ出していたのだった。

五箇条の御誓文は、小学校の頃から暗記させられている。だから小説の中でも引用してみたのだが、今日《こんにち》でも立派に通用するほど見識のある方針だった。

広く会議を興し万機公論に決すべしとは、議会制民主主義をめざしたものだ。

上下心《しょうか》を一にして盛に経綸《けいりん》を行ふべしとは、国民が心を合わせて経済を盛んにし、豊かな国家を作り上げようとするものである。

第三条の「各其志を遂げ、人心をして倦《う》まざらしめん」とは、国民が志を遂げられる自由な社会をきずこうとするもの。

旧来の陋習《ろうしゅう》を破り、天地の公道に基くというのは、封建的な因習や習慣を改め、宇宙の摂理に従った国造りを行うということ。

それを実現するためには、智識を世界に求めるという姿勢が何より重要だと第五条で訴えている。

この御誓文には、鎖国や身分差別などの政策を取りつづけた徳川幕府への批判と、世界に開かれた自由で豊かな国をきずこうという清冽《せいれつ》な覚悟がある。まさに維新の名にふさわしい、世界でも稀有《けう》な宣言だった。

ところがそうした理想と願望は、それから十年ばかりの間に無残にくずれ去っていく。それは明治の元勲たちが、権力や利権、国策をめぐって激しく争い、暗殺事件や内乱をくり返したからだ。

維新の十傑という言葉がある。明治維新に功績のあった十人を、明治十七年に発行された雑誌で選定したものだ。

その十人のうち暗殺によって斃《たお》れた者四人、乱を起こして討伐された者三人、若くして病没した者二人である。

その内訳は以下の通り。
横井小楠《よこいしょうなん》　明治二年一月、暗殺
大村益次郎　明治二年十一月、暗殺
小松帯刀《こまつたてわき》　明治三年七月、病没
広沢真臣《ひろさわさねおみ》　明治四年一月、暗殺
江藤新平《えとうしんぺい》　明治七年四月、佐賀の乱
前原一誠《まえばらいっせい》　明治九年十二月、萩《はぎ》の乱
木戸孝允《きどたかよし》　明治十年五月、病没
西郷隆盛　明治十年九月、西南の役
大久保利通　明治十一年五月、暗殺

残る一人は公家《くげ》の岩倉具視で、明治十六年七月に満五十七歳という天寿をまっとうしている。

その翌年に発行された雑誌で十傑を選んだのは、死者に対するはなむけかもしれないが、それにしても目をおおいたくなる凄惨《せいさん》さである。

フランス革命でもロシア革命でも、革命が成就した後には仲間割れが起こり、暗殺や粛清がくり返されたが、明治維新も決して例外ではない。しかも事の真相は明らかにされないまま、暗闘に勝ち抜いた者が権力を一手に握ることになった。

その結果、政権の運営もいびつなものになっていく。権力を握った者は、政権を強化するために主要なポストや官僚を自派で固め、過度に中央集権的な政策をとるようになる。

しかも暗殺や陰謀を封じるために警察権力を強化して反対派を押さえ込み、敵と身方を峻別《しゅんべつ》しようと秘密主義的な情報管理や人事をおこなうようになる。

そうした姿勢は全国の自治体や警察署にも波及し、矛先は政権に異をとなえる国民に向けられるようになっていく。

こうして警察権力と官僚を従えた独裁政権ができ上がり、五箇条の御誓文の理想とはかけ離れた国家をきずき、日清、日露の戦争へと突き進んだ。

幸か不幸か二度の戦争に辛くも勝利したために、日本人の多くが慢心し、西欧との植民地獲得競争に乗り出して、アジアに覇権を打ち立てるべきだと考えるようになっていく。

その結果が満州事変《まんしゅうじへん》や上海《シャンハイ》事変であり、戦争批判を許さないいびつな世論操作である。

熱病のようなその風潮に、政治家や学者ばかりか徳富蘇峰《とくとみそほう》のような進歩的な言論人までが同じているのだから、日本の行く末は危ういと言わざるを得ないのだった。

貫一は天井のしみをみつめながら、やる瀬なさに泣きたくなった。

もうじき還暦を迎える歳になり、独身《ひとりみ》の淋《さび》しさがひときわ胸にこたえる。暴漢に蹴られたくらいで、こうして寝込んでいることが情けなくてならなかった。

(こうしてはいられぬ)

日本の大学の紀要かキリスト教系の雑誌になりとも論文を書いて、上海事変を終息に向かわせる手立てを講じなければならない。貫一は気力をふり絞ってベッドから抜け出した。

また激痛が走りはせぬかと恐る恐る足を踏み出したが、三日の療養が功を奏したのか痛みはかなり治まっていた。

（ああ神さま、ありがとうございます）

この身にまだ戦う力を残して下さったのだ。貫一は目に見えぬ神のご加護に包まれていることを感じながら、玄関先の新聞受けを見に行った。

三日分の新聞がきちんと重ねて入れてある。居間に座って今日の分から目を通していると、見覚えのある男の写真が載っていた。

ニューヘブングリーンで貫一から金を奪おうとした赤毛の男と青い目の若者で、麻薬所持の現行犯で逮捕されたと記されている。黒川慶次郎が言ったように、彼らはダウンタウンで麻薬の密売に関わっていたのである。

（やはり、被害届を出した方が良かったかもしれない）

貫一はふと不吉な予感にとらわれた。

不幸なことに、それは予感だけでは終わらなかったのである。

第十六章　時代の大渦

まだ長い時間椅子に座っているのは無理らしい。一日分の新聞を読み終えると、腰に鈍い痛みが走るようになった。少し姿勢をかえると痛みは消えるが、しばらくすると痺《しび》れるような痛みが広がっていく。

腰の痛みではなく、神経をやられているようだ。腰を蹴られたときに背骨がずれて、ヘルニアのように圧迫しているのかもしれなかった。

朝河貫一はソファから立ち上がり、ゆっくり腰を回してみた。激痛が走るなら大学の医務室で診てもらわなければならないと思ったが、幸いそこまでのことはない。これなら養生しているうちに痛みが消えるかもしれないと、前日の新聞に目を通すことにした。

アメリカや日本ばかりでなく、世界中がもの凄《すご》い速さで変わりつつある。三年前のウォール街での株価の大暴落から始まった金融恐慌は、ヨーロッパやアジアにまで打撃を与え、世界的な不況を引き起こしている。

そこから脱出するために、他国を軍事的に制圧して利権や資源を奪い取ろうとする国々も多く、軍事的な緊張が高まっている。日本が満州事変や上海事変を引き起こしたのも、このままでは経済が破綻《はたん》するという不安が大きな要因となっていた。

こうした緊張状態がこれからどう推移していくか、そしてどうしたら決定的な破局を招かずにすむのか、長年歴史学にたずさわってきた者として、今こそ有効な提言をして世論を導かなければならない。

貫一はそうした使命感に突き動かされ、新聞の記事から世界の動きを読み取ろうとした。

一枚目をめくると、日本発の衝撃的な記事が飛び込んできた。去る三月五日、三井財閥のトップである團琢磨《だんたくま》が暗殺されたというのである。犯人は菱沼五郎《ひしぬまごろう》という二十歳の青年で、日本橋にある三井銀行本店で待ち伏せして射殺したのだった。

菱沼は血盟団《けつめいだん》という右翼組織に属し、政財界の要人を一人一殺することで国家の改革をめざしている。二月九日に井上準之助《いのうえじゅんのすけ》元蔵相を暗殺したのも、この血盟団のメンバーだった。

東京の特派員が伝える記事を読んで、貫一は衝撃のあまり新聞を取り落とした。脳天から何かを突き刺されたような痛みは、腰を蹴られたよりもはるかに激しく残酷だった。

團琢磨は山川健次郎と似たような経歴の持ち主だった。

安政《あんせい》五年（一八五八）に筑前黒田《ちくぜんくろだ》藩士の四男として生まれ、明治四年（一八七一）に新政府の派遣留学生となってアメリカに渡り、四年後にマサチューセッツ工科大学に合格した。

時に琢磨は十七歳。渡米わずか四年でアメリカ有数の名門大学に入学したのだから、その才能と努力は尋常ではない。明治十一年には鉱山学の学士号を得て卒業し、七年ぶりに帰国した。

やがて東京大学理学部助教授になったが、政府の求めに応じて工部省鉱山局に入り、三池炭《みいけたん》鉱《こう》（福岡県大牟田市《おおむた》）の開発にたずさわるようになる。

琢磨は最新の採炭や排水の技術を調査するために欧米の炭鉱を視察し、やがて三井組に払い下げられた三池炭鉱を日本最大の炭鉱に育て上げた。

その収益によって三井組は三井財閥となり、琢磨も日本経済界の指導者になったが、狂信的な青年の犯行によって志半ばに斃《たお》れたのである。

（その無念は、いかばかりだったろう）

貫一は激しい憤りとやる瀬なさを覚えた。

恐ろしい時代である。国家が海外侵略という不正義をおかし、それに対する反対を封じ込めるために言論弾圧や世論誘導をおこない、国民全体の正義感や道徳感がマヒしていく。そうした閉塞《へいそく》状況に苛立《いらだ》った者たちが、独善的で狂信的なテロリストになっていくのである。

貫一はこのことを憂慮し、二月二十一日に大久保利武（利通の三男）にあてた手紙に次のように記した。

〈就中《なかんずく》最も恐るべきは、敵意の隣国を難することの為に、之に対して自国の武腕の増長を来し、遂に自国の内情の荒涼とならんことに候。之が国害は世に孤立する禍《わざわい》に比して遥《はるか》に大なるものあらざるべきか〉

国民の正義感や道徳感が荒廃することが、国際的に孤立することよりはるかに大きな禍をもたらすと警告したのである。

しかも日本の政府首脳には、大義のためのテロリズムを賛美する風潮がある。それは明治維新のさきがけとなったのが、尊皇攘夷《じょうい》をかかげた脱藩者や牢人《ろうにん》の天誅《てんちゅう》と称するテロリズムであり、維新を肯定すれば天誅も肯定せざるを得ない思想状況にあるからだ。

血盟団はそうした土壌から生まれている。政府がこの対応を誤れば、同調者は軍部や警察にまで広がり、日本をますます危うい方向に引きずり込んでいくことになりかねなかった。

二日後、一週間ぶりに大学に出た。鎌倉時代の封建制について特別講義をする予定になっていたからである。

マンスフィールド通りのなだらかな坂を下りていると、前方にハークネスタワーがそびえていた。学問と信仰の府であるイェール大学の象徴である。幸い腰の痛みもおさまっていて、坂道を下っていても苦にならなかった。

やはり大学の構内に入るとほっとする。一九〇七年に講師として奉職して以来、二十五年をすごしてきた場所だけに、土の匂いや木々のざわめきまでが体になじんでいる。世界がどう変わろうとも、ここだけは正義と真理に向かって進みつづけるという信頼感があった。

ところが今朝は、どこか雰囲気がちがっていた。

構内の並木道を学生や職員が談笑しながら行き交う光景は同じだが、貫一に向ける目が妙に険しい。初めは気のせいかと思ったが、東アジア図書館の前にいた学生たちに敵意に満ちた目を向けられ、やはり何かあったのだと思った。

（反日感情をあおる事件が、またしても起こったのだろうか）

貫一は戸惑いながらも、学生たちに問いただそうとはしなかった。以前なら気さくに声をかけられたのに、上海事変が起こって以来学生との溝が深まっていて、部屋に入ると、秘書のジャニスが手鏡を見ながら口紅をひいていた。朝寝坊をして化粧をする時間がなかったらしい。貫一と顔を合わせると、あわてて仕舞おうとした。

「構わないよ。私のことは気にしないでくれ」

貫一は机について、一週間分の手紙の束を点検し始めた。

「いいえ、大変失礼いたしました」

ジャニスは妙に突っかかる言い方をして、ハンドバッグの止め金をパチリと閉めた。

「何かあったのだろうか？」

「どういうことでしょう。おたずねの意味が分りませんが」

「いつもの君らしくないじゃないか。私に何か落度があるのなら、遠慮なく言ってもらいたい」

「いいえ、別にありませんわ」

「ついでに言えば、玄関脇で会った学生たちの態度も妙でね。気になっていたんだよ」

「さあ、どうしてでしょう。日本がまた上海でも爆撃したのかしら」

ジャニスは皮肉まじりのことを言い、図書館に資料を取りに行ってくると部屋を出ていった。

貫一は凍てつく荒野に置きざりにされたような気持のまま、新聞三紙に目を通した。

日本をめぐる特別な事件が起こったのかと思ったからだが、報道の中心はリットン調査団が満州に入り、満州国の実態について調査を始めたことについてばかりだった。

日本は清朝最後の皇帝溥儀《ふぎ》が自主的に建国したと主張しているが、調査団の目には日本が後ろ楯《だて》となって傀儡《かいらい》政権を作り上げ、侵略の実態をごまかそうとしているとしか見えないという。

それは貫一も同じ考えで、こんな稚拙な方法と主張で国際的な理解が得られるとはとても思えない。そのことが分らないほど日本の首脳部に人材がいないのかと、暗澹《あんたん》たる気持になった。

いつの間にか雨が降り出している。春の細かい雨にキャンパスが煙り、赤レンガの校舎も緑の芝生もあいまいな記憶のようにぼやけていた。

特別講義は午後一時からだった。

鎌倉時代の封建制についての研究は、貫一が『The Documents of Iriki』（『入来文書』）で展開した得意分野である。鹿児島県の入来院家に残された平安時代から江戸時代までの膨大な文書を分析することによって、貫一は日本の封建制度の発生から成長、成熟、解体までを解き明かした。

残された古文書によって歴史の流れを大まかに追った総括的なものだが、これは二つの点で世界の学界に評価される画期的なものになった。

第一点は日本史や封建制を研究する外国の学者が研究資料とすることができるように、古文書を英文に訳して注釈をつけたことだ。

第二点は日本とヨーロッパの封建時代の法制度を比較し、両者に共通点が多いことを証明したことである。

七年前に発表したこの研究によって、貫一の学者としての名声は世界的なものになった。中でも鎌倉時代の研究についてはもっとも力を入れてきただけに、自信を持って講義にのぞんだのだった。

ところが百人以上が入る教室には、まばらにしか学生がいなかった。わずか十五人ばかりで、いずれもひと癖ありそうな不敵な面構えをしていた。

「諸君、おはよう」

貫一は失望をかくしてにこやかに挨拶《あいさつ》したが、誰一人挨拶を返さなかった。それればかりかウィンチェスター社の工員のように悪意のある目で、後ろを見ろとばかりに黒板を指さしている。

何だろうと思ってふり返った貫一は、衝撃のあまり息を呑《の》んだ。

黒板に二葉の写真が貼り付けてある。二葉ともニューヘブングリーンで三人組に金を出せと迫られた時のものだが、写真の撮り方によって赤毛の男といかにも親しげに肩を組んでいるように見える。

そして写真の上にはチョークで、「Jap is junkie」（日本の猿野郎は麻薬中毒だ）と大書されていた。

貫一の膝《ひざ》がふるえた。屈辱と怒りと名状しがたい恐怖に、平常心を失っている。まるで巨大な岩が、いきなり頭上から落ちかかってきたようだった。

貫一は黒板を向いたまま、目を閉じて呼吸をととのえた。戦場でもっとも必要なのは忍耐、自制、平静だ。父から教えられた言葉を思い起こし、一時の感情に我を忘れることがないように己に言いきかせた。

「これはいったい、どういうことですか」

学生の方に向き直っておだやかにたずねた。

「それを聞きたいのは我々です。教授」

キャロラインというカリフォルニア出身の女子学生が立ち上がった。

貫一が『日露衝突』の中で日本を擁護したのは、今日の中国侵略を生む原因になったのではないか。以前にそう詰問した優秀な学生だった。

「写真に写っている二人が、数日前に麻薬所持の現行犯で逮捕されたことは新聞で大きく報じられました。密売にも関わっていた重罪人です。その二人と親しいとは、いったいどういうことでしょうか」

「そう見えるように撮ってありますが、本当はちがいます。私はニューヘブングリーンにいた時、この二人に金をおどし取られそうになりました。これはその時の写真です」

貫一は一部始終を語り、この赤毛の男に腰を蹴《け》られたために五日間も大学を休んだのだと言った。

「それならなぜ、そうした場面を写した写真がないのでしょうか。これを見るかぎり、いかにも親密そうですが」

「そうだよ。麻薬《ヤク》を買ったんじゃないの」

「あんたがこの二人としょっちゅう会っているのを見た。そう言う奴もいるんだぜ」

キャロラインの尻馬《しりうま》に乗って、口汚くヤジを飛ばす奴がいた。

「神に誓って、そうした事実はありません。誰かが意図的にこうした写真を撮り、私をおとしめるような噂を流しているのでしょう」

「誰がなぜそんなことをするのか、教授には心当たりがあるのでしょうか」

法学部に在籍するキャロラインは、正義派の弁護士のように追及の手をゆるめなかった。

「心当たりはありませんが、日本に対する批判の高まりがこうした行動につながったのではないかと考えています」

「個人的には何の責任もない。そうお考えなのですね」

「私は麻薬を使ったことは一度もありません。もちろんこの二人から買ったこともない」

「それを証明することはできますか」

「この時私を助けてくれた黒川という青年がいます。彼が事実を証言してくれるでしょう」

「教授は以前、ティーパーティを開いて私の質問に答えるとおっしゃいました。しかし、いまだに約束をはたしていただいておりません」

「そうだよ。日本人は嘘つきだ」

「その手で中国人をだましたんだろう。上海でも満州でも」

再び心ないヤジが飛んだ。

「ティーパーティを開けなくなったのは、大学側が講堂の使用を禁じたからです。私は約束は必ず守ります」

貫一は強気に言い返したが、黒川慶次郎がどこに住んでいるかも知らないのだった。ひどく疲れ、反感に包まれながらも、どうにか講義を終えて部屋にもどった。腰に鈍痛が走り始めている。熱い紅茶を飲んで気分を変えたかったが、ジャニスは机に書き置きを残して早退していた。

あれほど突っけんどんだったのは、この写真のせいかもしれない。黒板からはがしてきた二葉をながめながら悄然《しょうぜん》としていると、総務課の女性職員がたずねてきた。

「アルバート主任が、至急来てほしいと言っておられます」

あの保守主義者の耳にも、この件が伝わっているらしい。貫一は痛む腰をさすりながら、不承不承総務課をたずねた。

アルバートは部下に何かを声高に指示している最中で、応接室でしばらく待たされた。もれ聞こえてくる声で、貫一に関することだと分った。

「いやぁ、大変なことになりました」

そう言って額の汗をふきながら、アルバートがソファに深々と腰を下ろした。

「あの衝撃的な写真は、もうご覧になりましたか」

「さっき教室で見たばかりです」

「教授を告発する書状とともに、大学内ばかりか市内の主要機関にまでバラまかれていましてな。こちらは対応に大忙しです」

「対応といいますと」

「抗議の電話が殺到しております。新聞社やラジオ局からの取材申し込みも引っきりなしです。いやはや、大変なことを仕出かしてくれましたよ」

「さっきも学生たちに言いましたが、私は神に誓って潔白です。むしろ被害者はこちらなのです」

貫一は憤慨しながら、学生たちにした説明をくり返した。

「それでは急いで黒川という青年と連絡をとり、公の場で潔白を証明して下さい。いつまでに可能ですか」

「それが連絡先もどこに住んでいるかも聞いておりません。市内に住んでいるとは思うのですが」

「それでは話になりませんな。我々には黒川という青年が本当にいるのかどうかさえ分らない。南満州鉄道を爆破した中国人をさがすようなものですよ」

アルバートが痛烈な皮肉を言ったが、貫一は反論する気力さえ失っていた。

「ともかく、このままでは騒ぎが大きくなるばかりです。身の潔白が証明できるまで、自宅で謹慎しておいて下さい」

これは理事会の有力者の意向でもあると、アルバートはS&B（スカル・アンド・ボーンズ）とのつながりをにおわせて高圧的に命じた。

黒川をさがし出して当日のことを証言してもらう以外に、状況を打開する方法はない。しかし、どうすれば黒川の住居《すまい》を突き止められるのか……。

貫一はちゃんと住所を聞かなかったことを痛切に悔やみながら、その方法を考えてみた。会ったのは二度、グローヴ通り墓地とニューヘブングリーンである。その近くに住んでいるのではないかと思ったが、数万人の中からさがし出すのは至難の業である。

入国管理局には入国の記録と滞在先が記録されているはずだが、一般市民の問い合わせにはなかなか応じてくれない。申請したとしても、答えが返ってくるまで一ヵ月も二ヵ月もかかるにちがいなかった。

（もしや、あの墓に……）

名前が記されていた二人の記録が、大学に残っているかもしれない。そのひらめきに気を取り直し、貫一はグローヴ通り墓地をたずねた。

柊《ひいらぎ》の植え込みに隠れるようにしている小さな墓石に、前田誠十郎と佐竹菊之助と記されていた。山川健次郎と一緒に留学したというので、明治四年（一八七一）かその翌年に入学したと思われる。

貫一は学生課に行って調べてもらったが、該当する者はいなかった。残っているのは卒業生名簿なので、途中で退学したり死亡した者の記録はないのである。

「前田さんは熱病で急死し、佐竹さんは勉強についていけないことを恥じて自決なされたそうです」

黒川の言葉が胸に残っている。必死で努力しながら志半ばで斃《たお》れた者たちのことを思うと、留学からわずか四年で物理学の学位を取って卒業した山川健次郎の凄《すご》さに、改めて頭が下がる思いがした。

学生課を出ると、警務担当主任のロバート・キムと出くわした。というより貫一が学生課にいることを知ったキムが、廊下で待ち受けていたのだった。

「やあ、朝河先生。意外に時間がかかりましたね」

キムが腕時計を見た。ぶ厚い金のブレスレットも相変わらずだった。

「何かご用でしょうか」

「午後五時を過ぎていますが、少しお時間をいただけないでしょうか」

「例の写真についての話ですか」

「私のところにも写真と告発文がとどきましてね。警務担当としては、無視するわけにはいかないのです」

キムはさっさと管理棟に向かって歩き出した。貫一がついて来ることは分っていると言わんばかりの態度だった。

事務室に入ると、キムは一通の茶封筒を出した。中には写真と「Jap is junkie」と赤字で書いた紙が入っていた。

「これは州警察にも送り付けられています。もし事実なら、刑事告発をしなければなりません」

「何度も言いました。私は神に誓って潔白です」

「それなら誰かが意図的に先生をおとしいれようとしているということです。そのような陰謀は打ちくだかなければなりません」

「私の身方をしていただけるのですか」

貫一は意外だった。

「先生が罪を犯しておられないのなら、そうするのが当然です。大学と大学関係者を守るのが私の職務ですから」

キムはパーカー万年筆を取り出し、メモを取りながら質問を始めた。

ニューヘブングリーンで何があったのか。三人組には偶然会ったのか、それとも後を尾《つ》けられていたのか。なぜあの公園へ行ったのか。助けてくれたという黒川は何者なのか。助けられ、家まで送ってもらいながら、どうして連絡先も知らないのか。

矢継ぎ早にたずねてから、

「その黒川という男は、日本政府の諜報員《ちょうほう》かもしれません。そう感じたことはありませんか」

キムが切れ長で一重まぶたの鋭い目を向けた。

「とんでもない。彼はこの地で亡くなった山川博士の友人に花をたむけるために、ニューヘブンに来たと言っていました。それに日本の諜報員が、どうして私に接近してくるのですか」

「最近先生が発表された論文は、日本の海外侵略を非難するものばかりです。しかもその発言はアメリカばかりか日本でも大きな影響力を持っている。政府や軍部の中には、目ざわりだと思っている者が大勢いるでしょう」

「言ったでしょう。彼は私を助けてくれたのですよ」

「町のチンピラを雇って先生を襲わせ、助けたように装ってさらに内懐《うちぶところ》に入り込む。スパイが昔から使う手口ですよ」

「そんな馬鹿な」

「あるいは麻薬の売人だと知って先生に接近させ、そこを写真におさめて脅しの材料に使う。これも使い古された手です」

「とんでもない。彼はそんな男ではありません」

貫一はそう信じているが、黒川について確実なことは何も知らないのだった。

「落ちついて下さい。私は黒川が先生を失脚させるために写真をバラまいたという推論にもとづいて話をしているだけです。もしそうでないのなら、誰が何のためにこのようなことをしたのか、合理的な理由をさがさなければなりません」

キムは州の刑事部長をつとめていただけあって、論の立て方が緻密《ちみつ》である。

貫一は次第に追い詰められた気持になり、もしかしたら黒川はスパイだったのかもしれないと思い始めた。

二度とも接近してきたのはあの男だし、常人とは思えないほど武芸に通じていた。しかも、市内のどこに住んでいるかたずねても、あいまいな返事ではぐらかされたのだった……。

時代の大渦は容赦なく人々を巻き込んでいく。近代社会となって国家の規模が大きくなるにつれて、過酷で激烈な影響を個々の人生に与えるようになる。

東洋のはずれの日本という島国で、そうした時代の大渦と必死で戦っている男がいた。二本松藩の七番隊として白河まで出陣した宗形幸八郎昌武である。

慶応四年（一八六八）五月三日、昌武は山田慶蔵ら五人の部下をつれて無事に篠川の本隊までもどり、軍事奉行の成田弥格をたずねて白河城下の状況について報告した。

「城には三千の身方が守備についておりましたが、西賊八百にわずか一日で攻め落とされました。敵のアームストロング砲に、城の塀や城壁はやすやすと打ちくだかれたそうでございます」

身方の死者は三百名、負傷者は一千名ちかい。対する新政府軍の死者はわずか十名だというのが、龍蔵寺に集まっていた者たちの見立てだった。

「うむ。それで会津や仙台の軍勢はどうしておる」

「仙台兵は阿武隈川の北岸の三柱神社に本陣をおき、会津兵は会津街道ぞいの金勝寺に布陣しております。両軍とも負傷兵の手当てに当たり、やがて白河城奪回をめざすものと思われます」

「西賊はまことに八百しかおらぬのか」

弥格は念を押した。そんな小勢に攻め落とされたとは信じられないようだった。

「陣頭に立って戦われた、会津藩の鈴木多門どのがおおせられたことです。城はアームストロング砲の砲撃を受け、落雁《らくがん》のように撃ち抜かれたそうでございます」

「いくら何でも、落雁ということはあるまい」

弥格は衝撃の大きさを苦笑でごまかし、七番隊の隊長である高根三右衛門のもとに報告に行った。

「我らを連れて行けば良かろうに。どうせすぐに、直に報告せよと言ってくるだろうよ」

慶蔵が腹立たしげにつぶやいた。

戦の経験のない弥格は、こうした場合にも頑《かたく》なに身分の序列を守ろうとしているのだった。

案の定、ほどなく呼び出しが来た。慶蔵と二人で高根の本陣に行き、弥格に報告したことをもう一度くり返した。

「そなたは白河城下で西賊と戦ったそうだな」

高根三右衛門は誰からかそれを聞いていて、敵の戦い方はどうだとたずねた。

「ライフル銃の扱いに慣れ、統制もよく取れています。中でも薩摩の四番隊は全員がスペンサー銃を装備し、二百メートル先の標的を倒す力量を持っております」

「そのような敵と、どうやって戦った」

「桜町口では土嚢《どのう》を積み上げて楯《たて》とし、龍蔵寺では墓石を楯として戦いました」

「さようか。苦労であったな」

三右衛門はしばらく考え込み、これから仙台の瀬上主膳に会いに行くので供をせよと命じた。

「何ゆえ瀬上どのに」

弥格が不服そうにたずねた。

「仙台、会津の兵が阿武隈川の北岸に布陣しているのは、白河城を奪い返そうと考えてのことであろう。その作戦において、我らはどのような働きをすればよいか打ち合わせねばならぬ」

「恐れながら、状況が変わったのですから、二本松に使者を出して指示をあおぐべきではないでしょうか」

「むろん使者は出す。だがそれを待ってから動いたのでは手遅れになろう」

昌武と慶蔵が案内役となり、三右衛門の一行二十人ばかりが三柱神社をたずねた。雨は朝からあがっていて、瀬上らは境内に幔幕《まんまく》を張って本陣にしていた。

主膳は四十がらみで恰幅《かっぷく》がよく、紺糸おどしの鎧《よろい》を着て床几《しょうぎ》に腰を下ろしていた。新政府軍の参謀の世良修蔵と野村十郎を斬り、奥羽列藩を戦争へ引きずり込んだ張本人である。

一千の手勢をひきいて意気揚々と白河城に入ったものの、新政府軍の猛攻に耐えられず、わずか一日で敗走してきた。

その弱味を見せまいとするように、境内には伊達家の旗竿《はたざお》を何十本も立てている。その旗が風になびくたびに、竹竿がギギギ、ギギギと悲鳴のような音をたてきしんでいた。

「二本松藩七番隊を預かる高根三右衛門でござる。今後の作戦について打ち合わせをさせていただきたくまかりこしました」

三右衛門が挨拶《あいさつ》したが、主膳は腰を下ろしたままだった。

「打ち合わせなど無用のこと。我らはこれより会津藩と呼応し、白河城を奪還いたす。そのために両軍とも、本国からの援軍の到着を待っているところじゃ」

「我が藩兵六百は篠川に待機しております。一方の攻め口を与えていただければ、お力になれるものと存じます」

「無用のことと申し上げておる。白河城への到着さえ遅れるような二本松など、端《はな》から当てにしておらぬわ」

五月一日の攻防戦に間に合わなかったことに腹を立てているようだが、遅れたのは後から来た主膳らが道を開けるように迫ったからだ。

それをこんな風に当てつけがましく言われるのは不本意だが、三右衛門は反論しようとしなかった。奥羽一の雄藩である仙台藩に対する遠慮が、今も身にしみついているのだった。

「恐れながら、援軍はいつ到着するのでございましょうか」

昌武は主膳の横柄な態度が腹にすえかね、黙っていられなくなった。

第十七章　敗　走

「何者じゃ。そやつは」

瀬上主膳が高飛車に高根三右衛門《さんえもん》にたずねた。

「七番隊偵察隊長、宗形昌武（後の朝河正澄）でございます」

三右衛門が余計な口を出すなと昌武に目配せした。

「お許し下さい。任務を遂行するためにも、援軍到着の時期をうかがっておく必要があります。その部隊の人数と装備も教えていただきたい」

昌武は引き下がらなかった。

「軍事機密じゃ。そちのような軽輩に話すいわれはない」

「それでは高根隊長に話して下さい。我らは同盟軍です。身方の計画も人数も知らないままでは、共に戦うことはできません」

「確かなことが分り次第、使者をもって伝える。差しで口を叩《たた》くでない」

早々に下がれと、主膳が腕をふって追い払おうとした。

「確かなことがお分りにならないのなら、今夜のうちにも白河城に夜襲をかけるべきだと存じます」

「な、何だと」

「敵はわずか八百。あの広大な白河城を守るには人手が足りませぬ。また城にも慣れておりませぬゆえ、用兵にも難渋いたしましょう。それゆえ夜陰に乗じて塀を乗りこえ、城内に斬り込みをかければ勝てる見込みはあると存じます」

「黙れ。そのようなこと、そちに言われずとも分っておるわ」

「ならば何ゆえ夜襲をかけられぬのでございますか。このまま援軍の到着を待っていては、敵は城の守りを固め新たな軍勢も駆けつけて、付け入る隙はなくなりましょう」

「奥羽諸藩との連絡もある。大軍を動かすには、それなりの仕度が必要なのじゃ」

「我らは今も二千五百の兵を擁しております。覚悟と決断さえあれば、他に仕度など不要です」

「おのれ。言わせておけばぬけぬけと」

主膳が怒りに顔を引きつらせ、刀に手をかけて立ち上がった。

「お待ち下され。ご覧のような若者ゆえ、血気にはやり分別を失っているのでござる。何とぞお許しいただきたい」

三右衛門があわてて間に入ろうとした。

「この際ですから、腹蔵なく言わせていただきます」

昌武は三右衛門を制し、主膳の前で片膝《かたひざ》をついた。いつ斬られても構わないという覚悟だった。

「ならば、それがしも」

慶蔵も同じ姿勢で横に並んだ。

「ご無礼ながら申し上げます。私は丹羽新十郎どのに従い、会津藩恭順のために力をつくして参りました。会津若松にも仙台領の関宿にも出向き、各藩の要職の方々とも談判して参りました」

それは戦争になったなら、薩長や西国諸藩に勝てないことが分っていたからだ。会津の重職方もそれが分っていたから、耐え難きを耐えて恭順の道をさぐってきた。

「そうした努力をぶちこわしたのは、主膳どの、あなたではありませんか。あなたは西賊と戦ったこともないのに、会津の激派と共謀して世良修蔵や野村十郎を討ち果たされた。そのために奥羽諸藩がこんな苦しい戦争に引きずり込まれたのです」

「薩長は私利私欲のために帝《みかど》を利用し、理不尽な戦を仕かけて幕府をつぶした。これに屈しては武士の義が立たぬ」

「ならば何ゆえ、この期に及んで夜襲をためらわれるのです。今こそ武士の義を立てる時ではありませんか」

「黙れ、黙れ。身分もわきまえぬ雑言、ただではおかぬ」

主膳が怒りに顔を引きつらせて刀を抜き放った。

昌武はその目を真っすぐに見つめた。主膳は気迫に押されて腰を引いたが、気合の声を発して斜め上段に構え、境内の砂利を踏み鳴らしてにじり寄った。

「瀬上どの、おやめなさい」

本殿の廻《まわ》り縁から声をかける者がいた。会津藩の代表として交渉にあたった佐川官兵衛である。

「その御仁は我らの恩人です。理不尽な理由で斬られちゃ困る」

「こやつは上官に暴言を吐いた。許しておけぬ」

「私もここで聞いておりました。今の言葉のどこが暴言でしょうか」

「くっ……」

主膳は返答に詰まって立ちつくした。

側にいた家臣が素早く刀をもぎ取り、これ以上の混乱をさけようとした。

「実は私も夜襲をかけてはどうかと進言に来たのです。宗形どののお言葉通り、今日明日でなければ城を奪回することは難しいでしょう」

「ならば今すぐ軍議を開く。そちらでご意見を拝聴いたそう」

主膳はあわただしく本殿に向かった。

官兵衛は会津藩の軍事一切の指揮を任されている。主膳より立場は一段上だった。

ところが夜襲が決行されることはなかった。

主膳がひきいる仙台勢は、五月一日の戦いで弾薬の大半を使いはたしている。わずかに残っていた弾薬も城から脱出する際に煙硝蔵に放置してきたので、銃も大砲も使えなくなっていた。

それでも敵の三倍の人数がいるのだから、夜陰に乗じて斬り込みをかければ城を奪回することができたかもしれない。だが主膳はそれでは身方の損害が大きすぎると、援軍が弾薬の補給をしてくれるのを待つことにしたのだった。

しかも二本松藩の七番隊は本隊からはずされ、棚倉街道ぞいの金山《かねやま》の守備につくように命じられた。金山は白河と棚倉のほぼ中間に位置している。白河城の新政府軍が棚倉城を急襲したなら、棚倉藩だけでは守りきれないというのが派遣の理由だが、主膳の反感を買ったために体良く追い払われた感じだった。

三右衛門は七番隊を二つに分け、一隊を黄金川《こがねがわ》の東岸に配して棚倉街道を東進してくる敵にそなえた。もう一隊はそこから五百メートルほど北東にある鶴子山《つるこやま》において、北側を流れる社川《やしろがわ》ぞいに進む敵を銃撃できるようにした。

昌武ら偵察隊は金山の本隊に配され、三右衛門の指揮下に入ることになった。歯に衣《きぬ》きせずに主膳の非を鳴らした昌武を、三右衛門は内心気に入ったらしい。成田弥格の下におくのはもったいないと、隊長直属にしたのである。

「これからは自由に行動して構わぬ。ただし何か気付いたことがあれば、ただちに報告するように」

そう言って身分も隊長補佐に引き上げる異例の抜擢《ばってき》をしたのだった。

白河城の新政府軍は動かなかった。城を死守し、増援部隊がくるのをひたすら待っている。

今のうちに城を攻めなければ奪回は難しくなるばかりなのに、仙台勢も会津勢も相手に歩調を合わせるように動こうとしなかった。

五月雨《さみだれ》の季節である。社川ぞいに広がる水田では、笠《かさ》をかぶった者たちが田植えに精を出している。横一列に並び、稲の苗を植えながら足並みをそろえて後ずさりしていく。

勤勉で忍耐強い働きぶりを見ていると、昌武は戒石銘碑にきざまれた言葉を思い出した。

「汝《なんじ》の俸禄《ほうろく》は民の汗であり脂である。下民は虐げやすいが、上天をあざむくことはできない」

戦になればあの水田も踏み荒らされ、村々は戦火に巻き込まれる。こんな惨《むご》い災禍を招く前に戦を避ける手立てはなかったかと、やる瀬ない思いにとらわれた。

五月十日になって再び陣替えが命じられた。阿武隈川の南の田島村《たじまむら》に本陣を移し、白河城攻めにそなえよという。

どうしたことかと思っていると、翌日に会津藩兵十小隊、五百余人が矢吹宿にやってきた。

翌十二日には仙台藩兵、同じく十小隊が到着した。

これで弾薬の補給もととのったので、すぐにも白河城攻めにかかるかと思ったが、諸藩の意見がまとまらず、矢吹宿にとどまったまま、だらだらと軍議をくり返した。

ようやく攻撃命令が下ったのは、十日以上もすぎた五月二十四日のことだった。

「我らは二十六日の夜明けとともに、搦目《からめ》村《むら》から桜町口に攻めかかることになった」

三右衛門が緊張した表情で、全軍あげての総攻撃だと告げた。

「分りました。今夜のうちに道中の様子を確かめて参ります」

田島から桜町口まではわずか一里ばかりである。昌武は以前桜町口で戦ったことがあるので、あたりの様子も分っていた。

「用心せよ。敵は阿武隈川北岸の鹿島《かしま》にも、砲撃陣地をきずいているそうだ」

「総攻撃にかかられるのは、何か計略があってのことでしょうか」

「五月十五日に上野の山に立て籠《こも》っていた彰義隊が敗れた。西賊は勢いを得て宇都宮方面の旧幕府勢を一掃し、数日後には増援部隊を白河城に送るそうだ。その数一千余。指揮をとるのは土佐の板垣退助《いたがきたいすけ》だ」

「板垣という方は、甲州勝沼の戦いで新撰組に大勝なされたと聞きましたが」

「土佐藩指折りの切れ者で、総督府の参謀に任じられたそうだ。その部隊が城に入ってからでは、奪回はますます難しくなる」

その前に何としてでもと衆議一決し、ようやく重い腰を上げることにしたのだった。

昌武は夕方になるのを待ち、慶蔵をつれて桜町口の偵察に向かった。二人とも野良着に雨笠という姿で、田植えに出た村人を装っていた。

田島から板橋村《いたばしむら》、双石村《くらべいしむら》をへて搦目村に着いた。ここは阿武隈川が間近に流れ、山裾《やますそ》が川のすぐ近くまで迫っている。

白河城下への東からの侵入を防ぐ要害の地で、戦国時代の白河城はこの近くの山上にきずかれていたほどだ。ここから谷津田川を渡れば、桜町口まではさえぎる物なく攻め入ることができる。

ところが新政府軍もそうはさせじと、対岸の鹿島に大砲をすえて、川ぞいの道を通る奥州勢を砲撃する構えを取っていた。その陣所で焚《た》くかがり火が、深くなりつつある闇の中で赤々と燃えていた。

「お前が言った通り、もっと早く城に斬り込みをかけりゃ良かったんだ。これだけ守りを固められたら、十個小隊ばかりの援軍が来たところでどうにもなるまい」

慶蔵が炎の列をながめながらつぶやいた。

「おそらく佐川官兵衛どのもそう主張なされたはずだ。だが仙台藩を動かすことはできなかった」

「この期に及んで怖気《おじけ》づくくらいなら、初めから武士の大義など振り回さなけりゃ良かったんだ」

「敵を知らないから、自分の都合で物を考える。そうして危機が迫るにつれて判断力を失い、空理空論をふり回すのだ」

「どうする。そろそろ引き上げようか」

「夜明けまで待とう。敵の大砲の配置と、攻撃陣地をきずける場所を確かめておきたい」

二人は大きな木の下の草を払い、野宿をできる場所を確保した。雨は降っていないが、空は厚い雲におおわれて月も星も見えない。漆黒の闇の中で、岸を洗いながら流れる川の音だけがやむことなくつづいていた。

翌日、昌武と慶蔵は本隊にもどり、鹿島村の敵陣の様子を報告した。

「敵は街道ぞいに二門、川ぞいに一門の大砲をすえ、我らの攻撃にそなえております。三門とも台車のついたアームストロング砲です」

川ぞいの陣地から搦目村までは五百メートルほどしかないので、敵に気付かれたら砲撃される。昌武は現地で描いた絵図を示しながら状況を説明した。

「この道には砲撃をさける楯《たて》となるものはないのか」

三右衛門がたずねた。側では弥格が途方にくれたように絵図をのぞき込んでいた。

「河原にそった平地ゆえ、何もありません。敵にさとられぬよう今夜のうちに搦目村まで移動し、夜明けとともに敵陣を砲撃するしかないと思います」

「分った。私は大砲隊をふくむ五小隊をひきいて搦目村に向かう。成田どのは残る五小隊をひきいて、城下の南の合戦坂《こうせんざか》から桜町口に向かって下され」

その日の深夜、三右衛門がひきいる五小隊は無事に搦目村に着陣を終えた。大砲隊は二門の前装式臼砲《きゅうほう》をそなえていたが、アームストロング砲には性能でも威力でも劣っていた。

前者は丸い鉄の砲弾を用い、射程距離は七百メートルしかない。後者は円筒形の砲弾に信管のついた榴散弾《りゅうさんだん》（着弾後に爆発し、小弾をまき散らすもの）で、射程距離は二千六百メートルもある。

正面から撃ち合ってはとても太刀打ちできないので、大砲を山の中腹に運び上げ、岩場の陰から砲撃することにした。

成田隊五小隊も棚倉街道を進み、南湖《なんこ》の手前の合戦坂に身をひそめて夜明けを待っている。こちらはエンフィールド銃を装備し、鉄張りの楯を押し立てて谷津田川にかかる橋を突破する作戦だった。

決戦の二十六日は、朝から雲が低くたれこめていた。あたりが暗いので夜明けが遅く感じられたほどだが、東に連なる阿武隈高地の稜線《りょうせん》がほんのりと明るくなり、やがて物の見分けがつくようになった。

最初に動いたのは、金勝寺にいた会津勢である。橋を一気に押し渡ろうと、新政府軍の陣地に激しく攻撃をしかけている。豆を炒《い》るような銃撃の音にまじって、時折大砲を撃ちかける大きな音が聞こえてきた。

これは陽動作戦である。敵を城の西側に引きつけている間に、仙台勢を主力とした本隊が鹿島の敵陣に攻めかかる。搦目村の二本松勢も背後から砲撃を加えて援護し、一気に城下に攻め入る手筈《てはず》だった。

ところが肝心の本隊が現れなかった。三十分待っても一時間たっても、鹿島の本陣に対する攻撃は始まらない。これでは搦目村から攻めかかることはできなかった。

「本隊は、主膳どのは……、何をしておられるのだ」

三右衛門が須賀川方面の空をにらんだ。

時を移せば陽動作戦が活《い》かせなくなると気を揉《も》んだが、二時間たっても本隊は現れなかった。その間に金勝寺方面の銃声は、次第にまばらになっていった。

後で分ったことだが、本隊が遅れたのは各小隊にセコンドが配給されていなかったからだった。正確な時間が分らないために集合時間がまちまちで、部隊の編制が思った以上に手間取ったのである。

ようやく本隊が現れたのは、午前九時ちかくになってからだった。瀬上主膳の軍勢一千に、仙台、会津からの援軍一千を合わせた軍勢は、鹿島に布陣した二百ばかりの新政府軍に猛烈な攻撃を加えた。

オランダ製の十二ドイム臼砲三門で敵陣を砲撃し、五百余の銃隊を半円形に散開させて銃撃する。新政府軍は土嚢《どのう》をつみ上げた陣地にこもり、アームストロング砲やスペンサー銃で反撃するが、さすがに十倍をこえる敵には苦戦を強いられた。

「今だ。撃て撃て」

三右衛門が歓喜の声とともに命じた。

山の中腹に運び上げた臼砲が、待ちかねたように火を噴いた。直径十二センチ弱の弾丸が敵陣の間近に着弾する。大砲隊の者たちは弾道を目測し、火薬の量を調整して命中率を高めていった。

身方の窮地を知った新政府軍は、白河城の大手門から三小隊百五十人を救援に向かわせた。最強をもって鳴る薩摩の四番隊である。七連発銃を装備している彼らの戦闘力は、単発銃しか持たない奥羽勢の七倍に及ぶ。

これで戦力的には互角になったが、先手を取っている奥羽勢がまだ有利を保っていた。

「今こそ谷津田川を渡り、成田隊を援護するべきです」

昌武は三右衛門に進言した。

「よし。斉藤、先陣を頼む」

「お任せ下され」

銃隊長の斉藤弥次兵衛《さいとうやじべえ》が即座に応じた。

斉藤隊五十人は用意の小舟で川を渡り、桜町口の橋の守りについている新政府軍に側面から銃撃をあびせた。

これに呼応して成田弥格の五小隊が鉄張りの楯を押し立てて突撃すると、五十人ばかりの新政府軍は城下に向かって敗走し始めた。昌武たちが龍蔵寺《りゅうぞうじ》に向かって敗走した時と、立場は逆転したのである。

二本松勢は好機とばかりに追走し、鹿島の敵の背後をつこうとした。

(これで勝てる)

誰もがそう思った瞬間、思いがけないことが起こった。

朝からの曇天はついにもちきれなくなり、堰《せき》を切ったように雨を降らせたのである。さけようもないどしゃ降りの雨だった。

これで形勢は逆転した。雨に弱い前装式の銃しか持たない奥羽勢は、火薬や銃身をぬらして発砲できなくなった。対する敵は弾装式の七連発で、雨の影響を受けることはまったくない。

この不利をさけるには、有利な戦況を捨てて即座に退却するしかなかった。

白河城を奪回できる唯一の機会は、こうしてもろくも潰《つい》え去ったのである。

この後も一ヵ月半の間、奥羽勢は白河城を奪い返そうと攻撃をしかけたが、そのたびに敗北して犠牲をふやすばかりだった。

〈此後《コノノチ》白河ヲ四方ヨリ總攻撃《ソウコウゲキ》スル數度《スウド》　然《シカ》レトモ各藩號令區々《ハンゴウレイマチマチ》ニシテ合期《ゴウゴ》セス遂《ツイ》ニ目的ヲ達《タッ》ス能《アタ》ハス空《ムナシ》クシ時日《ジジツ》ヲ過《スゴ》セリ〉

昌武は手記にそう書きつけている。

確かに各藩の足並がそろわなかったことも敗因のひとつだが、それ以上に決定的だったのは軍勢の装備と実戦経験、それに経済力の差だった。

二本松藩は戦争を継続する資金がなくなり、六月十二日には才覚金と称して二万両の供出を領民に命じている。これこそまさに民の汗と脂をしぼり取る行為で、領民のいちじるしい困窮を招いたが、事情は他藩も同じだったのである。

一方、新政府軍の兵力増強は急激に進められた。五月二十九日に板垣退助がひきいる軍勢が白河城に到着したのにつづき、六月十六日には参謀渡辺清左衛門《わたなべせいざえもん》、木梨精一郎《きなしせいいちろう》がひきいる軍艦七隻が常陸《ひたち》の平潟湾《ひらがた》に入港。薩摩、大村《おおむら》、柳川《やながわ》、岡山《おかやま》などの藩兵一千余が上陸した。

また六月二十三日には大総督府参謀鷲尾隆聚《わしのおたかつむ》が阿波《あわ》藩兵をひきいて白河城下に入り、総兵力は五千名をこえた。

その二日後には新政府軍は棚倉城を攻め落とした。

七月四日には秋田《あきた》藩が同盟を離脱して新政府軍に下り、庄内藩攻撃を願い出た。

七月六日には守山《もりやま》藩が降伏。

七月十三日には磐城平城《いわきたいらじょう》が落城した。

これに対して会津、仙台、二本松勢は、奥州街道の要衝である須賀川に兵力を結集。敵の北上を阻止しようとしたが、板垣退助は須賀川を攻めると見せかけ、棚倉から石川、玉川と山間《やまあい》の道を進み、七月二十六日に三春城《みはるじょう》を降伏させた。

しかも磐城平城を攻め落とした渡辺勢と合流し、二本松、会津に侵攻する構えを見せた。

須賀川にいた昌武らのもとに、二本松危うしの報が入ったのは、二十六日の午前十時頃だった。藩主丹羽長国から白河派遣軍の大将である丹羽丹波《たんば》に、西賊が迫っているので仙台、米沢、会津藩の援助を得て城下の防衛にあたれと命令が下ったのである。

昌武が丹羽丹波に呼び出されたのは、それから一時間ほどしてからだった。

「そなたのことは新十郎や高根から聞いておる」

丹波は家老と軍事総裁を兼ねている。禄高《ろくだか》は三千六百石。常の時なら昌武のような軽輩が直に話せる相手ではなかった。

「七番隊偵察隊長として抜きんでた働きをしてくれたそうだな。その力を今こそ発揮してもらいたい」

「どのようなお役目でございましょうか」

昌武は作法通り片膝《かたひざ》をついた。

「会津藩大隊長の辰野源左衛門《たつのげんざえもん》どのが、六小隊三百人をひきいて二本松防衛のために急行して下さるそうだ。我らも早急に引き上げるが、まだ仕度がととのわぬ。そこでそなたに辰野勢を二本松まで案内してもらいたい」

「奥州街道は通れない、ということでしょうか」

昌武はそうたずねた。通れるのなら足軽や小者で用が足りるはずだった。

「糠沢《ぬかざわ》、本宮《もとみや》はすでに西賊に占領されたという報がある。本道をさけ、久保田《くぼた》村より山道を通って二本松に向かえ」

「恐れながら、お断り申し上げます」

「この危急存亡の時に、貴様は敵を恐れて断わるのか」

丹波の側にひかえていた軍事奉行の植木次郎右衛門《うえきじろうえもん》が、口角から泡を飛ばして怒鳴りつけた。

十数人いた側近たちも、返答によってはただではおかぬと言いたげな険しい目を向けた。

「そうではございません。いかに軽輩とはいえ、このような時に命を惜しんだりはいたしませぬ。重代の主君の厚恩にむくいるためなら、この身などいつでも捨てる覚悟でございます。それゆえ勝敗を天にまかせ、本道を突撃して二本松に入れというご命令なら謹んでお受けいたしましょう。しかし山道を通って会津勢を二本松まで案内するのは、私には無理でございます。なぜなら軍勢を案内する者は、山、川、道路、間道にいたるまで、あらゆることに通じていなければなりません。しかし私は幼少の時に江戸に上り、本年四月に帰国して間もなく戦地にのぞみました。それゆえ城下のことさえよく分っておりません。どうして城下の外の山中のことまで分りましょうか。それゆえ辞退すると申し上げているのでございます」

昌武は臆《おく》することなく思う所をのべた。

忍耐、自制、平静を養ってきた修養が、こんな時にも生きたのだった。

「Patience, self-control, remain calm」（忍耐、自制、平静）

朝河貫一はそうつぶやいてペンを置いた。

写真の一件以来、心は千々に乱れている。自分にはとてもそんな力はないと痛感しているので、先を書きつづけることができなくなった。

父は弘化《こうか》元年（一八四四）の生まれだから、維新の年には数えで二十五歳だったはずである。それなのにこれだけの見識と覚悟を持ち、真の武士として見事に身を処している。

それなのに自分は還暦を目前にしながら、この体たらくである。身の潔白を訴えながら、総務課主任のアルバートに言われるまま自宅で謹慎している。

これでいいはずがないと思いながら、何もできないまま五日間も過ごしているのだった。

（私の学問や信仰は、いったい何のためのものだったのだ）

生涯をかけて学問に打ち込み、主《しゅ》への信仰に生きてきたのに、二十五歳の父にも及ばないのか。そう思うと、自分の不甲斐《ふがい》なさに腹が立ってきた。

貫一はステッキを取り帽子をかぶると、マンスフィールド通りを下ってイェール大学に向かった。赤毛の男に腰を蹴《け》られた痛みが、まだ残っている。外出する時にはステッキを手放せなくなっていた。

外はすでに春の匂いである。芽吹き始めた街路樹や野の草花が甘やかな匂いをただよわせ、凍《い》てつくようだった寒さものどかにゆるんでいる。

道の両側に建ち並ぶ家の前では、子供を遊ばせている母親の姿が目立つようになっていたが、彼女たちの貫一に向ける目は険しかった。

ニューヘブングリーンで撮られた写真がタブロイド紙に掲載されたために、貫一が麻薬の売人と関わっていたという噂が広まっている。上海事変以来ただでさえ反日感情が強くなっているだけに、噂は悪意をもってまことしやかに語られていたのだった。

貫一は大学の管理棟にいるロバート・キムを訪ねた。彼が日本の朝鮮支配に反感を持っていることは知っているが、この問題を解決するには警務担当主任の力を借りるしかなかった。

「やあ教授、まだ腰が痛むようですね」

金縁のメガネをかけたキムが、いち早くステッキに目を止めた。

「それほど痛みませんが、持っていないと不安なのです」

「よく分りますよ。罪ある心を支えるためには、悪人でさえ正義を必要としますからね」

「私は潔白だと申し上げたはずです」

「失礼。そんな意味で言ったのではありません。ちょうど日本の新聞を読んでいたものですから」

キムはあわてて弁明し、手にしていた新聞を差し出した。

「東京朝日新聞」の昭和七年一月三十日付で、「上海《シャンハイ》事件に帝國《ていこく》政府聲明《せいめい》」という見出しが打ってある。

これはまだ発表される前の段階のものだが、新聞社は外務省が起草しつつある文案をいち早く入手し、「國際《こくさい》正義無視《むし》に斷然《だんぜん》自衛行動　主権侵害《しゅけんしんがい》の意なし」とリードをつけて、五ヵ条からなる文案を報道したのである。

もう一月以上も前のものだが、貫一はこれを読んだ時の衝撃をまざまざと覚えていた。

「昨日図書館に行ったところ、偶然にもこの新聞が返却カウンターにありました。それで興味を引かれて借りてきたのです」

「失礼ですが、キム主任は日本語もお分りですか」

「分りませんよ。でも漢字は読めますから、何が書いてあるかほぼ分ります。聡明《そうめい》なる日本の新聞社は、外務省の報道機関になっているようですね」

政府が起草中の文案を、こんな風にアメリカで報道したなら、明らかに機密漏洩《ろうえい》罪に問われるだろう。キムは冷ややかにそう言った。

「ところで教授、ご用件は例の写真のことでしょうか」

「ええ。主任は大学と大学関係者を守るのが職務だと言われました。その言葉を頼りに、こうして相談に来たのです」

「確かに申しました。ただし、先生が罪を犯しておられない場合に限ります」

「私は無実だと、何度も申し上げました」

「ＯＫ。それなら二つの行動を起こすことが必要です。ひとつはニューヘブングリーンで暴行を受け、サイフを奪われそうになったと、警察に被害届を出すことです。できれば医師の診断書を取って下さい」

「しかし今からでは、受け取ってもらえないのではないでしょうか」

「受理するかどうかは向こうが判断することです。教授はただ主張すべきことを偽りなく主張して下さい。それはアメリカ市民に与えられた権利です」

「分りました。これから医務室で診断してもらいます」

貫一はキムの毅然《きぜん》とした態度に励まされ、素直に従う気になっていた。

「もうひとつは、先日話しておられた黒川という日本人を見つけ出すことです。何か方法はありませんか」

「住所を聞いていないのです。彼がどこで働いているかも知りません」

「東京大学の出身で、英語が話せると言っておられましたね」

「この大学に留学していた山川健次郎博士の弟子だと言っていました」

「それなら新聞広告を出してみたらどうでしょう。たずね人の欄に、至急連絡をくれるように」

「なるほど、しかし……」

「それも『ウォール・ストリート・ジャーナル』のような全国紙でなければ駄目です」

もし彼がニューヘブンにいて、教授の身を案じているのなら、タブロイド紙を見て駆けつけたはずだ。そうしないのは、どこか他の土地に出かけているからだろう。キムはそう推測していた。

「しかし私には、全国紙に広告をのせるほどの貯《たくわ》えはありません」

「それなら私が新聞社に紹介します。まずは医務室に行って、診断書をもらってきて下さい」

キムは妙に積極的である。それには何か別の狙いがあるのではないかと、貫一は再び猜疑心《さいぎしん》にとらわれていた。

第十八章　世界主義者《コスモポリタン》

　冬には湖が凍りつくほど冷え込みが厳しいニューヘブンも、三月下旬になると春の陽気に包まれてくる。重いコートを着て外出しなくてすむし、街路樹や公園の木々が若葉に包まれて目を楽しませてくれる。

　冬を耐え抜いた自然の命がいっせいにもえ上がる季節だが、朝河貫一はマンスフィールド通りの自宅でうつうつたる日を過ごしていた。

　警務担当主任のロバート・キムに勧められて「ウォール・ストリート・ジャーナル」に広告を出すように依頼したが、一週間がすぎても掲載されなかった。

「編集の都合があるので、何日に載せるか約束することはできません」

　担当者はそう言ったが、いくら何でも一週間は長すぎる。少なからぬ広告料も支払っているし、黒川慶次郎と一刻も早く連絡を取りたいので、心中おだやかではいられなかった。

（あるいは日本人なので後回しにされているのかもしれない）

　それとも掲載するという話そのものが嘘であり、広告料だけを取る詐欺ではないか。そんな猜疑心さえ覚えるようになっていた。

もともとそれほど疑《うたぐ》り深い性格ではない。主の教えに従い、誰にも信頼を持って公平に接しようと心掛けている。だが満州事変以来、アメリカで反日世論が高まり、まわりからの風当たりが強くなるにつれて、警戒心と猜疑心が強くなっていたのだった。

「義のために迫害される人々は幸いである。天の国はその人たちのものである」

貫一は『聖書』の一節を口にし、神の教えに自分を同化することによって心を落ち着かせようとした。

いかに迫害されようと、正しい主張を決して曲げてはならない。死を怖れて口を閉ざしてはならない。ゴルゴタの丘に引かれて処刑されたイエス・キリストのように、茨《いばら》の道を歩きつづけるのだ。貫一は己れに言い聞かせ、重い時間に耐えていた。

自宅で謹慎するように言われているので、大学の図書館や研究室に行くこともできない。この機会に父の小説を仕上げればいいのだが、気持ちが乗らないので命をそそぎ込むことができなかった。

一月ほど前に大久保利武に手紙を書き、日本の中国侵略の方針を変えてくれるように訴えたが、その後何の音沙汰《おとさた》もない。取り上げる価値もないと思ったのか、今さらどうしようもないと諦《あきら》めているにちがいなかった。

日本人は熱しやすく冷めやすい。何か事があればお祭り騒ぎのように一丸となるくせに、うまくいかないと早々と諦める。水に流すとか身を清めるという言葉を上手に使い、まるで過去の失敗や悪行をなかったことのようにしてしまう。

これは島国という地理的環境や、地震や台風に頻繁に襲われる自然条件がもたらしたものだと説く学者もいるが、国内ではともかく世界では通用しない感覚である。いったん失敗や悪行をおかしたなら、きちんと解決し清算するまで他国の理解は得られない。

こんなことでは、先は危ういと言わざるを得なかった。

「それなら、なぜお前は黙っていたのだ」

父正澄の声が、ふいに脳裡《のうり》によみがえった。

小学生の頃、溜池《ためいけ》で遊んでいた上級生が溺《おぼ》れかかった時のことだ。貫一は直前にそれを目撃し、危ないと思ったが、相手から言いがかりをつけられるのが嫌で見て見ぬふりをした。

それを知った父は貫一の卑怯《ひきよう》を責め、

「善良な性《さが》に従って良かったという経験を積み重ねていくことが、そうした善性をいっそう大きく育てていく。それがやがて学問を究めようという志や探究心を支えてくれるのだ」

そう諭してくれたが、反抗心の塊《かたまり》になっていた貫一は、素直に聞くことができなかった。

それればかりか苛立《いらだ》ちのあまり、

「それなら父上はどうですか。善良な性に従って新政府と戦い、何千人もの犠牲者を出されたのですか」

そう言って喰《く》ってかかったのである。

あの時のことを思うと、申し訳なさに胸が痛む。日本が危ういと分っていながらこのまま黙っているのは、父の教えが今も身についていないということだ。

貫一はそう思い直し、中村勝麻呂《なかむらかつまろ》に手紙を書くことにした。中村は旧彦根《ひこね》藩士の家に生まれた歴史学者で、東京帝国大学の史料編纂掛《へんさんがかり》に勤務している。

幕末、維新期の古文書の編纂を担当しているが、明治維新や現政権の欠点についても歯に衣《きぬ》をきせずに直言する硬骨漢である。

政府要人にも知り合いが多いので、現状についての考えを伝えておけば、何かの機会に伝わるかもしれなかった。

「世（世界）ト日本ト、互ニ最要点ガ不理会（解）也。世ハ、日本ノ支満（中国と満州）ニオケル根本目的ヲ知ラズ。上海事件ノ発生ノ事情ヲ知ラズ。今トナリテハ、之ヲ説明スルモ耳ニ入ラズ、又信交セズ」

下書きとしてそう記した。

事変を起こした日本の立場に一定の理解を示しながら、それを受け容《い》れようとしない世界の側にも問題があるという認識を示したのである。

しかし日本もまた、これに劣らず世界の事情を理解していない。日本が世界を理解することの必要性は、世界が日本を理解する必要より大きいのではないか。

なんとなれば、と接続詞を用いて次のようにつづけた。

「事ヲ構ヘシハ日ニシテ世ニアラズ。又日ガ維新後ノ最大転機ニ入レリ。世情ノ根拠ヲ猛省シテ、コ、ニ避クベキ事ト取ルベキ事トヲ見来リテ、改造セヨ」

そうでなければ自分勝手の考えに固執し、世界の誤解を招くばかりで、互いの不理解を激しくして、日本の進路をますます難しくするだろう。これこそ悲劇が起こる前触れである。貫一はそう記し、溜息《ためいき》とともにペンをおいた。

悲劇という言葉には、日本と欧米諸国が戦争に突入するという予見まで含んでいる。日本の政治家や言論人は、そんな愚かなことにはならないと高をくっているようだが、欧米では満州や中国への侵攻は自国に対する敵対行為だと受け止められているのである。

その認識のズレに早く日本が気付き、行動を根本から改めなければ、悲劇に至る道を突き進むことになるのは火を見るよりも明らかだった。

数日後、新聞広告が出た。

「黒川慶次郎君

至急連絡下さい。

イェール大学准教授

朝河貫一」

紙面の下のほうに、二センチほどの幅をとって記されている。本当は電話番号も記したいところだが、反日的な団体や活動家から嫌がらせを受けるおそれがあるので、記載を見合わせたのだった。

たったこれだけの記事に気付いてくれるかどうか心許《こころもと》なかったが、貫一は広告が載ったことでひと安心していた。少なくともキムに騙《だま》されたのではないと分ったからだ。誰が身方で誰が敵か分らず疑心暗鬼におちいっていただけに、頼れる島をひとつ見つけた気がしていた。

効果は覿面《てきめん》だった。二日後の夕方、黒川慶次郎が家に訪ねてきたのである。

「先生、急用とは何でしょうか」

玄関で顔を合わせるなり、息せき切ってたずねた。額にうっすらと汗を浮かべているのは、ニューヘブンの駅から走ってきたからだった。

「あの新聞を見てくれたのかね」

「ええ。就職先をさがすために、ボストンに住む友人を訪ねていました。彼の家であの新聞を見せてもらったのです」

「それでボストンから駆けつけてくれたのか。ありがとう。上がってお茶でも飲んでくれたまえ」

貫一はとっておきの紅茶の封を切りながら、嬉《うれ》しさのあまり涙を浮かべた。これで無罪が証明できるということより、自分を案じて駆けつけてくれた慶次郎の真心が身にしみて有難かった。

「事情があって自宅の電話番号は載せなかった。しかし、大学に電話をしてくれれば教えたはずだ」

「そう思って電話をしてみました。しかし今は復活祭《イースター》休みなので、先生は大学に来ておられないと言われました」

「おかしいな。君から電話があったなら、自宅の番号を教えるように頼んでおいたんだが」

外からの電話は総務課で受け付ける。そこで主任のアルバートに事情を話し、取り次いでくれるように頼んでいたのだった。

「質問をくり返して恐縮ですが、急用とは何でしょうか」

「実は困ったことがあってね。君に助けてもらいたいのだ」

貫一はニューヘブングリーンで撮られた写真と、赤文字で「Jap is junkie」（日本の猿野郎は麻薬中毒だ）と記された紙を示した。

「これは……、あの時の強請《ゆすり》ではありませんか」

「そうだ。君が言った通り彼らは麻薬の常習者で、州警察に逮捕された。その記事が新聞に出た翌日、この写真と告発状が市内にバラまかれたのだ」

「確かにこれは、そう見える瞬間を狙って撮っていますね」

「そのために私はこの赤毛の男から麻薬を買っていたという疑いをかけられ、大学で事情聴取を受けた上に自宅謹慎を命じられた。この無実を晴らすために、あの日のことを警察署で証言してもらいたい」

「分りました。しかし、いったい誰がこんなことを」

「それが分らないのだ。人から恨みを買う覚えはないのだが」

「反日世論の高まりのせいかもしれませんね。ボストンでも日本人が職を得るのは難しくなっていますから」

二週間も就職先をさがし回ったが断わられてばかりだと、慶次郎が端正な顔をくもらせた。

シャツの襟も薄汚れているので、かなり窮地におちいっているようだった。

「どうだろう。君さえ良ければ、しばらくここに泊まっていかないか」

「それは有難いおおせですが、ご迷惑ではありませんか」

「見ての通り一人暮らしだ。近頃物騒なこともある。君がいてくれれば願ったりかなったりだ」

久々に心が弾んだせいか、貫一は長い間忘れていた「願ったりかなったり」という言葉を無意識に口にしていた。

慶次郎は料理にも長《た》けていて、あり合わせの材料で野菜炒《いた》めとみそ汁を作ってくれた。懐かしい日本の味だった。

「これは思いがけないプレゼントだ。どこで料理の修業をしたのかね」

「父の道場で鍛えられていた頃、弟子たちの賄いを作らされました。それで自然に覚えたのです」

「そういえば私の父も、剣術道場で料理当番をしたことがあると話してくれたことがあったよ」

楽しい語らいの中で、慶次郎がボストンで聞いた最新の情報を披露してくれた。

「ボストン美術館で東洋部長をしておられる富田《とみた》幸次郎《こうじろう》という御仁が、このたび日本から『吉《き》備《び》大臣入唐絵巻《だいじんにっとうえまき》』を買い付けられるそうで、現地では大きな話題になっています」

『吉備大臣入唐絵巻』とは、遣唐使として入唐した吉備真備《きびのまきび》を主人公にして、唐での奮闘ぶりを描いた絵巻で、平安時代末期に作られたといわれる傑作だった。

「複写ではなく、本物を買い取るのかね」

「そうです。画商が売りに出していたのですが、不況のために買い手がつかなかったのです。そこで富田氏が入札したところ、落札することができたそうです」

「それは凄《すご》いことだが、日本政府は黙ってそれを許したのだろうか」

貫一も東アジア図書館の責任者として、日本にある古書や古文書を入手することがある。しかしその際は必ず写本を作り、本物は日本に残すように努めてきた。本物が海外に流出したなら、日本の歴史研究に大きな打撃を与えるからだ。

実は東大史料編纂掛の中村勝麻呂と親しくなったのも、貫一のそうした誠実さを中村が高く評価してくれたからだった。

「日本にはまだ、国宝クラスの美術品の海外流出を規制する法律がないそうです。しかしこのことを知った国民は憤慨し、富田氏を国賊とののしっていると聞きました」

「それはいつ美術館に搬入されるのだろうか」

「そこまでは分りません。美術館でも神経をとがらせ、搬入の経路や時期を明らかにしていないそうです」

「そうか。公開されたなら、見に行きたいものだ」

件《くだん》の絵巻は後白河《ごしらかわ》法皇が作らせたものだと伝えられている。七百五十年ちかい歳月を生き抜いた美術品の力を、自分の目で確かめてみたかった。

翌日、貫一は慶次郎をつれて大学に行き、ロバート・キムに面会した。

「おはようございます、キム主任。お力添えのお陰で、こうして証人の黒川慶次郎君が駆けつけてくれました」

「そうですか。三人の暴漢を投げ飛ばした方だと聞きましたので、もっと大柄の人かと思っていました」

キムが愛想よく握手を求めた。

「日本の武道は力ではなく呼吸を重視します。タイミングさえ取ることができれば、体の大きさは関係ありません」

黒川が流暢《りゅうちょう》な英語で応じた。

「教授はニューヘブングリーンで三人の若者に財布を奪われそうになっていた。そこに通りかかったあなたは、三人を追い払って教授を救われた。それに間違いありませんか」

「ええ、その通りです」

「それでは当日のことを詳しく聞かせて下さい。あなたはどうして現場に行ったのか。以前に教授に会ったことがあるのに、どうして住所を教えなかったのか」

キムは表情を険しくして訊問《じんもん》を始めた。

慶次郎は何の屈託もなくありのままを語った。公園に行ったのは、あの近くの店でハンバーガーを買うため。住所を知らせなかったのは、安宿暮らしで住所が定まっていなかったからだった。

「失礼ですが、この国に来たのは何のためですか」

「恩師の山川健次郎先生が気にかけておられた、古い友人の墓参りをするためです。そのついでにしばらくアメリカに滞在し、見聞を広めたいと考えています」

「それで就職先をさがしにボストンに？」

「ええ、学生時代の友人がアメリカの商社に勤めていますから」

「東京での恵まれた地位をすてて、どうしてそんな道を進もうと思われたのですか」

「プライベートな理由です。話さなければなりませんか」

慶次郎が初めて対峙《たいじ》する姿勢を見せた。

「黒川君、キム主任は君が軍部のスパイではないかと疑っておられたのだよ」

貫一が横から助言すると、慶次郎は一瞬唖然《あぜん》とし、

「私はそんな大物ではありませんよ」

そう言ってにこりと笑った。

「先生に申し上げた通りです。軍部の発言力が強くなるにつれて、大学までが息苦しくなってきました。上の顔色をうかがう者ばかりで、自由も公平さも失われていったのです」

軍部では今でも薩長閥が幅をきかせている。彼らの影響力が強まると、大学でも薩長出身者が優遇されるようになり、能力も実績もない者が主要なポストを占めるようになった。

会津出身の慶次郎はそれが我慢できず、大学を飛び出したのだった。

「そうですか。ミスター黒川も世界主義者《コスモポリタン》になったわけだ」

キムはすべてを理解したと、もう一度慶次郎の手を取り、

「ご安心下さい。正しき者に恐れなしですよ」

車を手配して二人を州警察署に案内した。

刑事部長だったキムの影響力と信望は今も絶大で、署員がさっそく留置中の赤毛の男と青い目の若者を訊問して、黒川の証言に間違いがないことを確認した。

「二人は麻薬を買う金に困り、たまたま通りがかった教授から金を奪おうとしたそうです。写真のことは一切知りませんでした」

キムが取り調べの結果を逐一報告した。

「それでは誰があんなことを……」

貫一はほっとするあまり、体に力が入らないような脱力感に襲われていた。

「それを突き止めるのはこれからです。教授を恨んでいる者か、それとも他に何か目的があるのか」

「人に恨まれる覚えはありません」

「これは失敬。ともかく大学にもどり、教授の疑いが晴れたことを報告しましょう。謹慎処分も解いてもらわなければなりません」

キムは上機嫌で二人を車の後部座席に押し込んだ。

「何だかとても親切ですね。どうしてでしょうか」

貫一は車にゆられながらたずねた。

「教授の潔白が証明されたからですよ。当たり前じゃないですか」

「そんなに心配していただいているとは、失礼ながら思ってもいませんでした」

「ミスター黒川が言った通りです。私も日本の植民地支配によって国を奪われ、コスモポリタンになった人間です。我々の同胞が世界各国に散らばり、その国の人々の正義と公平を頼りに生きています。不当な差別や弾圧が始まるようになったら、一日たりとも生きてゆくことができません」

だから自分も正義と公平を守る人間でありたいのだ。キムは後部座席をふり返り、慶次郎への共感を込めて親指を立てた右手を突き出した。

三人は大学の総務課を訪ね、主任のアルバートに会いたいと申し入れた。

あいにく会議の最中である。三十分ほど待たされた後で、太った体を紺色のスーツに包んだアルバートが現れた。

「理事会の準備会がありましてね。お待たせしました」

「こちらが黒川慶次郎君です。先ほどキム主任とともに警察署に行き、あの写真についてのいきさつを証言してもらいました」

「逮捕された二人の供述とも一致しました。教授への疑いは完全に晴れたことを、警務主任として報告いたします」

キムがすかさず貫一の後押しをし、自宅謹慎の処分は撤回するべきだと申し入れた。

「それは、もちろんですよ」

アルバートは急に立ち上がり、窮屈そうに上着を脱いだ。暑がりなのか額に大粒の汗をかいていた。

「失礼、さっきの会議で厳しい議論をしてきたものですから」

いまいましげにネクタイをゆるめ、ハンカチで汗をぬぐってから腰を下ろした。

「私はもうすぐ定年ですからね。これ以上の面倒はこりごりです。朝河先生に落度がなかったことが証明されたのなら、これほど嬉《うれ》しいことはありません」

「それなら大学として、このことを学生に周知していただけますか」

貫一が申し入れると、アルバートは腹立たしげな鋭い目を向けた。

「大学で処分を受けたために、学生たちは私への疑いをいっそう強くしました。いちじるしい不利益をこうむったのですから、大学側で名誉を回復していただくのは当然だと思います」

「分りました。おおせの通りにいたしましょう。私がご自宅にいた方がいいと勧めたのは、マスコミや市民の好奇の目から先生を守りたかったからですけどね」

アルバートは自己弁護とも責任逃れともつかないことを言い、次の会議があるからと席を立った。

総務課を出て長い廊下を歩いていると、

「先生、キム主任と少し話をさせていただきたいので」

慶次郎がキムの部屋に行ってくると言った。

「どうやら君たちは、すっかり意気投合したようだね」

「ちょっと相談があるのです。詳しいことは後でご報告いたします」

一人残された貫一は、自宅にもどることにした。

東アジア図書館に寄って、秘書のジャニスに疑いが晴れたことを伝えようかと思ったが、気疲れしているせいか足が向かなかった。

自宅にもどり、所在ないまま父から託された資料に目を通した。父と向き合い、明治維新の意味を問い直すために書き始めた小説も、いよいよ大詰めである。

二本松藩は圧倒的な戦力を持つ新政府軍に攻められ、多くの犠牲者を出した末に壊滅する。城も城下も焼きつくされ、貫一の二人の祖父、宗形治太夫も朝河八太夫も戦死している。

地獄のような戦いの中で父は何を思い、どのように生き抜いたのか。どんな判断と覚悟が生死を分け、廃墟《はいきょ》となった故郷でもう一度立ち上がる力をもたらしたのか……。

今は分らないことばかりである。だが資料を丹念に読み込み、父の身になって筆を走らせれば、きっと本質が見えてくるはずである。なぜなら父ばかりではない。貫一も二人の祖父を戊《ぼ》辰《しん》戦争で失った維新の犠牲者だからである。

(タイトルは『父の肖像』ではない。『維新の肖像』とするべきだ)

確信を持ってそう書きつけていると、慶次郎がもどってきた。食料品店の名前が入った紙袋を、大事そうに両手で抱えていた。

「これはキム主任からのお祝いです。肉と卵と野菜を買ってきましたから、今夜はすきやきでも作りましょう」

「すきやきか。それは凄《すご》いな」

もう何年も口にしていない。作ってくれる者もいないし、近頃では物価が高くて上等の肉など買えないのだった。

「任せて下さい。腕によりをかけてこしらえますから」

「こしらえるとは懐かしい言葉だな。ところでキム主任とは何の相談だったのかね」

「誰が先生をおとしいれようとしたか、それを突き止めるための作戦です」

「何か分ったのかね」

「ええ。手がかりは意外なところにありました」

慶次郎はそんなことは二の次だとばかりに、テーブルの上にすきやきの材料を並べ始めた。


須賀川の二本松藩の本陣は静まりかえっていた。

宗形幸八郎昌武が、家老の丹羽丹波に対して堂々と異をとなえたことに誰もが息を呑《の》んでいたのである。

幕府が開かれて二百六十余年、武家の社会は身分の秩序で成り立ってきた。上位の者に命じられたなら、どんな無理難題でも黙って従うのが武士の掟《おきて》であり、儒教的な道徳でもあった。

わずか三人半扶持《ぶち》の弱輩者が、こんな火急の場で家老の命令に逆らうなど、あってはならないことなのである。

「理屈を申すでない。命を捨てる覚悟があるなら、ご家老のお申し付けに従うのが道理ではないか」

軍事奉行の植木次郎右衛門が語気鋭く詰め寄った。

「私一人のことなら従いもいたしましょう。しかし他藩の要請に応《こた》え、道も分らない者を案内役に立てたなら、二本松藩には人がおらぬのかとあざけりを受けることになります。ひいては、命じられたご家老のお立場に傷をつけることになりましょう」

昌武は引き下がらなかった。

丹波は床几《しょうぎ》に腰を下ろしたまましばらく黙り込んでいたが、

「そちの言い分、もっともである」

重々しい口調でそう認めた。

「だが多くの士が国境《くにざかい》まで引き上げ、残っているのはわずかしかいない。その誰もが、他藩の案内を任せられるような器ではないのだ。そちが道に不案内というのであれば、郡山代官に命じて地理に詳しい村人を何人かつけよう。その者たちにたずねながら、道を行くがよい」

だから何としてでも引き受けてくれと、丹波が立ち上がって頭を下げた。植木ら側近たちも、あわててそれにならった。

ここまで言われれば断わるわけにはいかない。昌武は覚悟を決めて命を受け、会津勢と対面した。大隊長辰野源左衛門以下六小隊三百人である。いずれも白河口での激戦をくぐり抜けてきた者たちで、苦難に鍛えられた精悍《せいかん》な面構えをしていた。

「二本松藩七番隊の偵察隊長、宗形昌武と申します。これから皆さまを二本松まで案内させていただきます」

「貴殿の名は鈴木多門から聞いており申す。桜町口の戦いの時に、合力《ごうりき》していただいたそうでござるな」

まことにかたじけないと、源左衛門が律儀に礼を言った。

鬢《びん》に白いものがまじっているので、五十は超えているはずだった。

「鈴木どのは、お達者ですか」

「左腕の傷が悪化したゆえ、会津にもどり申した。元気であれば、ご恩に報いるために二本松まで行くと申したにちがいありませぬ」

六小隊の隊長は小櫃弥一《こひつやいち》、黒小路友次郎《くろこうじともじろう》、諏訪左内《すわさない》、赤羽寅五郎《あかばねとらごろう》、今泉伝之助《いまいずみでんのすけ》、諏訪豊四郎《すわとよしろう》だと、源左衛門が六人に引き合わせた。

誰もが生きては帰れぬと覚悟していることが、底光りのする目の色からうかがえた。

「それでは参りましょう。いつ敵と遭遇するか分りませんので、油断なきようにお願いいたします」

出発は七月二十六日の午後五時。昌武は胴乱からセコンド（時計）を取り出して確認した。

まず郡山まで行って陣所で夕食を取り、全員に二食分のにぎり飯を携行させた。そうして奥州街道から会津方面への道をたどり、その夜は安子島《あこがしま》で宿営した。

本宮が新政府軍に占領されているので、奥州街道を通ることはできない。そこで安子島から山間の道を通って深堀村《ふかぼりむら》（二本松市岳温泉深堀《だけおんせんふかほり》）に向かうことにしたのである。距離はおよそ五里。山道とはいえ、七時間もあれば踏破できる。深堀から二本松城までは二里ばかりだった。

翌朝、夜明けとともに安子島を発ち、大名倉山《おおなぐらやま》の西側の尾根をこえて玉井村《たまのいむら》に出た。ここでひと休みして腹ごしらえをしていると、三百ばかりの軍勢がやって来ると見張りの者が告げた。

（もしや敵が間道を押さえにかかったのではないか）

昌武は食べかけのにぎり飯を口につめ込んで偵察に出た。確かに三百ばかりが縦長になって田舎の細道を行軍してくるが、旗もかかげていないし大砲も装備していない。

軍勢の中ほどで馬を進める陣羽織の武士は、何と須賀川で分れた丹羽丹波である。彼らも街道をそれて深堀村に向かっていたのだった。

（しかし、それならどうして）

自分に会津藩兵の案内を頼んだのか。そんな疑問が昌武の脳裡《のうり》をよぎった。

だがこんな時に、丹波の真意を問いただすのもはばかられる。妙だと思いながらも二本松勢と合流し、無事に深堀村までたどり着いた。

村の名主である安田太郎左衛門《やすだたろうざえもん》は、祖父の頃から宗形家に出入りしている素封家である。昌武が来ていると聞いて、わざわざ陣所まで挨拶《あいさつ》に来た。

「江戸に上られる前にお目にかかったことがありますが、覚えておられましょうか」

父治太夫と同年くらいの物腰のやわらかい男だった。

「ええ。野菜や果物をよく持参していただきました」

「立派になられて。ご両親もさぞお喜びでございましょう」

是非にと誘われて太郎左衛門の家で昼食をご馳走《ちそう》になっていると、辰野源左衛門が血相を変えてやってきた。

「宗形どの。二本松藩は西賊に降伏し、城を明け渡したと聞き申したが、貴殿は存じておられようか」

「そんな馬鹿な。誰からそんなことを聞かれたのですか」

「先ほど吉田扶《よしだたすく》という者が早馬でやって来て、丹羽どのに報告するのを耳にしたのでござる。その後丹羽どのは、我々に何も告げずに出発なされました」

第十九章　蟷螂《とうろう》の斧《おの》

「それは妙ですね。丹波さまの宿所に行って、何があったのか確かめてきます。ご同行下さい」

宗形幸八郎昌武は、会津藩の大隊長辰野源左衛門と連れ立ち、軍事総督である丹羽丹波の宿所をたずねた。

広い寺の境内に残している将兵は百名ばかりで、二百名ちかくがすでに出発していた。

昌武は丹波の与力の加藤司馬《かとうしば》をさがし出し、

「これはどうしたことです。丹波さまは何ゆえ我々に黙って城下にもどられたのですか」

「お城から使者が来て、急ぎ帰城せよとの命を伝えたのだ」

「どなたからのご命令ですか」

「むろん、と、殿に決まっておる」

「会津藩の方々は、我が藩を救援するために行動を共にしておられます。それなのに何の説明もしないまま帰城するとは、信義にもとるのではないですか」

「詳しいことは分らぬ。わしはただ、丹波どのにここに残るように命じられただけだ」

司馬は何とか言いつくろおうとしたが、内心の後ろめたさが表情にも口ぶりにも表れていた。

(やはり、辰野どのがおおせられる通りかもしれぬ)

昌武の胸に苦い思いがこみ上げてきた。

丹波が昌武に会津藩兵の道案内を命じたのは、まわりに人がいなかったからではない。主戦派の新十郎と親しい昌武を、会津藩兵と共に体よく追い払おうとしたのだった。

「辰野さま、申し訳ありません。貴殿のご懸念が当たっていたようです」

昌武はこれから丹波を追いかけ、思いとどまるように説得してくると言った。

「頼み申す。すでに我らの三小隊が、成田弥格どのと共にご城下に向かっておりまする。もし尊藩が西賊に降伏なされるなら、あの者たちが捕虜にされかねません」

「それも丹波さまがお命じになったことでしょうか」

「成田どのが一刻も早く城下へ向かいたいとおおせられたので同行させたのでござるが、あるいは丹波どのと示し合わせて我らを分断しようとなされたのかもしれませぬ」

新政府軍に降伏しようとしていると悟られたなら、辰野らから攻撃されるおそれがある。それを恐れた丹波は、事前に会津の三小隊を城下に向かわせることで戦力を削《そ》ごうとしたのかもしれないという。

「分りました。三小隊の方々には、追いつき次第辰野さまの元にもどるように伝えます」

「ならばその証《あかし》として人質を二人、それがしに預からせて下され。それに貴殿の誓紙もいただきたい」

歴戦の辰野は、すでに二本松藩を信頼できぬと考え始めていた。

「分りました。少々お待ちいただきたい」

昌武は手早く誓紙をしたため、境内にとどまっている将兵の中に旧知の者がいないかどうか捜した。幸い朝河八太夫の門弟である守岡群七《もりおかぐんしち》が、銃隊二十人をひきいて従軍している。彼に人質の件を話すと、即座に自分が引き受けると申し出た。

「あと一人必要だが、どうする」

「任せておけ。俺が見つくろってくる」

豪傑肌の群七は、何も説明しないまま加藤司馬を引っ立ててきた。

人質になると知った司馬は、

「無礼な。わしは丹波どのから、二小隊の指揮を任されておるのだぞ」

威丈高に言って逃れようとしたが、群七はがっちりとつかんだ腕を離さなかった。

「じたばたしなさんな。今は指揮をとることより、会津藩との信義を貫くことの方が大事だとは思われぬか」

群七が引き倒すようにその場に座らせると、司馬は観念したように黙り込んだ。

「それではこれから行って参りますが、この地は山間《やまあい》の僻地《へきち》なので馬も駕籠《かご》もありません。また馬があったとしても、道が険しく乗馬もできない土地柄です。しかも私は三日前から一睡もしておらず、疲労この上ない状態です。今から足の動く限り急ぎ、三小隊に会ったなら必ず彼らを連れもどしますが、もし追いつくことができず、それが叶《かな》わなかった時は、私だけでも必ずもどって参ります。その時は私を人質にして、この二人を放免していただきたい」

昌武は脇差《わきざし》の鯉口を切り、笄《こうがい》で叩《たた》いて金打《きんちょう》をした。

約束はたがえぬという誓約だった。

「貴殿の義気、しかと受け止め申した。わしと同意の上であることを証すために、これを持参されるがよい」

辰野が薬を入れた印籠《いんろう》を渡した。

主君松平容保から下賜された、葵《あおい》の御紋の入ったものだった。

昌武は戎服《じゅうふく》（軍服）に軍帽、軍靴という出《い》で立《た》ちである。腰の刀は群七に預け、脇差だけの身軽な姿で走り出した。

セコンド（時計）は午後二時五分をさしている。深堀村から二本松までは一里半（約六キロ）ばかりなので、山道とはいえ二時間もあれば着くはずだった。

初めは体が軽く感じた。疲れきっているはずなのに、雲の上でも行くように軽々と足が進む。これならすぐに追いつけるだろうと楽観したが、五分もしないうちにそれが錯覚だったことを思い知らされた。

坂道にかかると急に足が重くなり、息をつぐのも苦しくなった。体が軽いと感じたのは、疲れすぎて神経が麻痺《まひ》していたからだった。

昌武はいったん足をゆるめて歩き出し、呼吸と動悸《どうき》がおさまるのを待った。しばらく登り坂を行くと、山にそった平坦《へいたん》な道になった。

　そこで体の様子をうかがいながら歩き出すと、前より楽に走れることが分った。幼い頃から武道で鍛え抜いた体が、ここぞという時に力を発揮してくれたのである。

　やがて原瀬川《はらせがわ》の上流に出た。川の水を両手ですくって飲むと、夏とは思えないほど冷たく、山の滋養をふくんだ甘みもあって、生き返った心地がする。これなら大丈夫と走る速度を上げ、毘沙門堂《びしゃもんどう》の集落で丹波の一行に追いついた。

　昌武は手ぬぐいで顔と首筋の汗をふき、床几《しょうぎ》に座ってひと休みしている丹波のもとに行った。

「何ゆえ黙って出発なされたのです。これでは会津の方々に対して義を欠くことになりませんか」

　片膝《かたひざ》をついてそう言った。

「控えよ。そちごときが口を出す問題ではない」

　軍事奉行の植木次郎右衛門が立ちはだかった。

「私は会津藩兵の案内を命じられました。そのお役目をはたすためにうかがっているのです」

「ならば急いで深堀にもどり、その場にとどまって報《しら》せを待つように伝えよ」

「西賊に降伏なされるとは、まことでございましょうか」

　昌武は腹をすえて返答を迫った。

「な、何だと」

「辰野どのはそのように疑われ、このままでは先発した三小隊が捕虜にされかねないと案じておられます。今すぐ三小隊を辰野どのの元に帰し、事のいきさつを話して不義をわびていただきたい」

「黙れ。そちは主家より会津の方が大事だと申すか」

植木が目くばせをすると、五人の近習《きんじゅう》が抜刀して昌武を取り囲んだ。

「主家が大事ゆえ、会津を裏切るようなことをして名を汚すべきではないと申し上げているのです。武士の義を捨てて、武家が立ちゆきましょうか」

昌武は両膝をつき、脇差を丹波の前に差し出した。

丹波はしばらく目を泳がせて考え込んだが、斬れとは命じなかった。

「分った。わしはこれから深堀にもどって辰野どのに事情を話してくる。植木はこのまま四小隊をひきいて城へ向かえ」

降伏するともしないとも言わないまま、丹波は三人だけを従えて深堀に引き返していった。

会津の三小隊には永田村で追いついた。案内していた成田弥格は名主の家に三小隊をとどめ、番頭の樽井弥五左衛門《たるいやござえもん》に警固するように命じたのだった。

「それで成田どのは、どうなされましたか」

昌武は樽井に面会してたずねた。

「殿のご指示をあおいでくると、城に向かわれた。二時間ほど前のことなので、もどりが遅いと案じていたところだ」

「藩は西賊に和議を乞《こ》うことにしたという噂を聞きました。何かご存じありませんか」

「そんな、馬鹿な」

　銃士隊長である樽井は顔色を変えて絶句した。

「丹波どのは会津の将兵を置き去りにして帰城しようとなされました。それは吉田扶どのから降伏と決したという報せがあったからだと聞きました」

「拙者はそのことについて何も聞いておらぬ。しかし、西賊が明日にも城下に攻め寄せる状況にありながら、どうして会津の援兵をこんな所にとどめておくのか解せぬことだと思っておった。吉田扶は拙者も存じておるが、あの者を使者として丹波どのに報せたのであれば、あるいはその話は本当かもしれぬ」

「ならば三小隊の方々を、すぐに深堀にもどして下さい。大隊長の辰野どのが、当家は彼らを捕虜にして西賊にさし出すつもりではないかと案じておられます」

「ご懸念はもっともだが、わしは成田どのから三小隊をこの家にとどめておくように命じられておる。和議のことが事実かどうか分らないうちに、一存で深堀にもどすことはできぬ。貴殿がこれから登城し、ご家老に会って事の次第を確かめてきてもらいたい」

「分りました。事は一刻を争うゆえ、馬を拝借いたします」

　永田村から城まではおよそ一里。馬なら一時間もかからずに往復できる距離だった。

　三保内《みほうち》をすぎ大壇口《おおだんぐち》に着いた。ここは城下への西の入口である。新政府軍が攻め寄せてきたなら真っ先に狙われるところなので、土嚢《どのう》を高々と積んで守りを固めていた。

守備についているのは会津と米沢の兵ばかりで、二本松兵の姿は見えなかった。

（やはり、そうか）

不吉な予感をつのらせながら先へ進むと、若宮口《わかみやぐち》の関門が見えた。城下の西の守りの最後の拠点で、丹羽家の直違紋《すじかいもん》の旗をかかげた兵たちが、砲撃陣地を作るために忙しく働いていた。戦が間近に迫った緊迫した雰囲気で、励まし合いとものののしり合いとも知れない罵声《ばせい》が飛び交っている。これを見るかぎり、降伏に決したとは思えなかった。

若宮口を通れば仕事の邪魔になるし、顔見知りに会えば何事かと呼び止められる。そこで昌武は若宮口の手前の三叉路《さんさろ》を北に折れた。丹羽家の菩提寺《ぼだいじ》である大隣寺《だいりんじ》の前を通り、城の搦手門に行き当たる道である。

寺の門前を通る時、無意識に馬を下りて一礼した。

戦国時代に織田信長に重用された丹羽長秀以来、歴代の藩主の御魂《みたま》がまつられている。礼をつくすばかりでなく、何とか二本松を守ってほしいと願いながらの低頭だった。

搦手門の警戒も厳重で、銃と槍《やり》を構えた兵たちが人の出入りに目を光らせている。顔見知りはいなかったが、所属と名前を告げ、

「側用人丹羽新十郎さまに、至急お目にかかりたい」

そう求めるとすぐに奥へ通された。

新十郎は籠手《こて》と脛当《すねあ》てをつけた小具足姿で、城下の守備の指揮をとっていた。折烏帽子《おりえぼし》に白い鉢巻きをしているので、端正な顔がいっそうりりしく見えた。

「新十郎どの、お伺いしたいことが」

そう言いかけると、新十郎が目で制した。何を言いたいか、昌武の顔を見ただけで察したのである。

「私が案内する。ご家老の前で申し上げるがよい」

家老の丹羽一学は二の丸の御殿にいた。

正名は富穀《とみたけ》。代々二本松藩の家老をつとめてきた家に生まれ、四年前から職についている。藩主長国を補佐して藩政を主導してきた重鎮で、四十六歳の分別ざかりだった。

「七番隊偵察隊長、宗形昌武にございます」

新十郎が取り次ぐと、一学は覚悟の定まったおだやかな目を向けた。

「そちのことは聞いておる。新十郎の力になってくれたそうだな」

「過分のお言葉、かたじけのうございます。会津の辰野大隊三百人を案内して深堀まで来ましたが、不穏の噂を聞きましたゆえ、真偽を確かめに参りました」

「和議、降伏のことか」

「さようでございます。すでに辰野どのの耳にも達し、このままでは二本松の救援におもむくことはできぬとおおせでございます」

「確かに老臣の中にはそのように主張される方々もおられた」

すでに三春藩が降伏し、糠沢《ぬかざわ》、本宮も占領されたからには、とても新政府軍に抗することはできない。この上は降伏して主家と領民の無事をはかるべきだ。

老臣たちは一学と新十郎が城を留守にしている間にそう決し、各方面の守備隊を引き上げようとした。そのことを吉田扶がいち早く丹羽丹波に伝えたために、丹波はあのような不可解な動きをしたのである。

見回りからもどった一学はこれを知り、「たとえ降伏しても社稷《しゃしょく》を保つことはできない。降《くだ》るも亡び、降らざるもまた亡ぶなら、むしろ死を賭《と》して信を守るのが武士の道ではないか」と説き、藩論を決戦へと一決させたのだった。

「それゆえ降伏することはない。今日明日にも殿やご簾中《れんちゅう》に避難していただき、我らは城を枕に討死する覚悟だ」

「ご城下には、どれくらいの兵がいるのでしょうか」

昌武は新十郎にたずねた。

「当家の兵は二百。会津と米沢の援兵を合わせても六百にしかなるまい」

「わずか、六百……」

「西賊は我らの意表をつき、間道を通って三春や本宮に攻め寄せた。だから須賀川《すかがわ》、白河方面に出陣させた軍勢がもどれなくなったのだ」

それゆえ二百の兵も老人や若年ばかりで、まともに戦える状態ではない。この上は深堀にいる丹波隊三百、辰野大隊三百が頼みだという。

「たとえ両隊が駆けつけたとしても、それではどうにもなりますまい」

昌武は絶望のあまり天をあおいだ。

「ご家老がおおせられた通り、我らは死を賭して信を守るのみだ。ただし不様な戦をして、二本松の武士道とはこの程度かと敵のあなどりを受けるわけにはいかぬ。それゆえ丹波隊、辰野大隊の力が必要なのだ」

「分りました。これから深堀にもどり、丹波どのと辰野どのに御意を伝えて参ります」

「もう日が暮れておる。今夜はここに泊まり、夜明けとともに発《た》つが良い」

「しかし……」

「物見の知らせによれば、西賊は身方の到着を待って軍旅を解いているそうだ。あと二、三日は動くまい。それに君も三日ばかり寝ていないようではないか」

そう言う新十郎も、目の下に色濃く隈《くま》をつくっている。事態の対応に追われ、三、四日寝ていないのだった。


七月二十八日の早朝、昌武は浅い眠りの中で悪夢にうなされていた。

二本松の城と城下が新政府軍に隙間なく包囲され、アームストロング砲の砲撃を受けている。絶え間なく飛んでくる砲弾が城と城下を落雁《らくがん》のように打ちくだき、砂と化した町が蟻地獄のように地中にくずれ落ちていく。

その斜面に次々と人が呑《の》まれて消え去ってゆく。父が母が、兄が兄嫁が、そしてウタと二人の娘が、手足をもがき必死にはい上がろうとしながら、砂の大渦に呑まれていく。

その人々をもてあそぶように、新政府軍は七連発のスペンサー銃を撃ちつづけていた。

「やめろ、もう撃つな」

昌武は声にならない叫びを上げ、はっと目をさました。

あたりは盆地特有のむし暑さで、首筋にも背中にもびっしょりと汗をかいていた。

疲れはてていつの間に寝入ったかも分らないが、幸い寝過ごしてはいない。戸板の隙間からかすかにさし込む光が、夜が明けて間もないことを告げている。城内は寝静まり、どこか遠くで鶏の声がした。

昌武は上体を起こし、戎服《じゅうふく》の上着を脱いだ。夕食を終えると、意識を失うようにその場で眠り込んだのである。板の間でのごろ寝だが、久々にぐっすり眠ったので体に力がもどっていた。

ふと気付くと枕元に財布と書き置きがあった。

「いつぞやの酒宴のお礼に、ご家族に」

流れるような見事な筆跡は新十郎のものである。財布には小判三両が入っていた。

これを渡して早く家族を避難させろ。新十郎はそう言っている。財布ごと置いているのは、死を覚悟しているからにちがいなかった。

昌武ははっと家のことに思い当たった。自分の命はとうに投げ出している。だが女や子供たちは、一刻も早く安全な場所に避難させなければならなかった。

御殿のあちこちで人が起き出し、朝餉《あさげ》の仕度にかかっている。こんな朝にも人は物を食うのだと思いながら、昌武は鉄砲谷の我が家にもどった。

門を入るとキクが井戸で水を汲《く》んでいた。いくつもの桶《おけ》や瓶《かめ》に水を張っているのだった。

「母上、どうなされたのです」

「火を放たれた時の用心に、水をたくわえているのです」

戦費を捻出《ねんしゅつ》するための窮乏生活を強いられ、キクの体はひと回りやせ細っていた。

「そのようなことをしても無駄です。一刻も早くご城下を立ち退いて下さい」

「父上も兄上も出陣なされました。留守を守るのは女子《おなご》の務めです」

「残念ながら今度の戦に勝ち目はありません。殿の奥方さま方も、昨日のうちに避難なされました」

「まあ、それでは」

キクは何かを言いかけ、棒立ちになって絶句した。

「これは丹羽新十郎さまからいただいたものです。非常の時にお使い下さい」

昌武は財布と書き付けを台所の入口に置いた。

「ウタさんには、会っていかないのですか」

「会っていきたいのですが……」

「それならそうなさい。立ち退く時には一緒にと、伝えてきて下さい」

「分りました。そうします」

今生の別れになるかもしれぬと思いながら一礼し、昌武は隣の朝河家をたずねた。

ウタもキクと同じように井戸水を汲み上げ、桶や瓶に水をたくわえていた。

「義父上《ちちうえ》もご出陣なされましたか」

昌武が声をかけると、ウタはおとなしげな黒い瞳《ひとみ》でじっと見返した。昌武が来てくれたことが信じられないようだった。

「ええ、昨日出て行かれたきりもどられません」

「持ち場はどこか聞きましたか」

「いいえ。家ではお役目の話はなさいませんので」

「明日か明後日には西賊が攻めてきます。今日のうちに私の母や義姉《あね》と北の方に逃げて下さい」

「義父上もそうおおせでしたが、わたくしたちはここに残ることにしました」

「どうしてです。ここも城内ですから、敵の砲弾が飛んで来るのですよ」

昌武はウタたちの身を案じるあまり声を荒らげたが、ウタには寝たきりの義母がいることを思い出して態度を改めた。

「義母上《ははうえ》を残していくわけにはいかない、ということですか」

「それもありますが、わたくしにも考えがあるのです」

「聞かせていただけませんか、そのお考えを」

「ここで生きていられないなら、生きていなくていい。そう思うのです」

「どうして。イクとキミもいるのですよ」

幼い二人を巻き添えにするつもりかと、昌武はもう一度声を荒らげた。

「二人もそれでいいと言ってくれました」

「この先何が起こるか、子供たちに分るはずがないではありませんか。あの子たちの未来を守るのは、我々の務めです」

「わたくしたちがここを離れたなら、幸八郎さまは生きておられないでしょう」

ウタが決意を秘めた目を真っすぐに向けた。

「それは……、勝利を期しがたい戦ですから」

「それでも生きて下さい。わたくしたちがここで待っていると思《おぼ》し召して、必ず帰ってきて下さい」

ウタが昌武の腕をしっかりとつかんだ。

井戸水で冷たくなった指が、凍えたように震えている。ウタは自分と子供たちの命を賭《か》けて、昌武の無事を祈ろうとしていたのだった。

「分りました。必死で戦い、生きるために最善をつくします」

昌武は新十郎からもらった脇差《わきざし》を渡した。最期はこれで腹を切ろうと思っていたが、自害はしないと誓ったのだった。

城にもどり搦手門の側の馬屋に行ったが、昨日乗ってきた馬がいなかった。

「どうしたことだ。預かってくれと頼んだではないか」

馬丁を問い詰めると、成田弥格が乗っていったという。

「宗形さまがご使用ですからと申しましたが、丹羽丹波さまへの急使ゆえ構わぬとおおせられて、先程」

無理に馬屋から引き出して乗り去ったのである。馬が樽井弥五左衛門のものと知ってのことだった。

昌武はやむなく走っていくことにした。よりによってこんな時にと弥格の身勝手に憤りながら、一里の道を駆けつづけた。

永田村の名主の家では樽井が待ちわびていた。弥格はここには立ち寄らず、深堀村の丹波のもとに直行したのである。

「城ではいったん降伏と決めたそうですが、一学さまの説得で戦うと決したそうです」

昌武は手短に状況を説明し、会津の三小隊とともにすぐに城に向かってくれと頼んだ。

「承知した。されど会津の方々は我らの心底《しんてい》を疑っておられる。貴殿が直に話してくれなければ、行動を共にして下さるまい」

「分りました。皆様のところに案内して下さい」

母屋の客間に会津三小隊の将校たちがいた。小隊長の諏訪左内、今泉伝之助、赤羽寅五郎ら十人ばかりが、車座になって何かを話し合っていた。

「宗形昌武です。ご無礼いたします」

昌武は大将格の諏訪左内の横に座り、二本松藩の動揺ぶりを正直に伝えた。

「皆さまのお疑いはもっともですが、丹羽一学さまのご英断により決戦と定まりました。しかし城には二百余の二本松兵と四百ばかりの援兵しかおりません。それゆえ樽井隊とともに、すぐに城に向かっていただきたい」

「貴殿を信じぬわけではないが、大隊長の辰野どのの指示がなければここを動くわけにはいかぬ」

諏訪左内は二本松藩の救援は不可能だと見切りをつけ、会津にもどって自藩の防衛を固めるべきだという考えに傾いていた。

「これから私が辰野さまのもとに向かい、二本松までご出陣いただきます。それゆえ方々には先に城下に行き、陣地をきずく指揮をとっていただきたい。今日一日の遅れが、取り返しのつかない不利を招くことになるのです」

「元はと言えば尊藩が臆病風《おくびょうかぜ》に吹かれ、小細工をろうして我らを辰野どのから引き離したために起こったことだ。それを今から城下に向かえと言うのは、二本松藩のために死ねと言うのと同じではないか」

そんな身勝手があるかと諏訪が言うと、何人かが次々に同意の声を上げた。

「当家のためばかりではありません。二本松城を固く守り、西賊に少しでも多くの打撃を与えることは、会津藩を守ることにもつながりましょう。しかも我らは奥羽越列藩同盟の義を守り、城を枕に討死しようとしているのです。これを見捨てて侍の義が立ちましょうか」

昌武は決死の覚悟で皆をにらみ据え、辰野から預かった印籠《いんろう》を示した。

それが松平容保から下賜されたものであることは、会津藩士なら誰でも知っている。皆が不満の態度を急に改め、神妙に頭をたれた。

「これは辰野さまが私に同意であることを示すために、貸し与えて下さったものです。この命にかえて、必ず辰野さまを城に案内いたします。それゆえ樽井隊とともに、今すぐ発《た》っていただきたい。この通り、お願い申し上げます」

昌武は懸命なあまり涙声になり、樽井弥五左衛門とともに深々と平伏した。

「宗形どの、よう分り申した」

諏訪が手を上げるようにうながし、すぐに出陣の仕度にかかるように命じた。

「おう、心得た」

全員が晴々とした顔で立ち上がり、配下の将兵に伝えるために散っていった。

昌武は休む間もなく原瀬川ぞいをさかのぼり、深堀に向かった。立石《たていし》まで来ると、樽井の馬が野原に立ちつくしたまま所在なげに草を食《は》んでいた。この先は岩場が多く細い山道がつづくので、成田弥格が乗り捨てていったのである。

昌武はたてがみをなで、ここで待っていろと言い聞かせてから山道にかかった。行くこと四半里（約一キロ）。深堀村の辰野の本陣に着いたのは午前十一時半だった。

「遅くなって申し訳ありません。二本松は戦うことに決しました」

昌武は辰野に一切を報告し、永田にとどまっていた三小隊には先に城下に向かってもらうことにしたと言った。

「さようでござるか。丹羽丹波どのから先ほど知らせがあり、出陣の仕度をととのえて貴殿のお帰りを待っておりました」

丹波は弥格から聞いたことを伝えたが、辰野はそれだけでは信用できないと動かなかったのである。

「これから私がご案内いたします。厳しく辛《つら》い戦いになりましょうが、よろしくお願いいたします」

「死はもとより覚悟の上です。二本松にも貴殿のように義に厚い方がおられると分り、心安らかに兵を進めることができます」

「大事な品をお貸しいただきありがとうございました。お陰で三小隊の皆さまに信頼していただくことができました」

昌武は印籠を返し、約束通り人質の二人を解放してもらいたいと求めた。

「すでに丹波どののもとに返しました。二本松藩が信義を守るなら、人質など不用ですから」

「かたじけない。丹波どのにも、この旨伝えて参ります」

二本松隊の本陣に行くと、丹波と成田弥格、加藤司馬らが暗い顔を寄せて何かを話し合っていた。

「永田村の諸隊も辰野隊も、城に向かうことになりました。急ぎ出陣のご下知をしていただきたい」

「それが丹波どのが、急に腹痛をもよおされてな。我らは後から出発することにいたす」

司馬が弁解がましく言ったが、昌武は相手にしなかった。

「ならば成田どのと私が、二小隊の指揮をとります。お二方は後から参られるがよい」

午後一時、辰野の三小隊と丹波の二小隊、合わせて二百五十余人は、隊列をととのえて二本松城へ向かった。

これで総勢は一千ちかくになったものの、二万余にふくれ上がった新政府軍の前では、蟷螂《とうろう》の斧《おの》に等しかった。

第二十章　夜明け前

運命の日の前日、宗形幸八郎昌武は会津藩大隊長、辰野源左衛門らを案内して二本松城に入った。

あたかも日暮れ時で、陽は安達太良山の彼方《かなた》に沈んでいく。稜線《りようせん》の向こうに落ちた太陽が、乳首山と呼んで馴《な》れ親しんだ山を背後から照らし、影絵のように空に浮き上がらせていた。

斜めからの弱い光が空をあかねに染め、低くただよう雲に朱、赤、灰色、黒と微妙な陰影を与えている。陽が沈むにつれて陰影は少しずつ変わり、灰色と黒の世界に包まれていく。

昌武は搦手門の前で足を止め、しばし夕陽にながめ入った。

こんなに美しい夕焼けを見たのは何年ぶりだろう。心をまるごとつかまれて茫然《ぼうぜん》と立ちつくしたのは子供の時以来である。

あるいはこれが最後に見る夕焼けかもしれないという予感が、余計に心に染みさせるのかもしれなかった。

「美しゅうござるな。今頃猪苗代湖《いなわしろこ》は、夕映えに照り輝いていることでござろう」

源左衛門が脇に立ってぼそりとつぶやいた。

昌武は彼らをともなって二の丸御殿に入り、家老の丹羽一学と丹羽新十郎に引き合わせた。

明日に迫った合戦を前に、御殿の畳やふすまはすべてはずされている。畳は土嚢《どのう》がわりに積み上げて身を守る楯《たて》とし、ふすまは火を放つ際の焚《た》き付けにするのだった。

がらんどうになった板の間で、一学と新十郎が待ちうけていた。もはや二人とも苦悩や疲れを突き抜けている。執着から離れた、仏のようにおだやかな顔をしていた。

「このたびは当家の手ちがいにより、ご迷惑をおかけ申した」

一学が降伏さわぎで藩の足並みが乱れたことをわびた。

「しかし今は藩士が一丸となり、二本松の士道を守り抜くために戦うことにいたした。ご助勢をいただき、かたじけのうござる」

「お手を上げて下され。一学どの」

源左衛門は一学より深く頭を下げて頼み込んだ。

「藩士の意見がまちまちなのは、いずれの藩も同じでござる。それをひとつにまとめ上げられたご才覚には、感服いたしており申す」

「万にひとつも勝てる見込みのない戦でござる。されど義は我らにござる。それを守るために戦い抜き、薩長の非を鳴らすことがこの国のために必要だと、皆が承知してくれたのでござる」

「同感でござる。あやつらの非道、不正、悪辣《あくらつ》をこのまま許せば、正義の魂は消え失せ、力のある者のみが自由に国民をあやつる歪《ゆが》んだ国になるは必定でござる。我らは二度でも三度でもよみがえって、この国の闇を照らす灯火《ともしび》になりましょうぞ」

そのために命を散らすなら悔いはないと、源左衛門は感極まって涙を流した。

両者の関係修復はうまく進み、辰野隊は大手門から郭内につづく久保丁坂《くぼちょうざか》の守りにつくことになった。城の守りの要《かなめ》で、昌武も偵察隊をひきいて同行するよう命じられた。

「幸八郎」

御殿の出口で新十郎が声をかけた。

「父上には会ったか？」

「いえ。家に戻ってみましたが出陣中でした」

「治太夫どのは若宮口、朝河八太夫どのは大手門の守備についておられる。戦が始まる前に会っておけ」

「ありがとうございます。江戸屋敷の巡視隊の面々はどこにいるかご存じでしょうか」

昌武は山田慶蔵や和田一之丞、斎藤半助らがどこにいるか気になった。最後は気心の知れた者たちと一緒に戦いたかった。

「根崎《ねざき》の守りについているようだ。今夜はゆっくり休め」

あたりはすでに薄暗くなっている。昌武は辰野らとともに炊き出しの雑炊を食べ、三の丸の長屋の板張りで寝ることにした。

横になったもののなかなか眠れなかった。

体は疲れきっているのに、胸がざわめき頭はもの凄《すご》い速さで何かを考えつづけている。想念の泡が次々と浮かび、形になる前に消えていく。

迫り来る死を前にして、頭も体も生き残る道を捜そうと空回りをつづけているのだろう。溺《おぼ》れまいとして手足をもがけばいっそう深みにはまるように、そのことから目をそらそうとすれば空回りは激しくなるばかりである。

(ならばその正体を見極めてやろうではないか)

大渦の底でものぞき込むように死を直視すると、ようやく心が落ち着いてわずかにまどろむことができたのだった。


翌日かすかな物音で目がさめた。

誰かが用を足しに厠《かわや》に行ったらしい。あたりはまだ明けきっておらず、セコンドの針は午前四時五十三分をさしていた。

昌武は今のうちに父と最後の別れをしておこうと、長屋を抜け出して若宮口に向かった。七月二十九日のことで月は姿を隠しているが、星がまばゆいばかりにまたたいている。その明かりを頼りに箕輪御門《みのわもん》を出て新丁坂を下っていった。

坂を下りきり少林寺《しょうりんじ》の参道前まで来ると、若宮口にきずいた陣地が見えた。十字路の西と南に土嚢をうず高く積み上げ、攻め寄せて来る敵にそなえている。陣地の真ん中で小さくかがり火を焚き、二十人ばかりが不寝番にあたっていた。

あそこに父上がおられると思って歩みを早めた時、城下の東側で砲撃音が聞こえた。ずしりと腹に響く爆発音が、一発、そしてまた一発。

新政府軍が供中口《ぐちゆうぐち》の陣地を破壊するためにアームストロング砲を撃ちかけている。その後には豆を炒《い》るような銃撃戦の音が聞こえてきた。

（しまった。もう始まったか）

昌武はためらうことなく取って返し、久保丁坂の辰野隊の陣地に行った。

観音丘陵の頂近くにきずいた陣地からは、城下を一望することができる。すでに西のはずれの大壇口や、郭内の東の入口である根崎でも銃撃戦が始まり、町から火の手が上がっていた。

「アームストロング砲八門、鉄砲隊はおよそ二千」

源左衛門は砲撃音から当たりを付け、敵の先陣はおよそ五千だと読み取った。

「あの撃ち方は半端ではない。西賊どもは一気に城を攻め落としにかかったようだ」

「供中口と根崎の様子を見て参ります」

「その必要はない。そこに着くまでに、陣地は攻め落とされよう」

新政府軍の圧倒的な火力と人数に対し、二本松勢と会津、米沢の援兵は必死の防戦をこころみたが、源左衛門の言った通り一時間ほど持ちこたえるのが精一杯だった。

アームストロング砲の砲撃で石垣も土塁も吹き飛ばされ、スペンサー銃のいっせい射撃をあびせられれば身を隠す術《すべ》とてない。

塹壕《ざんごう》に入っていた者たちだけがかろうじて生き残り、怒りと恨みを込めて反撃しようとするが、単発式のミニエー銃ではどうしようもなかった。

「隊長、あれを」

配下の小林彦之丞が悲痛な叫びを上げた。

道着に陣羽織という出《い》で立ちの若者たちが、若宮口を出て大壇口の救援に向かっている。その数は三十人にも足りず、銃を持っているのは十人ほどしかいなかった。

「馬鹿な。あのように年端のいかぬ者たちまで」

どうして戦場に出すのかと、昌武は身を切られる思いだった。

兵力の不足をおぎなうために、藩では入れ歳(実際の歳より二つ加算して徴兵すること)をおこなっている。このため十二、三歳の子供まで集められ、大壇口の守りにつくように命じられたのである。

隊長は江戸で高島流《たかしまりゅう》の洋式砲術を学んできた木村銃太郎《きむらじゅうたろう》。

後に二本松少年隊と呼ばれた面々だが、彼らが大壇口までたどりついた時には、すでに身方は陣地を破られて敗走を始めていた。そこに踏みとどまろうとした少年たちの大半が、無残にも敵の銃弾の餌食《えじき》になったのである。

大壇口を突破した新政府軍は、若宮口の陣地を一蹴《いっしゅう》した。守備についていた五十人ばかりは一歩も退《ひ》かずに防戦したが、故郷の大地を血に染めて屍《しかばね》をさらす結果に終わった。その中に昌武の父宗形治太夫も含まれていた。

東の供中口も突破され、敵は本町通りを憎々しいほど悠然と進撃してきた。先頭に錦《にしき》の御旗《みはた》を押し立て、笛や太鼓、ラッパの楽隊で士気を高めながら、二列縦隊の銃撃隊が行進でもするように進んでくる。

戦争に来たのではなく、天皇の命に従わぬ者たちを鎮撫《ちんぶ》に来たのだと知らしめるための演出だが、その本質は圧倒的な兵力に物を言わせた掃討戦である。本町通りに面した大手門まで来ると、彼らの本性が牙《きば》をむいた。

大手門を守っていた百人ばかりの守備隊に、情容赦なくアームストロング砲とスペンサー銃を撃ちかけ、屍の山をきずいたのである。朝河八太夫もその場に斃《たお》れた一人だった。

「隊長、根崎口からも敵が攻め入っております」

源左衛門の配下が告げた。

このままでは前後から挟み撃ちされるおそれがあった。

「宗形どの、城まで退いて戦うべきと存ずるが」

「やむを得ません。ここで討死するよりは」

守りの堅い城にこもり、せめて一矢報いたかった。

昌武は辰野隊を先に城に向かわせ、大手道の久保丁坂を敵が進撃するのを見届けてから退却した。

時に午前八時十二分。戦闘が始まって二時間しかたっていなかった。

城には各方面から敗走してきた者たちが集まっていた。その数は三百余名。すでに七百名ちかくが死傷、あるいは逃亡によって失われている。

会津、米沢藩兵が少なくなっているのは、もはや防戦はできぬと見て本国に引き上げたからだった。

昌武は根崎から引き上げてきた者の中に、山田慶蔵らがいないか捜しに行った。

負傷して座り込んでいる者や、敵の猛烈な攻撃に胆《きも》を飛ばされて茫然《ぼうぜん》と立ちつくしている者たちが多い。命からがらここまで逃げてきたものの、もはや落城はさけられないことは誰の目にも明らかだった。

「隊長、ご無事でしたか」

斎藤半助が声をかけてきた。

和田一之丞も一緒だったが、頭を負傷して包帯を巻いている。爆裂弾の破片が頭をかすめたのである。

「もう一寸《いっすん》下だったら、命がないところでした」

そう言って笑っていられる程度の負傷で、まだ戦えると意気盛んだった。

「山田慶蔵はどうした」

「退却が遅れ、敵に背後に回られました。討死したか北に逃れたものと思われます」

敵の追撃が急でどうすることもできなかったと、半助が面目なげに頭を下げた。

新政府軍は新丁坂と久保丁坂を登り、丘陵の頂に陣地をきずいて二本松城に砲撃を加えた。

城と向き合う位置にあり、距離は二、三百メートルしかない。最大射程二千六百メートルのアームストロング砲にとっては目の前も同じであり、七連発のスペンサー銃も楽々と弾を撃ち込むことができた。

城からもありったけの銃と大砲で応戦したが、火力においても性能においても格段に劣っている。敵が千発撃つ間に二百発ばかり撃つのが精一杯で、砲弾がやっととどくほどの威力しかなかった。

〈暫時《ザンジ》ニシテ敵進《ススミ》テ城前ノ山ニ拠《ヨ》リ砲撃猛烈ナリ。城中応戦最モ力《リキ》ム。双方ノ砲声囂々《ゴウゴウ》硝烟濛々《モウモウ》天ニ漲《ミナギ》ル。已《スデ》ニシテ衆寡《シュウカ》敵セス〉

後に昌武は手記にそう記している。

城からも果敢に応戦したが、多勢に無勢でどうすることもできなかったのである。

何とか反撃しようと、抜刀隊《ばっとうたい》を組んで丘陵の東側に回り込もうとした者たちもいたが、根崎から進撃してきた敵に銃撃されて全滅したばかりだった。

「宗形どの、弾もあらかた撃ち尽くし申した」

辰野源左衛門が配下をまとめて会津にもどると報告に来た。百五十人いた三小隊は、半数以下に減っていた。

「ご助力に感謝いたします。城外までご案内しましょうか」

「それには及ばぬ。二本松の士道、確かに見届け申したと、一学どのにお伝えいただきたい」

源左衛門らは搦手門から北に向かって脱出していった。これから会津にもどり、本国を守る戦いにそなえなければならなかった。

二本松勢の弾薬もやがて尽き、砲撃の音もまばらになっていった。

もはやこれまでである。丹羽一学は城中に伝令を走らせ、全員城を脱出して水原村《みずはらむら》（福島市松川町《まつかわまち》水原）にいる藩主長国と合流するように命じた。

水原村から米沢に至る街道があるので、敗戦の後は長国と簾中《れんちゅう》を米沢に避難させる手筈《てはず》をととのえていたのだった。

昌武は半助や一之丞らとともに二の丸御殿に行き、一学に源左衛門の言葉を伝えた。

「ご苦労。すぐに城を脱出し、水原へ向かえ」

一学はすでに鎧《よろい》を脱ぎ、本丸下の蔵屋敷に上がって腹を切る仕度をととのえていた。丹羽新十郎ら数人の側近も行動をともにする覚悟だった。

「幸八郎、よく働いてくれた。主家を守れなかったのは無念だが、その方らが新しい二本松をきずいてくれ」

新十郎は懐から取り出した二つ折りの紙を渡した。

紙には数本の髪がはさまれている。藩主夫人に従って脱出した妻のきみに、形見として渡してくれというのである。それは昌武を死なせないための計らいでもあった。

御殿にはふすまや障子が積み上げられ、火を放つ仕度がととのえてある。昌武らが断腸の思いで搦手門を出た時には、城内のあちこちから自焼する煙が上がっていた。

そのまま塩沢村《しおざわむら》まで向かおうとしたが、敵はすでにこちらにも人数を配し、敗残兵を討ち取ろうと待ち構えている。昌武らはいったん城の北側の山に上がり、敵の様子をうかがった。

一個小隊五十人ばかりが道に柵《さく》をきずいて通行を封じている。半数ちかくが銃を持っているが、旧式のゲベール銃で兵の統率も取れていない。新政府軍に降伏したどこかの藩が、強制されて出した将兵のようだった。

「隊長、どうしますか」

半助が刀の柄《つか》に手をかけた。

裏切り者どもに斬り込みをかけ、葬《とむら》い合戦をしてもいい。そう言いたげな不穏な目をしていた。

「ご家老の命令には従わねばならぬ。命のある限り戦い抜き、たとえ一人になってもご主君の元に駆けつけよう」

敵は道の取締りだけに人数をさき、まわりの山中には見張りも立てていない。これなら一人ずつ別々に迂回《うかい》すれば、何とか突破できそうだった。

「これからは単独行動とする。たとえ負傷したり戦死しても、仲間をかえりみることなくその場を立ち去り、ご主君のもとにたどり着いた者がこの状況を報告せよ」

昌武は配下の者たちから先に行かせ、全員が無事に迂回するのを見届けてから行動を起こした。

セコンドの針は午前十時二十二分をさしていた。

水原村に着いたのはその日の夕方だった。

藩主長国の一行はどこにいるのかと村の者にたずねたが、今日の正午過ぎに二本松城が落城したとの報が入り、米沢に避難したという。

昌武はすぐに後を追って山中の道を北へ向かったが、途中で急に疲れが出て、これ以上一歩も歩けなくなった。

体の疲れではなく、凄惨《せいさん》な戦をくぐり抜けてきた心の痛手が大きい。戦死した者たちや切腹した一学や新十郎のことを思うと、ふいに重い荷を背負わされたようにその場にくずおれそうになった。

昌武は道の側に座り込み、西の空をながめた。昨日二本松城に入った時のような美しい夕焼けが空を染めている。

あの時にはまだ一縷《いちる》の望みがあったが、今は何もかも失ってこんな所で力尽きている。そう思うと涙があふれ出し、視界が薄赤くぼやけていった。

その場から動けないまま野宿し、翌朝大森《おおもり》宿（福島市大森）にたどり着いた。米沢街道の宿場町で、十数軒の旅籠《はたご》が道の両側に並んでいる。

宿の者の話では、昨夜は二本松から避難してきた家族が大勢泊まっていたが、夜半に西賊が襲ってくるという噂が流れ、取るものも取りあえず庭坂村《にわさかむら》（福島市町庭坂《まちにわさか》）まで避難したという。

「その中に宗形という人はいませんでしたか。五十ばかりの奥方と二十代半ばの嫁、それに赤ん坊が一緒だったはずですが」

もしや母と義姉と三ヵ月になる甥《おい》の太郎がいたのではないかと思ったが、宿の者はあまりに大勢でいちいち覚えていないと素っ気なかった。

一行に追いついて確かめようと庭坂へ向かっていると、寺の前で小僧が赤ん坊を背負ってあやしていた。まだ七つばかりの子供で、赤ん坊が泣きやまないので困り果て、自分が泣き出しそうだった。

手助けしてやろうと歩み寄ると、赤ん坊が着ている産衣《うぶぎ》に見覚えがある。義姉のトモが太郎に着せていたものだった。

「坊や。この子は？」

「知らない。昨日誰かが預けていったんだ」

昌武はそのいきさつを聞こうと、円通寺《えんつうじ》という寺の住職をたずねた。

「その子は夕べ、山田慶蔵という方が預けていかれたのです。宗形治太夫の嫡孫だが、乳呑《ちの》み児ゆえこのまま米沢まで連れていくのは無理である。必ず迎えに来るので、しばらく預かってもらいたいと」

「それなら私の甥です。二本松藩の宗形昌武という者ですが、私からもお願いします。必ず迎えに来ますから、世の中が落ち着くまで預かっていただきたい」

昌武は一両を懐紙に包んで渡し、その山田という人はどうしただろうかとたずねた。

「まだ宿場におられると思います。誰かを待っておられるようでしたから」

どこにいるかは分らない。そこで昌武は大声を上げながらゆっくりと街道を歩いた。

「宗形昌武です。山田慶蔵どのはおられぬか」

旅籠に向かって呼びかけながら様子をうかがっていると、北のはずれの旅籠の戸が開き、慶蔵が飛び出してきた。

「幸八郎、無事だったか」

躍り上がらんばかりにして駆け寄り、昌武の両肩をしっかりとつかんだ。

「何とか生きている。甥を助けてくれたそうだな」

「二本松から落ちのびる途中に、偶然お前の母上と義姉上に行き合った。昌成どのが討死なされたと聞き、義姉上はすっかり気落ちしておられたので、私がお子を抱いていくことにしたのだ」

「兄上は、討死なされたのか」

「根崎口の守備の指揮をとっておられたが、西賊の火力に抗することができなかった。兄上は我々全員に退却を命じ、ただ一人踏みとどまって殿軍《しんがり》をつとめられたのだ」

だが敵の砲弾が塹壕《ざんごう》に直撃し、土嚢《どのう》もろとも吹き飛ばされた。慶蔵はそう言って涙を浮かべた。

「そのことを義姉上はすでに知っておられた。根崎から退去した誰かが告げたらしい」

「そうか。それはさぞお力落としだろうな」

子供が生まれたと喜んでいた兄の顔を、昌武ははっきりと覚えていた。

「歩くのも辛《つら》そうだったので私がお子を預かったが、途中西賊方に寝返った者たちの襲撃を受け、離れ離れになった。そこでやむなくお子を円通寺の住職に預け、お二人を捜しに行くことにしたのだ」

「それで、行き合うことができたのか」

「ああ、ここから半里ほど先の百姓家に身を寄せておられる。お前が生きていると知ったら、お二人ともどれほど喜ばれるか」

慶蔵は一刻も早く二人のもとに連れて行こうとした。

「ウタは……、ウタどのはどうなされた。一緒ではないのか」

「一緒ではなかったが、どうなされたか聞いてはいない」

「おそらく鉄砲谷の家におられるのだ」

昌武は新十郎から預かった遺髪を懐から取り出し、奥方のきみに渡してくれるように頼んだ。

「それは構わぬが、どうするつもりだ」

「城下に引き返し、ウタどのの安否を確かめてくる」

「無理だ。城下はすでに西賊に占領されている」

「分っている。だが迎えに行くと約束したのだ」

その約束にウタたちは命を賭《か》けている。たとえどんな危険が待っていようと、見捨てることなどできなかった。

昌武には考えがあった。

白河城が新政府軍に占領された時、甲州屋のような商人たちはいち早く城下にもどって商いを始めようとした。

これから続々と官軍がやって来るのだから、米や野菜は飛ぶように売れる。だから今のうちに出入りを許してもらえば、大きな商いができるというのである。

(それと同じことが、二本松でも起こるにちがいない)

その群にまぎれて城下に入ろうとしたのだった。

戎服《じゅうふく》を脱ぎ、町人の姿に身を変えると、真っすぐに奥州街道まで出た。案の定、米や野菜、薪《まき》などを満載した荷車をつらね、商人や農民たちが二本松に向かっていた。

兵糧の調達に迫られた新政府軍は、相場の二倍で買い入れると触れを出しているので、今が儲《もう》け時だと思っているのである。

その変わり身の早さは腹立たしいほどだが、二本松藩に義理立てしていてはせっかくの好機をふいにする。これから生きていく道も閉ざされるのだから、責めるわけにはいかない。責めるべきは、時局を読み損ない、藩の滅亡を招いた為政者の側だった。

昌武は無念さを噛《か》み殺し、荷車押しをさせてもらうことにした。

「何や。お前も食い詰め侍か」

車借《しゃしゃく》の親方はそう言いながらも雇ってくれた。

本町界隈《かいわい》はすでに落ち着きを取りもどしていた。町のいたる所に戦の傷跡を残しているものの、領民たちは町にもどり、生活再建のための営みを始めていた。

新政府軍もそれを支援するための手を次々と打っている。敵が反撃してくるとは思ってもいないようで、守備陣地さえきずいていなかった。

「会津攻めよか仙台取ろか、ここが思案の二本松」

そんな戯《ざ》れ歌を声高に歌っている兵もいる。彼らにはもはや大勢は決まったというゆとりと明るさがあった。

すでに夕暮れ時である。昌武は車借の親方から駄賃をもらい、切り通し坂を抜けて郭内に入った。

こちらにはまだ凄惨な戦の爪跡がそのまま残っている。戦死した者たちの遺体が放置され、あたりには血と火薬の臭いがただよっていた。

城のまわりの警戒は厳重だった。新政府軍の参謀たちが焼け残った御殿を宿所としているので、刺客が入り込むことに神経をとがらせていたのである。

昌武は焼け残ったお堂に身をひそめ、深夜になるのを待って鉄砲谷に向かった。

八月一日、新月の夜である。月は見えないが、有難いことに星が満天にまたたいている。そういえば今日は八朔《はっさく》。いつもなら田の実の節句と神君家康《いえやす》公の江戸入封を祝っている頃だった。

登城口には夜番の歩哨《ほしょう》が立っていた。三人一組になり、スペンサー銃をささげて戒石銘碑の前に立っている。

昌武は横の山から鉄砲谷に入った。子供の頃に遊んだ所なので、目をつむっても抜け道が分るほどだった。

家は幸い無事だった。宗形家も朝河家も、三日前と変わらないいつつましい姿を保っている。

両側を山にはさまれているので、砲弾の直撃をまぬがれたのだった。

しかし敵の将兵が宿所にしているおそれがある。朝河家の裏に回ってしばらく身をひそめ、異常がないことを確かめてから中庭に入った。

あたりは静まりかえり、雨戸を閉めきった家が星明かりの下でうずくまっている。

昌武は小さく雨戸を叩《たた》き、

「ウタどの、ウタどの」

声をひそめて呼びかけてみた。

返答はない。あるいはここにはいないのかもしれないと思い、意を決して戸を開けた。

縁側に面した部屋に蒲団《ふとん》がひかれ、かすかな血の臭いと腐臭がする。ウタの義母のマサが、蒲団の中で胸を突いて自害していた。

おそらく八太夫の戦死を知らされ、後を追ったのだろう。これ以上ウタに迷惑をかけられないと思ったのかもしれなかった。

枕元で手を合わせてから奥へ進んだ。

仏間に入ると、部屋の隅にウタたちが蒲団をかぶってうずくまっていた。イクとキミを両手に抱きかかえ、じっと恐怖に耐えている。

「ウタどの」

昌武は声をかけてから蒲団をめくった。

あたりは暗く顔はよく見えない。だがウタの二つの眼《まなこ》だけが、闇の中でかすかに動くのが分った。

「迎えに来ました。歩けますか」

ウタは首だけ動かしてうなずいた。

恐怖に体がすくんだままなのである。イクとキミはウタにしがみつくようにして眠っていた。

「それでは夜明け前にここを出ます。仕度をして下さい」

「お義母《かあ》さまは」

気遣うウタの目を真っ直ぐに見つめ、昌武は無言のまま首を振った。

ウタはすべてを察したらしく、昌武の袖《そで》をきつくつかんで嗚咽《おえつ》をもらした。

「多くの人々が死に、城は敵に奪われました。それでも私は、あなたと生きるためにこうしてもどってきたのです」

「かたじけのうございます。すぐに仕度を」

ウタは気を取り直し、眠ったままの娘たちに足袋《たび》をはかせはじめた。昌武が迎えに来たならすぐに発《た》てるように、必要な荷物を風呂敷《ふろしき》に包んで脇に置いていたのだった。

昌武はイクを背負い、ウタはキミを抱いて、谷間の道を北へ向かった。この子たちの未来を守るのは親の務めである。それが死んでいった者たちに対する責任でもある。

たとえどんな誹《そし》りを受けようと、過酷な運命が待ち受けていようと、自分はその務めをはたすために生き抜くのだ。

昌武は影となって黒くそびえる城山を見上げ、心にそう誓ったのだった。

〈Masatake promised it in a heart.〉(昌武は心にそう誓った)

その一行を書き終えると、朝河貫一は大きな溜息《ためいき》をついた。ようやく書き終えることができた安堵《あんど》と、これで終わりかという淋《さび》しさがあった。

貫一は両腕を突き上げて背伸びをし、首を回してこりをほぐした。時間を忘れて夢中で書き、すでに午前三時を回っていた。

原稿用紙をきれいにそろえ直し、所々を拾い読みしてみたが、これで書けているという手応《てごた》えがあった。

(ともかく、明日だ)

いったん頭を冷やさなければ、客観的な判断を下すことはできない。今夜はもう寝ようとインク壺《つぼ》のふたを閉じたが、章のタイトルをまだ決めていないことに思い当たった。

(「夜明け前」にするか)

今年の一月、島崎藤村《しまざきとうそん》が同名の小説の第一部を新潮社から刊行している。まだ読んでいないが、中山道《なかせんどう》の馬籠《まごめ》宿を舞台に幕末から維新にかけての激動期を描いたものらしい。

文豪に比するべくもないが、同じ時代を自分なりに描き切ったという自負があった。

第二十一章　永遠なるもの

翌朝、六時に目が覚めた。午前三時までかかって小説を書き上げ、疲れはてて床についたが、わずか三時間ほど眠っただけで目が覚めたのである。

歳をとって長く寝ていられないようになったこともあるが、完成した小説を早く読み直したいと心が逸《はや》り、ゆっくり寝ていられない気持だった。

長い作品ではない。学問的な価値があるかと問われれば、首を傾げざるを得ないところもある。だが貫一にとっては、これまで書いてきたどの学術論文より愛《いと》おしい。まるで血を分けた子供のようだった。

「さて……」

貫一は机につき、小説の束を引き寄せた。

『Portrait of The Meiji Restoration』（『維新の肖像』）

タイトルを記した表紙をしばらくながめていたが、なかなか読み始めることができなかった。

うまく書けているかという不安と、自分の恥部と向き合うような恐れがあって、ページをめくる気になれないのである。

（まるで昔の恋文でも前にしたようだ）

さまざまなことを思いながら一時間ほどためらっていると、黒川慶次郎が部屋のドアをノックした。

「先生、今朝は卵焼きにしますか。それとも目玉焼きがいいでしょうか」

同居して以来、料理や掃除、洗濯までやってくれている。しかも柔術の名人でボディガードも兼ねているのだから、有難いかぎりだった。

「少し甘めの卵焼きがいいな。後はサラダとトーストとコーヒーがあれば充分だ」

機嫌良く甘えたことを言い、ふとこの小説を慶次郎に読んでもらおうという気になった。

「昨夜やっと書き終えたが、なかなか冷静になれなくてね。読んで感想を聞かせてくれないか」

「いいんですか」

「初めて心を開いて父と向き合った。ちょっと恥ずかしいが、頼むよ」

朝食を終えると、慶次郎は原稿を持ってイェール大学に出かけていった。

「キム主任に相談がありますし、図書館の方が集中できますので」

原稿を入れた鞄《かばん》を大事そうに抱え、マンスフィールド通りを下っていった。

戻ってきたのは正午過ぎである。昼食にはスパゲティを作ると、材料を買い込んでいた。

「どうだった。『維新の肖像』は」

貫一は何気なさそうにたずねた。

内心、期待と不安に心臓が早鐘を打っていた。

「失礼ながら、先生がこれをお書きになったとは信じられないほどでした」

「どういう意味だろうか」

「それほど深い感銘を受けたということです。エドガー・アラン・ポーのように明晰《めいせき》な文章で、しかも日本的な情緒に満ちています」

「いや、それほどでもないと思うが」

貫一は謙遜《けんそん》しながら、ほっと胸をなで下ろした。

「私の祖父も会津戦争で戦死しています。父から時々その話を聞きましたが、この作品を拝読して、父が何を言いたかったか分りました」

「お父さんも私と同じような立場だからね。敗戦の廃墟《はいきょ》から立ち上がった身だ」

「これは出版なされるのですか」

「いや、自分のために書いたものだから」

「それでも本にしていただきたいと思います。特に日本の人々に是非とも読んでいただきたい」

父がこれを読んだなら涙を流して喜ぶだろうと、慶次郎は熱心に出版を勧めた。

「しかし、日本はあんな状態だからね。公にすることをはばかるところもあるんだ」

「孝明天皇の件《くだり》でしょうか」

「そうだね。それが一番かな」

「確かに軍部や時流におもねる言論人から、攻撃されるおそれはありますね。でも会津でもそうした説が信じられていたことは確かです」

父も祖父からその話は聞いたと言っていた。今でも長州だけは許せないと思っているのはそのためだ。慶次郎はそう言った。

二本松藩と同じように、会津藩も新政府軍に攻められて壊滅した。しかも明治維新後も、会津出身というだけで国賊のように見なされ、薩長閥が牛耳る政府での立身出世の道は閉ざされた。

慶次郎もそうした風潮に嫌気がさして日本を飛び出してきただけに、心の奥深い所に暗い怨《おん》念《ねん》を抱えていたのである。

「出版のことは考えてもいなかったからね。ゆっくり考えてみるよ」

「分りました。この小説を読ませていただき、血が騒いだものですから」

出過ぎたことを言ったと、慶次郎が恥ずかしげにわびた。

「そうそう。キム主任から伝言があります。明日の午後二時に部屋に来てほしいとのことです」

「何の用だろうか」

「先生をおとしいれようとした者に裁きを下すのです。私もご一緒させていただきます」

慶次郎はいつもの快活さを取り戻し、スパゲティを作ってくると階下へ行った。

翌日指定された時間に、管理棟にいるロバート・キムをたずねた。

「やあ先生、目に見えぬ我らの敵の正体を、ようやく突き止めましたよ。すべてこのワトスン君の手柄です」

キムは上機嫌で、慶次郎を『シャーロック・ホームズ』に登場するワトスン医師になぞらえた。

「そうすると主任は、名探偵ホームズでしょうか」

「あれほどの能力はありませんが、ご満足いただける仕事はできたと思います」

「それで、目に見えぬ敵とは」

いったい誰なのかと、貫一は緊張してたずねた。

「あと五分待って下さい。二時十五分になれば、向こうからやって来ます」

キムは腕を伸ばし、袖《そで》の下の金時計を見せつけるようにして時間を確かめた。

不安と期待に胸が締めつけられる思いをしながら待っていると、廊下を歩く足音が聞こえた。太った男特有の足を引きずる切れの悪い歩き方で、ためらいがちに近付いてくる。

貫一はいよいよ落ち着けなくなり、ネクタイに手をやって歪《ゆが》みを直したり、腰を浮かして深々と座り直したりした。

蝶番《ちょうつがい》がきしむ音がしてドアが開き、総務課主任のケビン・アルバートが入ってきた。

部屋に貫一や慶次郎がいることに一瞬ぎょっとしたようだが、

「こんにちは皆さん。おそろいとは思いませんでした」

実力者らしい威厳を保ち、キムの正面のソファにゆったりと腰を下ろした。

犯人だとは信じられないが、貫一は感情を表に出さないようにして成りゆきを見守った。

(まさか、この男が……)

「ご足労をいただきありがとうございます。今日は警務担当主任としておたずねしたいことがあります」

「ほう、何かね」

「先日、朝河先生を中傷する悪質なビラや写真をばらまいた者がおりました。これは名誉毀損《めいよきそん》の罪にあたります。そこで州警察とも協力して捜査しておりましたが、ようやく犯人を突き止めることができました」

「誰でしょう。朝河先生に恨みを持つ者の仕業かな」

「あなたですよ。アルバート主任」

キムが冷たい目をして宣告した。

「まさか。この私が、何故そんなことを」

「その理由をお聞きしたくて、こうして来てもらったのです」

「待って下さい。何の証拠があって、そのような言いがかりを」

アルバートは動揺を隠そうとぎこちない笑みを浮かべた。

「証拠はありませんが証言はあります。その一人がこの黒川君です」

キムにうながされ、慶次郎がいきさつを語った。

「妙だと思ったきっかけは、あなたの声です。ぼくは新聞の広告を見て、大学の総務課に電話をしました。すると女性の事務員が出て、朝河先生は復活祭休み《イースター》ですと言いました。そこで連絡先の電話番号をたずねると、彼女は上司にどうしたらいいか相談したようです。遠くの席から、そんなものを教える必要はない、という怒鳴り声が聞こえました」

その時はそんな決まりなのだろうと引き下がったが、貫一に会って話をしたところ、問い合わせがあったなら教えるようにとアルバート主任に頼んでいたと言う。

「やがてキム主任のご尽力で、朝河先生の疑いは晴れました。そのことを報告しに三人で総務課をたずね、アルバートさん、あなたに会いました。その時、あなたの声を聞いて思い出したのです。そんなものを教える必要はない、と怒鳴っていた上司の声を」

「それはミスター・アルバート、あなたの声だったそうです。覚えておられるでしょう。復活祭休みの日のことを」

キムが横から口をはさんだ。

「さあ、休みは二週間もありますからね。いつのことやら記憶にないし、そんなことを言った覚えもありません」

アルバートは太った首に巻いたネクタイを苛立《いらだ》たしげにゆるめた。

「新聞に広告が出た日のことですから、三月二十九日の午後です。総務課の出勤名簿を確かめましたが、あなたは確かに出勤しておられます」

「しかし、そう言ったのが私だという証拠はないでしょう。それを聞いたというこの日本人《ジャップ》の言葉だって、信用できるかどうか分らないではありませんか」

「ところがこの方ばかりではありません。あなたがそう言ったという証人が、もう一人いるのです」

「……」

「あの日電話を受けた女性。朝河教授の秘書のジャニスです」

「あの子が、電話を受けたですって」

貫一は驚きのあまり立ち上がりそうになった。

「ええ。ジャニスが出勤していたことは名簿で分っています。そこで黒川君をジャニスに引き合わせ、彼女の声に間違いないと確かめてもらいました」

その上でジャニスを訊問《じんもん》したところ、すべてを認めたという。あの日ジャニスがアルバートをたずねていた時、電話のベルが鳴ったので反射的に出てしまったのだった。

「しかし、どうして彼女が」

自分を裏切るようなことをしたのか、貫一には想像さえつかなかった。

しばらく皆が黙り込んだ。貫一は驚きに絶句したままだし、キムも慶次郎も貫一の心中を思いやってかける言葉を失っている。

アルバートは「この黄色人種《イエローモンキー》どもが」とでも言いたげな目つきで、三人の様子をうかがっていた。

「教授、ジャニスに恋人ができたのをご存じですか」

「知っています。化粧が急に濃くなったので、すぐに分りました」

「恋人は大学の清掃係にいるマイケルという青年です。彼は去年までアルバート主任のもとで働いていましたが、不祥事を起こして清掃係に降格されました。そうですね。ミスター・アルバート」

キムはそうたずねたが、アルバートは敵意のこもった目を向けただけだった。

「そのマイケルがジャニスと親しいと知ったアルバート主任は、教授の行動予定をジャニスから聞き出すように彼に命じたのです。そうして探偵を雇って教授を尾《つ》け回し、失脚させる機会をうかがっていたのです」

「どうしてそんなことを。私はそれほど恨まれるようなことをしたのでしょうか」

「侵略者である日本人を大学から追い出すためだ。ミスター・アルバートはマイケルにそう語ったそうです。主任、間違いありませんね」

「知りません。私には何のことだかさっぱり分らない」

アルバートは冷笑を浮かべ、立ち上がって三人を見下ろした。

「それにいくら警務主任とはいえ、こんな取り調べをする権限はないはずだ。忙しいんで、帰らせてもらう」

「主任、私はあなたと大学のためを思って、事を穏便にすまそうとしているのですよ」

キムが刑事部長上がりらしい凄《すご》みを見せた。

「取り調べる権限はなくても、二人の証言をもとに告発する権利はあります。そうすれば州警察は三日以内にあなたを逮捕するでしょう」

「し、証拠があるまい」

「あなたが雇った探偵は分っている。黒いコートを着てハンチングをかぶり、教授の家を見張っていた男だ。彼を逮捕すれば、何もかも明らかになります。それでもいいんですか」

「畜生《ガッデイーム》……」

アルバートは小さくつぶやき、力が抜けたようにソファに腰を下ろした。

「お帰りにならないのは、認めるからですね」

「その通りだ。だが教授に恨みがあってのことではない。私も被害者なのだ」

「どういうことでしょうか」

「ある大物に教授を失脚させるように命じられた。反日運動の有力者で、日本人を教授にしておくのは大学の恥だとお考えなのだ」

「それは嘘です」

貫一はたまらず反論した。

自由と公正こそがイェール大学の建学の精神である。そうして神の摂理を地上に広めることを目的として研究や教育にいそしんでいる。それを信じているからこそ、貫一はこの大学に骨をうずめる覚悟を決めたのである。

日本人だという理由で、自分を追い出そうとする者が大学関係者の中にいるとは信じられないし、信じたくもなかった。

「その大物とは誰です。氏名を明らかにしないかぎり、我々は納得できません」

不当な差別を見逃すことはできないと、キムも急に態度を硬化させた。

「それは言えない。私の立場も考えてくれ」

「残念ですが、あなたはすでに法を犯している。その償いをする責任があります」

「ど、どういうことだ」

「すべてを話して教授に許しを乞《こ》うか、告発されて法の裁きを受けるかです。そうなった場合、大学の規定によって退職金も支払われません。ご存じだと思いますが」

アルバートは額に脂汗を浮かべ、苦渋の表情をしてしばらく考え込んだ。

「分った。話すから事を公にしないでくれ」

「内容次第です。約束はできません」

「S&Bの常任理事のウィルソン氏だ」

S&Bとはスカル・アンド・ボーンズ。頭蓋骨《ずがいこつ》と骨というおどろおどろしい名前を持つ秘密結社で、イェール大学出身の有力者で組織されていた。

「なるほど。しかし彼は過激な反日派ではありませんよ」

「彼の弟が歴史学者で、イェール大学に就職したがっている。だから朝河教授を追い出し、後《あと》釜《がま》に座らせようとしたのだ」

「あなたはどうして、そんな不正に手を貸したのです」

「しゃ、借金があって、退職後の仕事を捜していた。それを知ったウィルソン氏が、ウィンチェスター社に就職できるように計らうと言ってくれたのだ」

ブラックマンデー以来、アメリカには大恐慌の嵐が吹き荒れている。多くの者が職を求めて血眼になっているだけに、業績好調のウィンチェスター社に就職できるならと、ウィルソンの言いなりになったのである。

「家には病気の妻と年頃の娘がいる。だから断われなかった。頼む。見逃してくれ」

アルバートが手を合わせて許しを乞うた。

日頃の威厳をかなぐり捨てた哀れなばかりの姿だった。

「教授、告発するかどうかは、あなたのお考え次第です。どうしますか」

「私は信仰に生きたいと願う者です。神の教えに従いたいと思います」

貫一は動揺から立ち直れないままそう言った。

神が万人の罪を許して救いを与えてくださるように、人に対して寛容でありたかった。

五月はニューヘブンが一番美しく輝く季節である。空は青く澄みわたり、海からの風が潮の香りを運んでくる。

町中の公園が花で満たされるが、中でもニューヘブングリーンの色とりどりのバラは見事で、ニューヨークやボストンからも見物客が来るほどだった。

貫一は五月になったのを機に、マンスフィールド通りの家から大学の構内にある宿舎に移った。

反日世論が高まるとともに、日本人や日系人に対する嫌がらせが多くなっている。危害を受ける前に安全な場所に移ったほうがいいと、キム主任が勧めてくれたし、総務課主任のアルバートも学生寮に隣接している一戸建ての宿舎を手配してくれた。

「寮の管理人が住んでいた家です。どうぞ、ご自由にお使い下さい」

アルバートは貫一の恩義に報いるために、こうした計らいをしたのだった。

貫一が勧めに応じたのは、迫害におびえながら暮らすことに疲れたからだった。満州や上海における日本軍の行動が明らかになるにつれて、ウィンチェスター社の工員たちが貫一に向ける目はますます険しくなっている。

マンスフィールド通りですれ違う時など、指で作った銃を向けて撃つ真似をする者がいるし、聞こえよがしに罵声《ばせい》をあびせる者もいた。

以前はそんな脅しに屈してたまるかと思っていたが、アルバートの事件以来そうした気力を保てなくなっていた。

それに黒川慶次郎がボストンの商社に就職が決まり、四月に家を出て行ったことも痛手だった。わずか一カ月ばかりだったが、慶次郎がいてくれたお陰で心強く、家事も任せきりにしていた。彼がいなくなると家が急に淋《さび》しくなったようで、一人の暮らしに戻るのが辛《つら》くなったのである。

大学内の暮らしは快適だった。ここにいれば誰もが貫一を准教授として敬ってくれたし、反日世論の影響を受けることもあまりない。図書館も教会もすぐ近くなので、いつでも自由に訪れることができる。

夕食を学生寮からとどけてくれるのも有難かったし、休みの日に熱心な学生が教えを受けに来るのも嬉《うれ》しいことだった。

貫一は十人ばかりの学生をティーパーティに招いたり、学生寮の芝生の上で車座になって、日米や世界の問題について語り合った。その中には貫一が書いた『日露衝突』を批判したカリフォルニア州出身のキャロラインもいて、一番熱心な教え子になっていた。

そうした安定した暮らしが、貫一の気力と勇気を呼びさまし、『維新の肖像』を日本で出版してみたいと思うようになっていた。

軍部や右傾化した言論人には、手厳しく批判されるかもしれない。しかし多くの日本人、中でも戊辰戦争に敗れて以来、あからさまな差別を受けてきた奥羽諸藩の人々には、共感をもって受け容《い》れられるのではないか。

そんな期待と願いを込めて、英語で書いた原稿を日本語に訳す作業を進めていた。東京で出版社を経営する友人にこれを読んでもらい、本にしてくれるかどうか問い合わせるつもりだった。

(素人のナルシズムだと冷笑されるかもしれない)

小説を書いたのは初めてなので、自分ではどれくらいの出来か判断することができない。だが「父が読んだら涙を流して喜びますよ」という慶次郎の言葉が、貫一の背中を力強く押していたのだった。

五月十六日の夕方、

「先生、ラジオのニュースを聞かれましたか」

寮に住む学生が興奮に上ずった声で呼びかけた。

「いいや。ラジオは持っていないんだ」

貫一は二階の書斎の窓を開けて答えた。

ラジオは今や国民の娯楽の王様になっている。ニュースをいち早く伝えるという点でも大きな力を発揮していたが、貫一はあまり好きになれなかった。

「日本で大変なことが起こっています。五時からニュースがありますから、寮の集会室に来ませんか」

「大変なこと？」

「首相が射殺されたそうです」

そんな馬鹿なと、貫一はインク壺《つぼ》のふたを閉めるのも忘れて集会室に駆けつけた。

食堂を兼ねた広々としたホールには、三十人ほどの学生が集まって続報を待っている。その中には日本からの留学生も数人いた。

やがて五時になり、ニュースが始まった。

「東京の特派員からの緊急電によると、五月十五日の午後五時すぎ、海軍将校数人が首相官邸に乱入し、犬養毅《いぬかいつよし》首相を射殺した。主犯は海軍中尉三上卓《みかみたく》ら十数名で、立憲政治を否定し、軍閥内閣を作って国家改造をおこなうことを目的としていた。彼らはこれを昭和維新と称し、海軍ばかりか陸軍にも数多くの同志を持っている。この事件を引き金として軍事クーデターが起こるかどうか、予断を許さない状況である」

アナウンサーの声を聞くと、貫一は背中から斬り付けられたような衝撃を受けた。今のままでは日本は危ういと常々思っていたが、まさかこんなことが起こるとは想像さえしていなかった。

日本中に衝撃を与えた五・一五事件は、幸いクーデターには至らなかった。

最初は政府の軍縮方針に不満を持つ軍部が深く関与しているのではないかと見られていたが、調べが進むにつれて血盟団の影響を受けた一部の将校や活動家による犯行だということが明らかになった。

血盟団は日本の政治経済界の指導者をテロによって暗殺し、天皇中心主義による国家改造をはかろうとするもので、二月には元大蔵大臣の井上準之助、三月には三井財閥の総帥だった團《だん》琢磨《たくま》を暗殺した。

そして今度は内閣総理大臣を暗殺した訳だが、日本の世論は意外なほど海軍将校らに同情的だった。世界大恐慌に巻き込まれて日本も不景気のどん底にあり、その状況を打開できない政治家や、暴利をむさぼっていると目された経済人への不満が高まっている。それだけに命を捨てて世直しをしようとした彼らに、共感する者が多かったのである。

言論人の中には、彼らを「昭和維新の志士」と持ち上げる者も多かったし、軍部の中にも量刑を軽くするべきだという運動が起こりつつあった。

そうした新聞報道を目にするたびに、貫一は暗澹《あんたん》たる思いにとらわれた。

明治維新は功罪半ばする革命である。奥羽諸藩はその罪の犠牲になったが、国家的な規模で見れば功の部分も多い。その最大のものが、五箇条の御誓文にうたわれた清新な思想である。

だがこの事件がそうした思想を抹殺し、国民を独善と狂気に駆り立てるきっかけになるだろう。そうして軍部による独裁化が進み、いっそうの戦争拡大をもたらす。

そんな方針を取れば日米戦争を引き起こすことになると、貫一は二十三年前に『日本の禍機』を上梓《じょうし》して警告したが、日本は今やその坂道を転げ落ち始めたのだった。

(私はいったい何のために……)

多くの批判にさらされながらも、日本への警告をくり返してきたのか。あれはすべて徒労だったのかと思うと目の前が真っ暗になり、腹にも背中にも力が入らない。『維新の肖像』を翻訳しようという気持も消えうせていた。

うつうつと半月ばかりを過ごしていると、黒川慶次郎がボストンバッグを提げてたずねてきた。会社の仕事で商談に来たと、英国製の上等のスーツに身を包んでいた。

「仕事は順調なようだね。元気そうで何よりだ」

貫一は久々に紅茶を入れて馳走《ちそう》した。

「キム主任から、先生が元気をなくしておられると聞きました。どこかお加減でも悪いのでしょうか」

「体はどこも悪くないが、日本のことが心配でね。気力を根こそぎ奪われたようだ」

「五・一五事件のことですか」

「その後の狂信的《ファナティック》な世論のことは君も知っているだろう。あの徳富蘇峰までが軍部の旗振りになって、挙国一致、興亜の大義などと言い出したのだから目も当てられないよ」

「明日のご予定はありますか」

「いいや。特にない」

「それならボストンに来ませんか。例の絵巻が、ボストン美術館の特別展に出品されているのです」

富田幸次郎が日本で買いつけてきた『吉備大臣入唐絵巻』のことだった。

「今はちょっとそんな気持になれないな。展示しても反日世論の嵐にさらされるだけだろう」

「ところがそうではありません。素晴らしい作品だと、連日大勢が詰めかけていますし、新聞にもきわめて好意的に取り上げられています」

「ほう、そうかね」

貫一は一条の光を見出《みいだ》した気がして同行することにした。

ハンティン通りの北側のボストン美術館には、入場を待つ人々の長い列ができていた。新収蔵品の公開がおこなわれているからだが、中でも一番人気は『吉備大臣入唐絵巻』が展示されている東洋館だった。

貫一は驚きと喜びを覚えながら列に並び、慶次郎とともに絵巻を見た。縦は三十二センチ、横は約二十五メートルにも及ぶ大作で、四巻に分かれている。

唐様の朱色の柱を鮮やかに描いてアクセントをつけ、人物の動きを詳細に描いた大和絵《やまとえ》である。内容は遣唐使として唐に渡った吉備真備が、先に入唐して客死した阿倍仲麻呂《あべのなかまろ》の霊の助けを借りて、唐人から出される無理難題に立ち向かい、次々と切り抜けていくという物語だった。

中でも面白いのは、囲碁の名人と対局することになった吉備大臣が碁石をひとつ飲み込んで勝負に勝ったところ、これに気付いた唐人たちが吉備大臣に下剤を飲ませ、排泄《はいせつ》物の中まで調べる場面である。

その滑稽《こっけい》な様子が、鳥獣戯画《ちょうじゅうぎが》に通じるユーモラスなタッチで描かれている。

貫一は思わず笑った。鵜《う》の目鷹《たか》の目で碁盤をのぞき込んでいる唐人の姿が、アメリカ人の同僚によく似ていたからである。

「今回の最高傑作はこれね」

「そうだね。この繊細な生き生きとした筆致が素晴らしい」

見物客の中からそんな会話が聞こえてくる。絵に見入っている人々の表情が、作品に感化されたように晴れやかでやさしくなっていた。

「失礼ですが、日本の方ですか」

上品に金髪を結い上げた老婦人が貫一に声をかけてきた。

「ええ、そうです」

「日本の美術は素晴らしいわね。八百年も前にこれだけの作品を完成させているんですもの」

「大和絵をご覧になるのは初めてですか」

「初めて見て、日本人に対するイメージが変わりました。獰猛《どうもう》で野蛮な人たちかと思っていたけど、よほど文化的に洗練されていなければ、こんな絵は描けないものよ」

「ありがとうございます、御婦人《マダム》。この絵は今から千二百年前に……」

貫一は遣唐使の事蹟《じせき》について語ろうとしたが、熱い思いが突き上げて言葉にならなかった。

反日世論が激しい中でも、すぐれた芸術は人々の心を動かす力を持っている。そのことが嬉《うれ》しくて、涙がこみ上げてきた。

自分も苦難に屈しないで、人の心を動かす仕事をしよう。そうすればいつかきっと永遠なるものに到達し、世界の平和や人類の幸福に寄与することができる。

貫一は薄暗い展示室で絵巻と向き合いながら、負けてはいられないと心を奮い立たせていた。

解説

澤田瞳子（作家）

わたしが初めて安部龍太郎氏にお目にかかったのは、忘れもしない二〇一二年の一月。拙著が福島県白河《しらかわ》市主催の中山義秀《なかやまぎしゅう》文学賞を頂戴《ちょうだい》し、その選考委員の一人として安部氏が授賞式にお越し下さった折のことだ。

今でもよく覚えている。授賞式開始直前に会場に飛び込んで来られた安部氏は泥だらけの長靴にダウンジャケットを着込み、よほど長時間、寒空の下にいらしたのだろう。頰が真っ赤に上気してらしたのが、ひどく印象的だった。

「いやあ、取材で会津《あいづ》を回ってきたんだけど、すごい雪でねえ。電車がいつ止まるかとひやひやしたよ」

「取材、ですか……」

わたしが思わず呟《つぶや》いたのには理由がある。この日から遡《さかのぼ》ること十か月前の二〇一一年三月十一日、三陸《さんりく》沖を震源とするマグニチュード九の地震とそれによって引き起こされた津波により、東北《とうほく》各県は死者・行方不明者一万八千四百余名、全半壊戸数四十万余軒という、かつてない被害を蒙《こうむ》った。加えて震災直後に発生した福島第一原子力発電所の事故により、多くの方々が避難を余儀なくされただけに、年が改まっても被災地域の混乱はいっこうに収まる様子がなかった。

実際この日も、白河市のシンボル・小峰《こみね》城は石垣や曲輪の崩落に伴って立ち入りが禁止され、市内のそこここにも震災の爪痕《つめあと》は無数に残されていた。原子力発電所の事故による風評被害は日を追うにつれてむしろ激しくなり、東北、いや日本じゅうが激しい混乱のただなかにある中、なぜ安部氏はその東北で取材をなさっていたのだろう。

だがそんなわたしの疑問は、その翌年に至り、あっさりと氷解した。震災から丸二年を迎えた二〇一三年の春、安部氏は東北を舞台とした二つの長編を、相次いで雑誌に発表なさったからだ。

一つは豊臣秀吉《とよとみひでよし》が天下統一を成し遂げんとしていた天正《てんしょう》十九年、奥州《おうしゅう》で発生した九戸《くのへ》政実《まさざね》の乱に題を取った『冬を待つ城』（新潮文庫）、そしてもう一作が戊辰《ぼしん》戦争を生き抜いた二本松《にほんまつ》藩士・朝河正澄《あさかわまさずみ》とその息子であるアメリカ・イェール大学教授・朝河貫一《かんいち》、時代も生きた場所も異なる親子二代の戦いを描いた本作、『維新の肖像』である。

そう、一九九〇年のデビューよりこの方、一貫して日本史の中の弱者を描き続けて来られた安部氏は、かつてない災害に見舞われた東北に捧《ささ》げるべく、かの地を舞台とする二つの物語に挑まれたのだ。

一読していただけばお分かりの通り、『維新の肖像』は日本が軍国主義化への道をたどる一九三二年、歴史学者である朝河貫一が父・朝河正澄の経験した明治《めいじ》維新を小説として執筆するという、歴史小説には珍しい二重構造となっている。だが、精緻《せいち》な織物のように過去と現在が絡み合う本作には、もう一点、既存の歴史小説と大きく異なる点がある。それは戊辰戦争を生き抜いた二本松藩士たる父と、母国の軍国化を憂う息子という二人の視点を通じて、「維新」とは何かとの問いが、我々に突きつけられていることだ。

幕末および明治維新を描いた小説は、これまでに数多い。しかし誰もが無意識のうちに、維新を近代化への一歩と捉《とら》えてきた中、その意義を改めて問い直した作品が、かつてあっただろうか。

本作の冒頭、朝河貫一は日露《にちろ》戦争以降の日本の侵略主義に警鐘を鳴らし、故国がどこで道を誤ったかを知ろうと模索する。そして遂に彼が見出《みいだ》した結論は、日本の失策の根源は、維新が持つ思想と制度の欠陥にあるとするものであった。

つまり安部氏はここで、反日本の気風が吹き荒れるアメリカで孤独に戦い続ける貫一の目を通じ、日本人が知らず知らずのうちに信じ込んでいる「維新史観」の再検討を我々に迫っているのである。

作中、海軍将校による五・一五事件に接した貫一は、彼らを「昭和維新の志士」と誉めそやす風潮を知り、

——明治維新は功罪半ばする革命である。

と呟く。

どんな手を使っても勝てばいいという軍部のやり方は、維新の際の薩長《さっちょう》勢のやり口とまった

く同一。そして維新を成功させた「志士」の驕《おご》りこそが、日本から正義の精神を奪い、ついには軍国主義に進ませたとする指摘は、いまだ評価の定まらぬ近代日本を考える上で、きわめて重要な視座ではあるまいか。

ところで現在の歴史・時代小説界において安部龍太郎氏と双璧《そうへき》を成す葉室麟《はむろりん》氏は、二〇一七年十月五日に京都新聞に掲載されたエッセイにおいて、明治維新は革命だったのかという疑問を提示した上で、次のように述べておられる。

「(前略) 外国勢力が迫る中、国内を二分する戊辰戦争を起こしたことが功績であるという考えには疑問がある。あるいは新政府での薩摩《さつま》と長州《ちょうしゅう》の権力を確固としたものにするための戦争ではなかったか。(中略) だとすると、明治革命は〈簒奪《さんだつ》〉の革命だった可能性があると思うのだがどうだろうか」

来年二〇一八年は、明治維新百五十年。このため、いわゆる薩長土肥《どひ》――鹿児島・山口・高知・佐賀の四県は、昨年より広域観光プロジェクト「平成の薩長土肥連合」を設立し、様々なイベントを行なっているし、政府は「明治150年」関連施策推進室を設置して、「明治の精神に学び、日本の強みを再認識」すべきと提言している。

そんな時期に、日本を代表する二人の歴史小説家が維新史観からの脱却と明治維新の再検討を提唱しているのは、果たして偶然だろうか。百五十年の時間を経て、我々は明治を近代の中でどう位置づけるべきか、ようやく冷静に語ることのできる時代に立ち合っているのではないか。

若き頃、明治維新を偉大な革命と信じて疑わなかった朝河貫一は、満州《まんしゅう》事変・上海《シャンハイ》事変を相次いで起こした母国の姿を見て、明治政府の教育からの脱却に至る。それはまさに百五十年の時間を経て、維新史観の再検討に至る我々の姿であり、いわば本作は歴史小説であると同時に、日本人が当たり前と信じてきた明治維新観の転換を迫る内省の書でもあるのだ。

ところで震災から一年四か月後の二〇一二年七月五日、東京電力が発表した「国会事故調査委員会報告書」の序文には、こんな言葉がある。

「100年ほど前に、ある警告が福島が生んだ偉人、朝河貫一によってなされていた。朝河は、日露戦争に勝利した後の日本国家のありように警鐘を鳴らす書『日本の禍機』を著し、日露戦争以後に『変われなかった』日本が進んで行くであろう道を、正確に予測していた。『変われなかった』ことで、起きてしまった今回の大事故に、日本は今後どう対応し、どう変わっていくのか。これを、世界は厳しく注視している。この経験を私たちは無駄にしてはならない。」

かつて朝河貫一が母国に向けて鳴らした警鐘はついに届かず、日本は第二次世界大戦へと突入するに至った。しかしそれから百年近くを経た今、かつてない震災を経験した我々は、再び「変わる」ことを迫られている。

自分たちは、何者なのか。何に依《よ》って今、ここにいるのか。安部氏が――そして朝河貫一が突き付ける問いに向き合って初めて、我々は真の「近代」を生きることが出来るのかもしれない。

〈主要参考文献〉

『甦る朝河貫一 不滅の歴史家 偉大なるパイオニア』朝河貫一研究会編・発行
『朝河貫一とその時代』矢吹晋、花伝社
『日本の発見——朝河貫一と歴史学』矢吹晋、花伝社
『最後の「日本人」 朝河貫一の生涯』阿部善雄、岩波現代文庫
『朝河貫一書簡集』朝河貫一書簡編集委員会編、早稲田大学出版部
『日本の禍機』朝河貫一、講談社学術文庫
『朝河貫一 比較封建制論集』朝河貫一、矢吹晋編訳、柏書房
『二本松市史 第一巻』二本松市編・発行
『二本松藩史』二本松藩史刊行会編、臨川書店
『本宮町史資料双書 第三集』本宮町史編纂委員会編、本宮町
『朝河正澄——戊辰戦争、立子山、そして貫一へ』武田徹等編、朝河貫一博士顕彰協会

本書は二〇一五年四月に潮出版社より刊行されたものを加筆・修正のうえ、文庫化したものです。

維新《いしん》の肖像《しょうぞう》

安部《あべ》龍《りゅう》太《た》郎《ろう》

平成29年 12月25日　初版発行
令和６年 10月30日　７版発行

発行者●山下直久

発行●株式会社KADOKAWA
〒102-8177　東京都千代田区富士見2-13-3
電話　0570-002-301（ナビダイヤル）

角川文庫 20702

印刷所●株式会社KADOKAWA
製本所●株式会社KADOKAWA

表紙画●和田三造

ISBN978-4-04-106456-6　C0193

◆◇◇

角川文庫発刊に際して

角川源義

第二次世界大戦の敗北は、軍事力の敗北であった以上に、私たちの若い文化力の敗退であった。私たちの文化が戦争に対して如何に無力であり、単なるあだ花に過ぎなかったかを、私たちは身を以て体験し痛感した。西洋近代文化の摂取にとって、明治以後八十年の歳月は決して短かすぎたとは言えない。にもかかわらず、近代文化の伝統を確立し、自由な批判と柔軟な良識に富む文化層として自らを形成することに私たちは失敗して来た。そしてこれは、各層への文化の普及滲透を任務とする出版人の責任でもあった。

一九四五年以来、私たちは再び振出しに戻り、第一歩から踏み出すことを余儀なくされた。これは大きな不幸ではあるが、反面、これまでの混沌・未熟・歪曲の中にあった我が国の文化に秩序と確たる基礎を齎らすためには絶好の機会でもある。角川書店は、このような祖国の文化的危機にあたり、微力をも顧みず再建の礎石たるべき抱負と決意とをもって出発したが、ここに創立以来の念願を果すべく角川文庫を発刊する。これまで刊行されたあらゆる全集叢書文庫類の長所と短所とを検討し、古今東西の不朽の典籍を、良心的編集のもとに、廉価に、そして書架にふさわしい美本として、多くのひとびとに提供しようとする。しかし私たちは徒らに百科全書的な知識のジレッタントを作ることを目的とせず、あくまで祖国の文化に秩序と再建への道を示し、この文庫を角川書店の栄ある事業として、今後永久に継続発展せしめ、学芸と教養との殿堂として大成せんことを期したい。多くの読書子の愛情ある忠言と支持とによって、この希望と抱負とを完遂せしめられんことを願う。

一九四九年五月三日